ハヤカワ epi 文庫
〈epi 92〉

後継者たち

ウィリアム・ゴールディング
小川和夫訳

epi

早 川 書 房

8103

THE INHERITORS
by
William Golding

Translated by
Kazuo Ogawa
Published 2017 in Japan by
HAYAKAWA PUBLISHING, INC.
This book is published in Japan by
arrangement with
FABER AND FABER LIMITED
through TUTTLE-MORI AGENCY, INC., TOKYO.

アンに

「……われわれはネアンデルタール人の外見については知るところまことに少ないが、それでも……非常に毛深く、醜かった、つまり、低い額や突き出た眉毛や類人猿のような頸や背丈《せたけ》の矮小さにくわえて、外見全体に嫌悪すべき異様さがあった、と推測しうると思われる。……サー・ハリー・ジョンストンはその著『考察と評論』中の現今の人類の起源についての概観で、つぎのように述べている、「狡猾な頭脳、不器用な歩きかた、毛深い身体、強い歯、それにおそらくは持っていた食人的性向、このようなものを備えたゴリラにも似た怪物にたいする漠とした種族的記憶が、民間伝承における人食い鬼の起源となったのであろう……」

H・G・ウェルズ『世界史概観』

後継者たち

　ロクはできるだけはやく走っていた。頭をさげ、茨《いばら》の木を水平に握ってバランスをとり、空《あ》いた手で盛りあがっている木の芽の流れを左右に払いのけてゆくのであった。リクウは彼に馬乗りになり大声あげて笑っていたが、片方の手はロクの頸筋から背骨にかけておおっている栗毛の捲毛のなかに食い入り、他方の手でその顎下に押しこんだ小さいオア（オアという神の像）を抱えているのだった。ロクの脚は器用だった。眼があって見るようである。ぶなの根が張りだしていると横っとびに跳《と》んで避け、小道に水たまりがあると跳びこえる。リクウは足でその腹を打った。

「もっとはやく！　もっとはやく！」

　足が刺し傷で痛むころ、彼は道からそれ、歩調をゆるめた。ここまで来ると左の側に平行に走っている川の瀬音は聞こえるが、その姿は見えない。やがてぶなの林が開け、藪《やぶ》がなくなって、彼らは平坦な小さな泥地に出た、そこに目指す丸木があるはずだ。

「ついたぞ、リクウ」

縞瑪瑙《しまめのう》色の沼地の水が眼の前にひろがっており、幅をしだいにひろげて川になっているのだった。川に沿った小道は対岸の地にふたたび始まり、高まっていって林のなかに姿を消していた。ロクは、満足げに歯をむきだして笑い、水際にむかって二足歩くと、足を止めた。笑いは消え去り、下唇が垂れさがるほど口をあんぐり開いた。リクウはその膝をつたってすべり落ち地に降り立った。彼女は小さいオアの頭をしゃぶりながら、彼方《かなた》を眺めた。

ロクはあやふやなままに声をあげて笑った。

「丸木がなくなってるぞ」

彼は眼を閉じ顔をしかめて丸木を思い描いた。灰色で腐りかけているその丸木はこちら側から向う側へ行く水中にあったのである。その真ん中に足をかけて進むと、足の下には水が流れていると、場所によっては人の肩ほども深い恐ろしい水があると、おのずからに感じられたものだ。この水は川や滝のように目覚めてはいず眠っているのだが、この先で川にひろがり目を覚まして、右の側では越えがたい沼沢地、茂み、湿地の荒野に伸び広がっているのである。仲間がいつも使っている丸木がそこにあると確信しきっているものだから、彼はまた眼を開き、いままで夢を見ていたかのように微笑《ほほえ》みかけた。が丸木は見えない。

小道を駆けてフェイがやって来た。その背中に赤ん坊が眠っている。落ちる心配はない、というのは赤ん坊の両手が彼女の髪を頸のところでつかみ、その足が背中のずっと下のところで髪をつかまえているのが分かっているからだが、それでも目を覚ましてはいけないとそっと駆けてくるのだった。ぶなの木の下に彼女の姿が見える前にロクは彼女のやってくるのを聞きつけた。

「フェイ！　丸木がなくなっちゃった！」

彼女はまっすぐに水際までやってきて、眺め、嗅ぎ、それから咎めるようにロクの方にふりむいた。が、口を利《き》くまでのことはなかった。ロクが頭を振ってみせはじめたからである。

「いや、違うよ。みんなを笑わそうと思っておれが丸木を動かしたんじゃない。なくなっちゃったんだ」

彼は腕をいっぱいにひろげて影も形もなくなったことを示し、相手が理解したと見てとると、腕をおろした。

リクウが彼を呼んだ。

「ぶらんぶらんさせて」

ぶなの枝が幹から長い首のように垂れさがってきて、光を見いだし、緑や茶の芽を一抱えつけたその首を上にさし伸ばしているのだった。——彼女はその枝にのぼろうとしているのだった。ロクはなくなった丸木のことは棄てておいて少女を曲がりくねった枝の中にほうりこんだ。そして横に持ちあげ、引っぱり、一足ごとに少しずつ後ろにさがると、そのたびに枝は軋《きし》んだ。

「それっ！」

枝を離すと彼は尻もちをついた。枝は飛んでゆきリクウは嬉しそうに金切《かなき》り声をたてた。

「だめよう！　だめだったら！」

だがロクはくりかえしくりかえし枝を引っ張り、一抱えの葉叢《はむら》はリクウを、金切り声をたて笑い声をたて抗議させせながら、水際を飛ばせるのだった。フェイは水からロクに、またその背後にと眼を移していた。彼女はまた顔をしかめていた。

ヘイが小道をやって来た。急いでいるが走ってはいない、ロクよりも思慮深くて、危急の場合にはもってこいの男である。フェイは大声で話しかけたが相手はすぐには返事をせず、丸木のなくなった水に眼をやり、左の方に場所を移した、そこからだとぶなの木のアーチごしに川が見えるのである。それから侵入者がいはしないかと耳と鼻で森を探り、安全が確かめられるとはじめてこの男は茨の木をおろし水際にひざまずいた。

「見ろ！」

指でさし示されてみると水底に筋目が見えて丸木が動いた跡だとわかる。その縁《ふち》はまだ際《きわ》だっており、えぐりとられた土塊《つちくれ》が筋目のなかに残っていて、まだまわりの水で崩されていない。彼は湾曲した筋目をたどって水中に踏みこみ、それをおぼろに見えなくなるところまで追っていった。フェイは対岸に眼をやって、水で断たれた小道がまた始まる地点を眺めた。丸木の他の端が据えられていた場所の土がかき乱されている。彼女がヘイに訊《き》くと、手真似でなしに口で答えた。

「一日。たぶん二日さ。三日じゃない」

リクウはまだ笑い声とともに金切り声をたてていた。

ニルが小道をやってくるのが見えた。疲れて空腹のときにはいつもそうだが、低く呻くような声を洩らしている。その重っ苦しい身体を包む肌はたるんでいるけれども、両の乳房は突き出て盛りあがり乳首に白い乳がにじんでいる。他の誰が腹をへらそうと、この女の赤ん坊は大丈夫だろう。彼女はその赤ん坊がフェイの髪につかまって眠っているのに眼をやってから、ヘイのところに歩みよってその腕にさわった。

「どうしてあたしをおいてったの？　おまえはロクよりもっと頭のなかに絵を持っているのに」

ヘイは水に指先を向けた。

「丸木を見にいそいで来たんだ」

「だって丸木はないじゃないか」

三人はたがいに顔を見あわせて立っていた。すると、この一族にはよくあることだが、おたがいの間に感じが通《かよ》った。フェイとニルはヘイの考えの絵を分かち持ったのである。ヘイは丸木がまだどこかそのへんにあることを確かめねばならぬと考えたのだ、なぜかといえば水が丸木をさらっていったり、あるいは丸木が自分の用事で這い出して行ってしまったとすれば、一族の者たちは沼地をまわって一日の旅をしなければならず、それは危険も危険だが、今までと較べて不便さも一層だからだ。

ロクは枝に全身の重みをかけて、動かぬよう押えた。そしてリクゥに静かにしろと合図をすると、彼女は木から降りて来て彼の傍に立った。おばあさんが小道をやって来るのだ、その足音も呼吸の音も聞こえてくる。彼女は最後の木の幹をまわって姿を現わした。白毛《しらが》だらけで小柄《こがら》、それが前かがみになり、しなびた乳房の脇に両手で抱えている何か葉で包んだ荷物に眼をすえて、他のことには気もとめぬ態《てい》である。一族の者たちは一団となって黙って彼女を迎えた。彼女は口をきかず、へりくだって辛抱するといったさまで、事の成行を待っていた。ただ手に持った荷物が垂れさがって、また持ちあげられるので、人々はその重さのほどを思い浮かべるのであった。

ロクがはじめにしゃべった。彼はそこにいる者たち全体に話しかけ、笑いながら話したつもりであったが、自分の口から出る言葉は聞こえても笑い声は欠けているのだった。ニルはまたうめくような声をたてはじめた。

　さて今度は一族の最後に残った者が小道をやってくるのが聞こえた。それはマルで、ゆっくりと時々咳をしながら歩いてくる。終りの木の幹をまわって、空地の入口で止まり、持ってきた茨の木の端にぐったりと倚《よ》りかかり、咳をしはじめた。前かがみになると、白毛の抜け落ちたあとが、眉毛のうしろから頭上を越して、両肩に伸びた毛の叢にいたるまで、一条の径《みち》をつくっているのが見えるのであった。一族の者たちは彼が咳をしているあいだは、じっと見つめている鹿のようにひっそり押し黙って待っていたが、その間にも彼らの足指のあいだから泥が四角の塊《かたまり》をなして盛りあがってきて、その丈《たけ》が伸びると折れて足指をおおうのであった。太陽をかくしていた鋭い輪廓の雲が移り、木々は冷たい陽光を篩《ふるい》にかけて彼らの裸の肉体に浴びせかけた。

　やがてマルの咳はとまった。彼は茨の木にぐいと身をもたせ、その杖をつかむ手のすべりを他方の手で交互に抑えるようにして、身体をまっすぐに保とうとしていた。彼は水に眼をやり、それから人々の一人ひとりに順々に眼をやった、彼らは待っていた。

「わしは絵を持っている」

　彼は片方の手を離してそれを額にひらたく当てた、そのあたりにちらついている心象が逃げださないようにといった案配《あんばい》である。

「マルは年寄りではなくて母親の背中にしがみついているわ。ここに水がよけいあるばかりではなくて、わしらが通ってきた道にもあったわ。一人賢い人間がいてな。倒れている木を他の人間に持ってこさせて――」

眼窩《がんか》に深く落ちこんだ彼の眼は人々に向けられ、自分の絵を分かち持ってくれと願っていた。彼は低く、また咳をした。老婆は注意ぶかく荷物を持ちあげた。

やがてヘイが口を切った。

「おれにはその絵が見えないがな」

老人は溜息をし頭から手をおろした。

「倒れている木を探せ」

命《めい》に従って人々は水際に散っていった。老婆は先ほどリクウがブランコにしていた枝に歩みより、荷物を支えている両手をその上に載せた。ヘイが最初に彼らに呼びかけた。で、彼らは彼の方に急いだが、踵に盛りあがってくるどろどろした泥にはたじろぐのであった。リクウは何かの木の実が黒ずんで、結実の時期からそのまま残っているのを発見した。マルが来て、丸木を見て顔をしかめた。樺《かば》の幹で、太さは人間の股《もも》ぐらいしかなく、そして泥と水になかば埋まっていた。そこここで樹皮がむけていて、ロクはそこから色のついた菌《きのこ》をむしりとりはじめた。菌のうちには食べられるのもあってロクはそういうのを選んでリクウにやった。ヘイとニルとフェイは幹を引っぱろうとしたのだが、不器用でどうにもならない。マルはまた溜息をついた。

「まあ、待て。そこをヘイが。フェイはそこを。ニルも一緒に。ロク！」

丸木は造作なく上がってきた。まだ残っている枝があって、その重い木をあの暗い水峡まで持って帰る途中で、その枝が藪にからんだり、泥に引きずられたり、どうにも邪魔になった。太陽がまた姿を隠した。

水際まで来ると老人は対岸の掻き乱された土のあたりをにらんでいたが、

「丸木を泳がせるんだ」

これは微妙で困難なことだった。水に濡れた丸木をどう扱おうと、足を水につけないわけにはゆかないのである。でもとうとう丸木は浮き、ヘイは身を乗りだしてその一端をつかんだ。他の端は少し水に沈んでいる。ヘイは一方の手で支え他方の手で引っぱるようにした。と、幹の枝のついた頭のほうがゆっくり前方に動いて対岸の泥の上に止まった。ロクは、頭をのけぞらせ、感心しきって有頂天でしゃべりたてたが、言葉がただでたらめに口をついて出てくるだけであった。誰もロクのことなど気にせず、老人は顔をしかめて頭に両手を押し当てている。幹の他端はおそらく人間の身長の二倍ほどの長さが水中に没していて、それがまた幹のいちばん細い部分なのだ。ヘイがどうしようかというふうに老人を眺めると、こちらは頭をまた押えて咳をした。ヘイは溜息をし、用心ぶかく片足を水に踏み入れた。彼が何をしようとしているのかを見てとると人々は彼に心をあわせて呻き声をたてた。彼は念にも念を入れて水に入ってゆき、彼が顔をしかめると皆それにあわせて顔をしかめた。彼は喘《あえ》ぎ、水が膝上までくるところまで踏みこみ、両手で幹の樹皮を皺《しわ》むばかりにつかんだ。で次に一方の手で押しつけ他方の手で持ちあげた。幹はぐるりと廻り、大枝は黄褐色の泥を掻き乱し、泥は回転する木の葉の群とともに渦を描き、樹頭はかしいで岸のさらに奥の方に倚りかかった。彼は力をこめて押したが生いひろがった小枝のために動かばこそである。ずっと先の方で幹が曲がって水にもぐっているところがあって、そこにはまだ切れ目《ギャップ》があるのだ。人々の真剣な注目を浴びて彼は水からあがってきた。マルはまた二本の手で茨の木を持ち、期待の眼をヘィに注いだ。ヘィは小道が空地に達するところに行き、自分の茨の木を拾いあげ、うずくまった。一瞬彼は前かがみになったが、身が倒れるより早く足が進み出、彼は空地をよぎって脱兎のごとくに駆けていた。丸木の上を走ったのは四歩だけで、足を落とすたびに膝で頭をつきあげるようにした、すると丸木は水を打ち、ヘィは脚を縮め両腕をひろげて、空中を飛んでいるのであった。彼は木の葉と土の上にずしんと落ちた。越えたのである。後ろをふりかえって、幹の頭をつかんで引っぱりあげた。道は水を越えて連なったのである。

人々は安堵と喜びで大声をあげた。太陽はこの瞬間をえらんでまた姿を現わしたので全世界が彼らの愉《たの》しさを分かち持つように思われた。みんなへィをほめそやして、てのひらで自分たちの股を叩き、ロクはみんなの得意な気持をリクウとともに分けあうのだった。

「ごらん、リクウ。幹は水に懸《か》かったじゃないか。たくさん絵を持ってるなあ、ヘィは！」

一同がまた静かになるとマルはその茨の木をフェイに向けた。

「フェイと赤ん坊だ」

フェイは手で赤ん坊を探ってみた。頸筋で束になった髪に隠れて他の者からはほとんど見えないが、赤ん坊の手と足はそれぞれその場所の捲毛をしっかりとつかんでいた。フェイは水際に行き、両腕を左右にひろげ、手際《てぎわ》よく幹の上を駆け抜け、最後の部分は跳んでヘイとならんで立った。赤ん坊は目を覚まして、彼女の肩ごしにちょいと顔をのぞかせたが、片足のつかむ箇所を変え、また眠りこんだ。

「つぎはニルだ」

ニルは顔をしかめた、眉の上に皮膚をひっぱり集めたのである。眉から捲毛をうしろに撫であげ、苦しそうに顔をしかめ丸木のところへ走っていった。両手を高く頭上にかかげ、まんなかに達したときには大声をあげていた。

「ああ、ああ、あああっ！」

丸木は撓《しな》い沈みはじめた。ニルはいちばん細い部分にさしかかり、盛りあがる乳房を躍《おど》らせて高く跳び、膝までつかる水のなかに落ちた。彼女は金切り声をあげ泥から足を引き抜き、ヘイが差しだした手をつかみ、そして喘ぎ戦《おのの》きながら固い大地に立った。

マルは老婆に歩みよって穏やかに言った。

「越えてみるかね？」

老婆は内なる思いに相変わらず耽っていて、部分的に目覚めただけである。彼女は依然として両手の荷物を胸の高さに抱えたまま、水際まで降りて行った。彼女の肉体にあるものとては骨と皮膚とわずかばかりの白毛ぐらいのものであった。彼女がすばやく踏み越えて行ったとき幹は水中でほとんど揺らめきもしなかった。

マルはリクウに身をかがめた。

「越えるかな?」

リクウは小さいオアの頭をしゃぶっていた口を離し、その赤いもじゃもじゃした髪をロクの股にこすりつけた。

「あたしはロクと一緒に行く」

この言葉はロクの頭のなかに一種の陽光を灯《とも》した。彼は口を大きく開け、笑い声をたて、人々に話しかけた、もっとも迅速に移り変わる心中の絵と口から出る言葉とはあまり関係はなかったのだが。フェイは彼に笑いかえし、ヘイは厳粛な微笑を見せていた。

ニルは大声で二人に呼びかけた。

「気をつけるんだよ、リクウ。しっかりつかまってな」

ロクはリクウの捲毛を引っぱった。

「立って」

リクウは彼の手をとり、片方の足で彼の膝をつかみ、背中の毛のところまで攀《よ》じのぼった。小さなオアはロクの顎の下で彼女のあたたかい手で抱いた。彼女はロクに叫んだ。

「さあ、いいよ！」

ロクはぶなの木陰の小道まで、まっすぐに戻った。彼は水をにらみ、それを目がけて突進し、そして横にそれて止まった。水の向うで人々が笑いだした。ロクは後ろへ走ってはまた前へ疾走するのだったが、その度ごとに丸木の手前の端で止まってしまう。彼は叫んだ。

「このロクを見ろ、すばらしい跳び手だぞ！」

得意になって躍り出る。が、その得意の鼻っぱしが折られ、彼はうずくまり、こそこそ引っ返す。リクウは背中ではねあがり金切り声をたてていた。

「跳ぶのよ！　跳ぶんだったら！」

彼女は頭を彼の頭にもたせかけて、もう我慢ができぬというように左右に動かした。彼はニルのように、両手を高く空中にあげて、水際に走ってきた。

「ああ、ああっ！」

それを見てマルまでが歯を見せて笑った。リクウの笑いは声も出ず息もつけぬほどになっていて、その両眼からは涙が流れ落ちていた。ロクは一本のぶなの木のかげに隠れたが、ニルはおかしくてたまらず胸を抱える始末であった。と、突然ロクがまた現われた。彼は頭を前に下げ、前方に疾駆した。おそろしい叫び声をあげながら丸木をさっと渡った。彼は跳びあがり乾いた地上に降り、跳んでひとまわりし、はねまわりながら、してやったりと水を嘲る恰好をつづけるので、リクウは彼の頸もとでしゃっくりをはじめるし、一同たがいに抱きあって大笑いである。

やがて人々が静かになるとマルが進み出た。彼はちょっと咳をしてから顔をしかめて一同を見た。

「今度は、マルだ」

彼はバランスをとるために自分の茨の木を横に構えた。そして幹に向かって走りだしたが、その年老いた足はしっかと踏むかと思うと、ふらつくのであった。彼は茨の木を振りながら渡りはじめた。だが無事に渡れるほどの早さは出せない。彼の顔に苦悶の色が増し、歯をむき出しているのが見てとれた。と、後ろの足がひっかかって幹から樹皮が剝げ露《あらわ》な部分ができた。走りかたが早ければ問題はなかったのだが、他方の足がすべり、彼は前にのめった。斜めにはねあがり、汚ない水が揺れ動くなかに姿を消した。ロクは駆けまわって、できるかぎりの大声で叫んだ。

「マルが水に落ちたあ!」

「ああ、ああっ!」

ヘイは水に踏みこんでいったが、その冷たい異様な触感が気に障って顔をしかめていた。茨の木をつかむと、マルはその他の端を握っていた。で、マルの手首をにぎったが、とっさに二人一緒に倒れかけた、組打ちをしているような恰好である。マルは身をふりほどいて四つん這いになり固い地面の方に這いあがっていった。水からあがってぶなの木の背後まで行くと、そこで身を丸くして横たわり慄《ふる》えていた。一同はまわりをぎっしり取りかこんだ。みんなしゃがんでその身体を彼にこすりつけた。自分たちの腕をまわして、保護慰《い》藉《しゃ》の格子を作った。マルの身体から水が流れ去ってそのあとにところどころ毛がかたまって先が尖っていた。リクウは這うようにして群のなかにもぐりこみ自分の腹を彼のふくらはぎに押しつけた。ただ老婆だけがやはり動かずに待っていた。人々の群はマルのまわりにうずくまって彼の身の戦《おのの》きを分かち持ったのである。

リクウが口をきいた。

「腹がへった」

人々はマルのまわりのかたまりを解き、彼は立ちあがった。彼はまだ慄えていた。この慄えは皮膚や毛の表面の動きではなくて深みから来ていたから茨の木そのものまで彼とともに揺れるのであった。

「行こう！」

彼は先頭に立って小道を進んだ。このあたりになると木と木の間の場所がひろくなり、その場所に灌木《かんぼく》が多く生《は》えている。間もなく一同は大木が枯れる前につくった空閑地に達した。この空閑地は川のすぐ傍にあり、立っている当の木の骸《むくろ》がいまだにあたりを支配している。蔦《つた》があとを継いでいて、その深く食いこんだ茎々は親木の幹に静脈瘤のようにもつれからまり、以前に幹が枝をひろげて濃緑の葉の巨大な巣をつくっていたところで終わっている。菌類の生えかたも盛んなもので、突き出た笠に雨水をいっぱいためているのもあれば、もっと小さくて赤と黄のジェリーのような球《たま》もあり、もはや親木のほうは崩れて粉末と白い髄になっているのであった。ニルはリクウのために食物を集め、ロクは指でまさぐって白い甲虫の幼虫を探した。マルは彼らを待っていた。彼の身体はもう始終《しじゅう》慄えてはいなかったが、時折痙攣《けいれん》するのであった。ひとしきり痙攣がすむと彼は茨の木に倚りかかったが、まるでそこを辷《すべ》り落ちなんばかりに見えた。

五官に新しい要素が加わってきている。絶え間のないあたりいっぱいにひびきわたっている音だから、それが何か知らせあう必要もないくらいである。この空閑地の先では土地が急傾斜に高まりはじめ、ところどころに矮小な木々はあるが、大体は土である。しかしここでは地面の骨格が見え、なめらかな灰色の岩の塊があちこちに首をもたげている。この斜面の向うの山と山のあいだに峡間《はざま》があり、この峡間の落ち口から川は一番高い木の二倍ほどの高さの大きな滝になって落ちている。みんなは黙って遠くから聞こえてくる水の響きに耳を傾けた。そしてたがいに顔を見あわせ、笑いはじめしゃべりはじめるのであった。ロクはリクウに説明した。

「今夜は落ちる水のそばで眠るのだ。あれはなくならなかったからな。覚えているかい」

「水と洞穴の絵を持ってるよ」

ロクは枯木を可愛いというふうに叩いてやり、マルはみんなを率いてのぼっていった。みんな嬉しくてたまらないのだが、それでもマルの身体の弱まりに気をつかった、――もっともそれがどれほど痛切なものかにはまだ気づいていなかったが。マルはまるで泥から引き抜くように足をもちあげたし、その足も以前のように器用とはいえなかった。踏みおろす場所を不細工にえらびはするが、まるで何かに横ざまに引っぱられるかのように、よろめいて杖にすがるのである。うしろに続く者たちは彼の動作の一々に倣《なら》うのだが、こちらは元気いっぱいだから造作もない。マルの苦労しているさまに気を奪われ、みんな愛情にみちた無意識のパロディになるのである。彼が倚りかかり喘ぐと、みんなもまた口を大きく開け、よろめく、足がわざとのように不器用になるのだ。彼らは、灰色の丸石や膝ほどの高さの石などが乱雑に散らばって木の姿はまるで見えない場所を曲がりくねって歩いてゆき、やがて開けた場所に出た。

ここでマルは立ちどまって咳をした、一同は彼のため待たねばならぬと承知している。

ロクはリクウの手をとった。

「ごらん！」

斜面は峡間まで延びており、山が眼前に聳《そび》えたっている。左手では斜面が断たれ崖をくだって川に落ちている。川のなかには島があるが、これはその一部が直立して滝にもたれかかっているような恰好をしている。川はこの島の両側面に落ちかかっているが、こちらの側面では水が少なく向う側では幅もひろく勢いもはげしい。滝壺のあたりは飛沫《しぶき》と水煙のために何も見えない。島には林もあり密な藪もあるが、滝に面する端は濃い霧がかかったようにかすんでいて、その両側では川面《かわも》の輝きも和《なご》んでいる。

マルはふたたび歩みはじめた。滝の落ち口にのぼるのには道が二つある。ひとつは右手にジグザグになって岩のあいだを這いあがっている。この道のほうがマルには楽だったろうが、彼は何よりもまず、早く安楽な場所に達したいと熱望しているのだろうか、これは顧みなかった。彼は左手の道をとった。これは崖のふちに生えている小さな藪のなかを縫ってゆくのだが、そのときリクウがまたロクに話しかけた。滝の音で彼女の言葉の肝心なところは消されてしまって、そのかすかな粗描しか残らなかった。

「腹がへった」

ロクは自分の胸をぴしゃっと叩いた。彼はみんなに聞こえるよう大声を出した。

「いっぱい耳（茸のこと）がなっている木をロクが見つける、そういう絵を持っているよ――」

「リクウ、お食べ」

手に漿果《ベリー》を載せてヘイが二人の傍に立った。そして、流しこむようにしてやると、リクウは食物に顔を突きこんで食べるのであった。小さなオアはその腕に抱かれて居心地が悪そうである。食物を見ているとロクも自分の飢《ひも》じさに気づいた。海辺のじめじめした冬の洞穴を後にし、磯や塩水沼で採れる苦い妙な味のする食物とも別れたとなると、突然さまざまな旨いものの絵を持つのだった、蜂蜜だの木の若芽だの、球根だの甲虫の幼虫だの、とびきり旨い肉だのそれほどでもない肉だのの絵である。彼は石を拾い、まるで虫のいそうな木を叩くように、すぐ横にある裸の岩を叩きはじめた。

ニルは灌木からすがれた漿果《ベリー》をちぎって口に入れた。

「見ろや、ロクが岩を叩いてるぞ！」

みんなが自分を見て笑う。彼は道化てみせ、岩に耳を当て聴くふりをし、大声で言った。

「虫め、起きろ！　目が覚めたか？」

だがマルは頓着せずに先達《せんだつ》をしていた。

崖の頂きが多少反《そ》りかえっているので、そのぎざぎざの頂きを登りこえずに、川が滝壺の騒がしさから遠ざかったあたりの真上にある切りたった崖っぷちを縫ってゆくことができた。道は一足ごとに高くなって、斜面のところもあるし宙にぶらさがっているような箇所もある、切れ目があるかと思えば突き出ているところもあるといった眼のくらむような径で、足もとが凸凹なのが身を保つ唯一の足がかりであったし、事実彼らが通り抜けた後に岩が下に飛びこんでゆき、あとに残るのは彼らと、下方の島と水煙の間の大気の空虚《うつろ》のみであった。このあたりでは大鳥《おおがらす》の群が焚火から舞いあがった黒い燃えかすのように脚下に漂い飛び、草尻尾《ウィード・テイルズ》が揺れ動くとほんのかすかなきらめきが見えて水の在処《ありか》が知れた。そして滝に倚りかかって、落ちる水の道筋をさえぎっている島は、月のようにぽつんと一つ離れて見えるのであった。崖は水中の自分の根元をのぞきこんでいるかのように前にかがみこんでいた。草尻尾はひじょうに長く、たいていの人間よりも長いくらいで、心臓の鼓動のように、あるいは磯打つ波のように、規則正しく、登攀してゆく人々の脚下で前後に揺れていた。

　ロクは大鳥の鳴き声を思いだした。彼は両腕で鳥をたたいた。

「クウァック！」

　フェイの背中で赤ん坊が身動きし、手足でつかんでいる箇所を変えた。ヘイはゆっくりと進んでいったが、これは身が重いので慎重にならざるをえないからである。傾斜している岩の上で手足を曲げ縮めて、這うように行った。マルがまた口をきいた。

「待て」

　彼がふりかえったとき一同はその唇を読みとって彼の傍に一団となって集まった。ここでは小道が台地状にひろがっていて、みんなを容れる余地があった。老婆は傾斜した岩に両手を休めて重荷を楽にした。マルはかがみこみ、両の肩がねじれるほどに咳きこんだ。ニルはその傍にしゃがみこんで、一方の手を彼の腹に、他方の手をその肩に載せた。

ロクは飢じさを忘れようと川面《かわも》に眼をやった。鼻孔を押しひろげると、たちまち混じりあったさまざまな臭いがいっせいに嗅ぎつけられるのであった。雨が花野のさまざまな色彩を深めそれぞれを際《きわ》だたせるように、滝から立つ霧が臭いという臭いを信じられぬほどに拡大したからである。それから人の臭いもした、個々別々の臭いだが、そのどれにもいままで通ってきた泥だらけの径の臭いが付きまとっていた。

これこそまぎれもない夏の住処《すみか》の証拠《しるし》なのだと思い、彼は喜びで笑い声をたてフェイの方に向いた、空腹はともあれ彼女と寝たくてたまらなくなったのである。森を通ったとき受けた雨水は彼女の身体から乾いてしまっていて、その頸筋と赤ん坊の頭にまといついている捲毛は艶やかに赤かった。彼が手をのばして彼女の乳房に触れると、彼女も笑って、髪を耳わきから撫であげた。

「食べ物が見つかるよ」彼は口を大きく開けて言った、「そして二人で寝ていいことができるよ」

食べ物のことを口に出したので飢じさが臭いと同じくらい切実になった。彼はまたふりかえって、老婆の荷物の臭いのする方を見た。ところが何もなく空っぽで、ただ滝の水煙が島から流れよってくるばかりだ。彼は突然前にのめり、岩の上に手足をひろげて腹ばいに倒れ、足指と両手で岩の凸凹にかじりついた。極端に緊張した知覚で一瞬眼に入ったのは、動かずに凍りついた草尻尾であった。リクウは台地で悲鳴をあげ、フェイは崖のふちに身を伏して、手首を握って男を支えた。赤ん坊はフェイの髪のなかで身悶えし、すすり泣いていた。他の仲間たちが戻ってきた。ヘイが注意ぶかく、しかし手早く膝をつき、前にかがんで、彼のもう一方の手首を握った。ロクにはこの二人のてのひらが恐怖のため汗ばんでいるのが感ぜられた。一時に片足ひとつ、手ひとつという具合に彼は上に移ってゆき、ようやくのことで台地にしゃがみこんだ。彼は這いまわり、また動きだした草尻尾に向かってわけの分からぬことを早口にまくしたてた。リクウは泣き叫んでいた。ニルはかがんでその頭を自分の乳房の間に押しつけ、なだめるようにその背中の毛を撫でさすった。フェイはロクを引っぱって自分の方に向かせた。

「どうしたのよ?」

ロクは一瞬ひざまずいて、口の下の毛を掻きむしっていた。それから彼は島を越えて自分たちの方に流れてくる水煙を指さした。

「おばあさんが。あそこにいたんだよ。だからね——」

大気が崖に沿って立ちのぼるにつれて、大鳥の群が姿を現わし彼の手の下で飛んでいた。夫の声が老婆のことに触れたとき、フェイは自分の手を離した。がロクの眼は彼女の顔を見すえていた。

「おばあさんがあそこにいたんだ——」

まったく話が通じない、それで二人とも口をつぐむより仕方がなかった。フェイはまた顔をしかめていた。これではこの女と寝るわけにはゆかぬ。眼には見えぬが、彼女の頭のまわりの大気のうちに老婆の何かが存在しているのである。ロクはフェイに頼むように言った。

「おれはおばあさんの方に向いたら、倒れたんだ」

フェイは両眼を閉じ、仮借せずに言った。

「あたしにはその絵は見えない」

ニルはリクウの手を引いて他の仲間について行った。フェイはそのあとにつづいた、まるでロクなど眼中にないといったふうだ。彼は自分の失錯に気づき、おどおどしながら彼女のあとを攀じのぼって行った。が歩みを運ぶうちにも呟いた、「おばあさんの方に向いたら」

他の人々は径の行手に一団となって集まっていた。フェイは大声で呼びかけた。

「すぐ行くよう！」

ヘイが叫びかえした、

「氷女がいるぞ」

向うの、マルの頭上の崖に溝があり、日の光が届かなかったために古い雪が詰まっている。重さと寒さとそれに冬の終りの土砂降りの雨のために、雪が凝結して氷となって危く懸かっているのだが、その融けた端と温度の高い岩との間から水が流れ出ている。海辺の冬の洞穴から戻ってきたときにこの溝に氷女が残っていたことはいまだかつてないのだが、マルが自分たちを山中につれてくるのが早すぎたという考えは一同に思い浮かばなかった。ロクは自分が危く助かったことも、あの水煙の臭いがまったく新しい、言うに言えぬ奇妙なものだったことも忘れて、駆けよった。そしてヘイの傍に立って大声をあげた、

「オア、オア、オア!」

ヘイと他の仲間も一緒に叫んだ。

「オア、オア、オア!」

滝の音が際《きわ》だってひびいているから彼らの声は弱々しいものだったし、それを返す木魂《こだま》もなかったが、それでも大鳥の群は聞きつけて、とまどい、やがてもとのなめらかな飛翔にかえった。リクウも、わけのわからぬままに、大声をあげ小さいオアを揺すった。赤ん坊はまた目を覚まして、子猫のように唇を桃色の舌で一嘗《ひとな》めし、フェイの耳もとの髪から外をのぞいた。氷女は頭上から前方にかけてかかっている。その腹からは恐ろしい水が絶えず滴り落ちているが、彼女は動こうとしない。それを見て一同は黙ったまま、彼女が岩に隠れて見えなくなるところまで、足早に通り抜けた。そしてやはり口をきかずに滝の傍の岩群《いわむら》のところに到達したが、巨大な崖が白い水の騒がしく乱れているうちに自分の根元を見下ろしているところである。ほとんど眼の高さに澄んだ曲線をなして水が岩床をこえ

て落下していっているのであるが、水が澄みきっているので中を見通せるくらいである。水中には水草が生えていて、ゆっくりしたリズムでなしに、気違いのように身を慄わせ、まるで早く流れ去りたいというふうであった。滝の近くでは岩々は飛沫《しぶき》で濡れており羊歯《しだ》があたりに群れこぼれていた。その滝にほとんど眼もくれずに一同はひたすらに道を急いだ。

滝の上手で川は山脈《やまなみ》の峡間から流れ出てきている。ちょうど日が暮れるころなので太陽は峡間に沈み、水からまぶしい光を放っていた。対岸では渓流を区切るのは陽光を受けない黒い切りたった山であるが、峡間のこちら側はそれにくらべれば穏やかである。傾斜した岩棚があって、この台地は徐々に低まって崖になっている。ロクはまだ行ったことのない島やその先の峡間の向う側にある山のことは念頭におかなかった。覚えているのはこちらの台地がどんなに安全かということで、彼は仲間のあとにつづいて足をはやめた。滝のところで川の流れにさえぎられるから、水の中から仲間を襲いにやってくるものは何ひとつない。だから台地の上の崖は狐や山羊や人間やハイエナ、鳥たちの安住地であった。台地から森へくだる道の入口は、一人の人間が茨の木を持ってようやく通れるくらい狭いから、容易に防禦できる。下方の水の乱《ろう》がわしいあたり、飛沫《しぶき》の柱のあがっているすぐ上の切りたった崖にあるこの小径にいたっては、それを踏むのはただ人間の足のみである。

ロクがこの小径の終りの曲り角をまわったとき、背後で森はすでに暗くなり、影は峡間を越えて台地の方に伸びてきていた。台地につくと一同は一息ついてしゃべりはじめた、と、その時である、ヘィが茨の木をさっと振りおろし、棘《とげ》のあるその頭を前の地に打ちすえた。彼は膝を曲げ、あたりを嗅いだ。みんなはすぐに押し黙って、台地の張り出しをとりまいて半円を描いてひろがった。マルとヘィは茨の木を手に構え持ち、忍び足で歩いてゆき、しだいに高まってゆく勾配をやや進んで、張り出しを見おろせるところに達した。

しかしハイエナたちはいなかった。山の上の方から落ちて散らばっている石や何代もの土に生えているわずかばかりの草に臭いはまだまつわりついていたが、それは一日たったものであった。ヘィはなおも茨の木をふりあげてあたりを検《しら》べていたが、その武器の必要もないとわかると一族は筋肉を弛《ゆる》めた。一同が傾斜した地を数歩進んで張り出しの前に立つと、陽光は彼らの影を斜めに投げるのであった。マルは胸から湧きあがってくる咳をしずめ、老婆に向かい、そして待った。彼女は張り出しの中でひざまずき、その中央に粘土の球を置いた。それから粘土を広げ、以前から置いてある古い粘土の上で、それを叩いてならした。つぎに顔を粘土に押しつけ、息を吹きかけた。この張り出しの奥には岩の柱の両側にそれぞれ窪《くぼ》んだ箇所があって、そこに小枝、棒切れ、もっと太い大枝のたぐいが詰まっている。彼女はこの枝の山のところにいそぎ、小枝や葉、それにほとんど粉のようになっている丸木を抱えてもどってきた。伸ばした粘土の上にこれを並べて息を吹きかけていると、やがてかすかな煙がたちはじめ、火花がひとつ空《くう》に閃いた。枝は音たてて爆《は》ぜ、アメシストと紅の炎が渦まいたかと思うと、まっすぐに立ちのぼって、そのため老婆の顔の陽光を受けぬ側は輝き、眼はきらめいた。彼女は窪みからまた戻ってきて薪を添え足したので、火は見事に炎を燃えたたせ火花を散らせた。彼女は指で湿った粘土を細工し、縁《ふち》の部分をこねあげ、やがて火が浅い皿のまんなかで燃えている具合に仕立てた。それから彼女は立ちあがって一同に言った。

「火がまた目を覚ました」

二

こうなるとみんな気がたかぶってきて、再びしゃべりだした。そして洞穴の方に駆けだして行った。マルは火と窪みの間にしゃがみこみ、手をひろげた。フェイとニルは薪をもっと持ってきて、控えに積み重ねた。リクウは大枝を一本持ってきて老婆にわたした。ヘイは岩にもたれてうずくまり、背中を揺り動かしていたが、やがて身体を落ちつけた。右手で探ると石が見つかり、拾いあげた。彼はみんなに見せた。

「おれはこの石の絵を持っている。マルが枝を切るのに使ったあれだ。そら！　ここが切るところだ」

マルはヘイから石を受けとり、その重さを手で計り、一瞬真剣な面持であったが、やがて微笑して一同を見た。

「これはわしが使った石だ」と彼は言った。「そら！　ここに親指をおいて、ここでぐっと握るのだ」

彼は石を上げて枝を切る真似をした。

「その石は良い石だ」とロクが言った。「どこかに行ってしまわないで、マルが帰ってくるまで火のそばで待ってたからな」

彼は立ちあがり地面や岩ごしに斜面をのぞきおろした。川も行ってしまわず山々もいた。張り出しは自分たちを待っていてくれたのだ。出しぬけに彼は幸福と歓喜の潮に流された。何もかも自分たちを待っていてくれたのだ。つまり、オアは自分たちを待っていてくれたのだ。そしてちょうどいま彼女は球根の角《つの》を出させ、甲虫の幼虫を肥らせ、土のなかからさまざまな臭いを湧きたたせ、あらゆる割れ目や大枝から肥った芽を膨《ふく》れ出させているのだ。彼は両手を思いきり広げ、川の縁の台地まで踊って行った。

「オア！」

マルは火からちょっと身をずらせ、張り出しの背部を検《しら》べた。表面をじっと見つめ、柱の根元にあるわずかな枯葉や芥などを掃《はら》いのけた。そしてうずくまり両肩をすくめ自分の席に落ちついた。

「ここがマルの坐る場所だ」

ロクやヘイがフェイに触《さわ》るときのように彼はやさしく岩に触れた。

「わしたちは家に帰ってきたのだ！」

ロクは台地から入ってきた。彼はおばあさんを見た。火をおこすという大役から解放されたので彼女は前ほど遠い存在ではなくなり、やや自分たちの仲間に近くなったという気がしてきた。いまでは彼女の眼を見つめることも話しかけることもでき、おそらく返事をしてもらえるかもしれないのだ。そのうえ、炎というものがいつも自分の心に喚《よ》び起こす不安の念を他の人々から隠すためにも、口を利かねばならぬと思った。

「火が炉で燃えている。暖かいか、リクウ？」

リクウは小さなオアを口から離した。

「あたし腹がへった」

「明日になればみんなの食べ物が見つかるよ」

リクウは小さなオアをさしあげた。

「これも腹がへっている」

「おまえと一緒に食べられるさ」

彼は見まわして他の人々に笑いかけた。

「おれは絵を持っていて——」

するとみんなも笑いだした。ロクの絵だからで、彼がほとんどその絵しか持っていず、ロクと同様みんなそれを承知だったからである。

「それは小さなオアを見つけるという絵だ」

その年老いた木の根は奇怪な具合によじれ膨れ、古びたためにすべっこくなっていて、腹の大きい女のような恰好になっていた。

「——な、おれはいま木にかこまれて立っている。触るものがある。この足に触るものが——」彼はみんなの前で身ぶりよろしく演じた。左足に重心をかけ右足で土のなかを探った。「——触るね。何だろう？　球根か、木の枝か、それとも骨かな」彼の右足が何かをつかんで持ちあげ左手に渡した。彼はそれに眼をやって「小さなオアだ！」と意気揚々、一同の前に日を浴びて立った。「これでリクウのいるところに小さなオアがいるわけだ」

みんな喝采した、半ばはロクの仕種《しぐさ》が、半ばはその筋書きが、おかしかったからだ。この喝采でロクはすっかり気をよくして、火のそばに落ちつき、一同も炎を眺めて黙りこんでいた。

太陽は川のなかに没し、光は崖の張り出しから去っていった。火は中心に小さく縮み、白い灰のなかにぽつんと赤い点があって炎がひとつ揺らめきあがっているだけであった。で、おばあさんがそっと身をうごかせ薪をくべると、赤い点がそれに食いつき炎が強くなった。それをみんな眺めているのだが、彼らの顔はゆらめく光のうちに慄えおののくように見えるのだった。彼らの肝斑《しみ》だらけの肌は赤らみ、めいめいの額の下にある深い窪みには炎の反映が宿り、その火が相共《あいとも》に揺れ踊っていた。暖かさに得心がゆくと、みんな手足をゆるめ、煙を楽しく吸いこんだ。足指を曲げ、火から身を反らして腕を伸ばしてみたりする者もいた。深い沈黙が支配していたが、それは言葉をきくよりもよほど自然に思われるのであった、この永遠の沈黙は崖の張り出しのなかにあって当初はさまざまなる思いを蔵するものであり、そしてそれがすぎるとおそらくは何の思いも持たぬものであった。ここでは川音はまったく遮られて聞こえぬくらいであるから、岩々をわたる風のそよぎが耳にできるほどである。みんなの耳はおのがじし生命を与えられているかのように小さな音のからまりを解きほごして受けいれるのだった――呼吸の音もある、しめった粘土が削《そ》げ落ち、灰が崩れ落ちる音もある。

と、マルが口を利いたが、いつに似あわずおずおずとした口調であった。

「みんな、寒いかね？」

それで我をとりもどして一同は彼に眼を向けた。マルの身体はもう濡れてはいなかったし、その毛は乾いて捲いていた。彼は心をきめたように前に進み出、両膝が粘土の上にのるようにひざまずき、両腕を支えに前かがみになって、炎の熱がまともにその胸に当たるようにした。と、そのとき、春風が火に吹きつけ、開けたその口にまともに薄い煙の柱を送りこんだ。彼は噎《む》せて咳きこんだ。いつまでも止まらない、まるで胸のうちから咳が遠慮会釈もなく出てくるといった案配である。一同は彼の身体を揺すぶったが、その間も彼は苦しげに喘いでいた。とうとう横ざまに倒れて、身を慄わせはじめた。舌が見え、その眼に恐怖が見えた。

おばあさんが口を切った。

「これは丸木のあった水の寒さだ」

彼女はマルに近よってひざまずき、両手でその胸をさすり、頸の筋をもんだ。その頭を自分の両膝にのせて風からかばってやると、やがて咳がやみ、彼はまだいくらか身を慄わせてはいたが、じっと横たわっていた。赤ん坊が目を覚ましてフェイの背を這いおりてきた。彼は赤い毛を光に輝かせながら、伸ばした人々の脚の間を這いまわった。彼は火を見て、立てたロクの膝の下をくぐり、マルの踵をつかまえて、立ちあがった。彼の両眼には小さな火が二つともり、彼は前かがみになりながら、ぐらぐらする脚にたよって立っていた。みんなは彼とマルにこもごも注意せねばならなかった。と、そのとき、木の枝が爆《は》ぜ、ロクはとびあがり、火花が闇に飛び散った。それが落ちてくる前に赤ん坊は四つん這いになった。彼はあわてて人々の脚のあいだに這いこみ、ニルの腕をよじのぼって、その背中と頸筋の毛のなかに身を隠した。と、そのとき、彼女の左耳の近くに小さな火がひとつ飛んできた、まばたきもせずにじっと見つめる火であった。ニルは顔を横に向け、頬で赤ん坊の頭をやさしくさすってやった。赤ん坊はまた庇護を得たのである。自分の毛と母親の捲毛が洞穴のように彼を包んだのであった。密集した母親の体毛は垂れさがって彼を被ってくれた。間もなく彼女の耳もとの小さな火の粉は消えた。

マルは身を起こして老婆に倚りかかって坐った。彼は一同の顔を順々に見ていった。リクウは口を利きかけたがフェイはすばやくそれを制した。

さてマルが口を開いた。

「大きなオアがいた。それが腹から大地を生みだしたのだ。そして乳を飲ませた。大地が女を生み、その女が腹から最初の男を生んだのだ」

一同は黙って耳を傾けた。もっと聞きたい、マルの知っていることをすべて聞きたいと、待っていた。一族がたくさんいたころの絵があるのだ、それはみんな誰も好きでたまらない時代の話で、そのころには一年じゅう夏であったし同じ枝に花も咲き実もなっていたのだ。それにまたマルから始まってさかのぼってゆきその時その時の最年長の人々をつらねた長い名前のリストもあるのである。が、いまマルはもう何も言おうとしなかった。

ロクは風よけにマルの傍に坐って、

「腹がへってるのだ、マル。腹がへっている人間は寒い人間になる」

ヘイが口をはさんだ。

「陽《ひ》がもどってくれば食べ物が手に入る。火のそばにいろ、マル、おれたち食べ物を持ってきてやるから、おまえは強くなり、あたたかくなるよ」

そこへフェイがやってきてその身体をマルに倚せかけたので、三人がマルをとり囲んで火であたためることになった。マルは咳の合間《あいま》に彼らに言った。

「何をしなければならないか、わしはその絵を持っている」

彼は頭をさげ、灰のなかに見入った。一同は待った。彼の生が彼から何を奪ってしまったのか、それが一同には見てとれるのであった。額の長い毛はまばらになり、捲毛が普通ならば頭蓋の斜面をおおって流れ落ちているところを、後退して眉毛の上に指一本ほどの皺のよった裸の皮膚を見せるにいたっている。その眉毛の下の大きな眼の窪は深くて暗く、そのなかにある眼はどんよりとして苦痛に充ちている。やがて彼は片方の手をあげて指を仔細に検べた。

「みんな食べ物を見つけなければいけない。薪を見つけなければいけない」

彼は右手で左の指々を握った。そしてそれをぎゅっと握りしめた、そうやって緊《し》めていると当の考えを内に閉じこめ支配できると思っているかのようであった。

「薪のため指ひとつ。食べ物のため指ひとつ」

彼は頭をぐいと引いて、また始めた。

「ヘイのために指ひとつ。フェイのために。ニルのために。リクウのために――」

数える指がなくなってしまうと彼は他方の手を見、軽く咳をした。ヘイは坐ったままちょっと身じろぎしたが何も口には出さなかった。それからマルは眉を和《やわら》げて指勘定を止めた。彼は頭を垂れ、頸のうしろの灰色の髪の中に両手をまわして握りしめた。その声で彼がどんなに疲れているか分かるのであった。

「ヘイは森から薪を取ってこい。ニルも一緒に行くのだ、それから赤ん坊も」ヘイはまた身じろぎし、フェイは老人の肩にかけた腕を離したが、マルはなおも語りつづけた。

「ロクはフェイとリクウと一緒に食べ物を取ってくるのだ」

ヘイは口をはさんだ、

「山へ行ったり野原に出かけるにはリクウはまだ小さすぎる！」

リクウは大声を出して、

「あたしはロクと一緒に行く！」

ロクの膝もとでマルがつぶやいた、

「わしの命令はこれだけだ」

事がきまって、一同はなにか落ち着かぬ気持になるのだった。何か間違っていると身体で分かるのだが、命令は下されてしまったのである。命令が下ってしまうと、事はすでに進行しているようなもので、だから当惑するのである。ヘイは何ということもなしに崖の張り出しの岩を石で叩き、ニルはまたそっと呻き声を洩らすのであった。ただロクは、いちばん少ししか絵を持たなかったが、オアの女神とその恵みで食べ物をたくさん手に入れ嬉しくて台地で踊り出した、過去のあの楽しいめくるめくような絵の数々を思い出した。彼は跳びあがって人々に対した、すると夜気が彼の捲毛を戦《おのの》きゆすぶるのであった。

「おれは腕にいっぱい食べ物を持って帰るぞ」——彼は大きく身振りをした——「よろよろして歩けないほど——いっぱいになあ！」

フェイは笑った。

「世のなかにはそんなにたくさん食べ物はないよ」

ロクはしゃがみこんだ。

「おれは頭のなかに絵を持っている。ロクが滝までもどってくる。ロクは山の腹を走ってくる。鹿を持っている。虎が鹿を殺してその血を吸った、だからこちらに罪はない。そこでだ。それを左の脇の下に抱えている。そしてこの右の脇の下に抱えてるのは」――とそれを差し出して――「牝牛の肢が二つ三つよ」

崖の張り出しの前を、彼は肉の重荷に堪えきれぬようによろめきながら行き来して見せた。みんなは彼と笑いをともにし、また彼を見て笑った。ただヘイだけがちょっとにやにやしただけで黙りこくっていたので、人々はそれに気がつき、彼からロクに眼を移した。

ロクは空《から》威勢を張って、

「これは本当の絵だぞう」とどなった。

ヘイは何も口には出さず、ただ微笑しつづけた。と、みんな見ているうちに、彼は両の耳をゆっくりと重々しげに廻してロクの方に向けた、「おまえの言うことは聞いているよ！」と口で言ったのと同様、はっきりしている仕種《しぐさ》である。ロクは口を開き、毛を逆立てた。そして相手の冷笑的な耳と微笑めがけて、わけの分からぬことをまくしたてはじめた。

フェイがそれをさえぎって、

「およしよ。ヘイは絵はたくさん持っていて言葉は少ないのだよ。ロクは言葉は口いっぱい持っているが絵は持っていないのさ」

これを聞いてヘイは大笑いに笑いだしてロクに向かって脚を振ってみせ、リクウも何故ともわからぬままに笑いだした。二人が言いあわせたように無心に笑っているその安らかさが、突然ロクには慕《した》わしいものに思われた。彼は癇癪《かんしゃく》を忘れ、火のそばにこっそり戻り、意気消沈の態《てい》をよそおうと、みんなも彼を慰めるふりをしてやった。それからふたたび沈黙が訪れ、張り出しにはひとつの思いがあった、いや何の思いもなかったといってよい。

べつに何の前触れもないというのに、人々はみんな頭のなかに一つ絵を分かち持っていたのである。それはマルの絵だった、マルは自分たちよりは少し離れて坐っていて、光を浴び、痩せさらばえた惨めさのうちにくっきりと浮かんでいる。一同に見えるのはマルの肉体だけでなく、彼の頭のなかで大きくなり小さくなっているいくつかのおもむろな絵であった。とりわけてそのうちのひとつが他の数々の絵を押しのけ、漠たる論証、疑惑、推測のあいだから光を射しそめ、ついに一同は彼が鈍い確信によって何を考えているかを知ったのであった。

「明日か明後日には、わしは死ぬだろう」

人々はまた群を解いた。ロクは手をのばしてマルに触れてみた。だがマルは苦痛のためと老婆の毛が自分を被っているために、ロクの手を感じなかった。おばあさんはフェイに眼をやって、

「あの水の寒さだよ」と言った。

彼女はかがみこみマルの耳にささやいた。

「明日になれば食べ物があるよ。いまは眠ったほうがいい」

ヘイは立ちあがった。

「薪をもっと取ってこられるさ。火にもっと食べるものをやったら」

おばあさんは窪みに行って薪を選んだ。彼女はこういう木片を巧みに案配して、どこに炎がまわろうとも乾いた薪があって嚙みつくには事欠かないようにした。じき炎は高く燃えあがり人々は張り出しの方に後退《あとずさ》った。これで半円形が大きくなりリクウはそのなかに忍びこんだ。毛がちりちりして火の勢いを警告し、みんな嬉しくて顔見あわせて微笑んだ。それから大あくびがではじめた。一同はマルをとりまいて寝場所を案配し、群がり、あたたかい肉のゆりかごに彼を宿らせ、その前に火が燃えているようにした。彼らは割りこみあい、小声でつぶやいた。マルはちょっと咳きこんでいたが、やがて彼も眠入った。

ロクは火の一方の側にうずくまって暗い水の流れを見渡していた。別にはっきりと決めたわけではないが、彼は当直を行なっていたのである。彼もあくびをし腹中の痛みを検べ

てみた。うまい食べ物のことを考え、少々よだれを流し、何か言いかけようとして、みんなが眠っていることを思いだした。で、その代りに立ちあがり唇の下に密集している捲毛を掻いた。フェイはすぐ傍にいて、突然彼はまた彼女への欲情を感じた。だがこの欲情を忘れるのは容易だった、というのは彼の心の大部分はそれよりも食べ物のことを考えたがったからである。彼はハイエナのことを思いだし、台地を歩んで、森に達する傾斜地を見おろせる地点まで行ってみた。闇と煤でなぞったような箇所が何マイルもひろがって灰色の筋に達しているが、そこが海である。もっと近みには、沼地や流れの曲りに川が散らばって光っている。空を見あげると、晴れわたっていて、ただ海の上のあたりに綿雲の重なりが見えるだけである。眺めているうちに焚火の残像もうすらいできて、星がひとつ、きらりと見えた。と、つづいていくつもいくつも見えてきて、一面に撒き散らしたよう、地平線から地平線へと震える光の花野原になった。彼の眼はまたたきもせずに星を注視していたが、そのあいだにもその鼻はハイエナを探しており、近くにはいないと告げるのであった。彼は岩によじのぼり滝を見おろした。川が滝壺に落ちる箇所にはいつも光が絶えない。煙のような飛沫《しぶき》がそのあたりの光をあまさずにひっとらえ、それをまた微妙に撒き散らしているかのようである。しかもこの光が照らすのはただ飛沫だけだから島は全くの闇である。ロクは漠とした白さのうちにぼんやりと浮き出している黒い木々や岩を何ということもなしに眺めていた。島は腰をおろした巨人の一本の脚のようで、木々や藪でおおわれた膝のところが微かに光る滝の落ち口を遮り、不恰好な足はその直下に踏み出され、それがひろがり、似たところがなくなって暗い限りない空間に没してゆくのであった。巨人の股は本来ならば山のような胴体を支えるべきところであろうが、峡《かい》に滑《すべ》り流れる水のなかに横たわり、そしてだんだん縮まっていって、ついにはこの台地から人の身の丈《たけ》にして二、三人分ほどのところに曲がってきているばらばらの岩群《いわむら》になって終わっている。ロクはまるで月を眺めるように巨人の股をじっと眺めていた。あまりに遠すぎて自分の知っている生活とは何のかかわりもないという感じである。島に達するには、台地と岩群のあいだの峡を跳びこさねばならないが、そこを流れる水は待ってましたとばかりに自分たちをつかまえて滝に流しおとすだろう。そういう跳びこしをあえてするものがいるとすれば、それは人間よりも敏捷な動物で、それも脅された場合であろう。だから島はまだ訪れる者のないままである。

こうしてのんびりしていると海のほとりの洞穴の絵が思いだされ、彼は向きを変えて川を見おろした。川のうねりには水が淀んでいて、それが闇のうちで鈍く光っていた。海からさまざまな所を通って眼下の薄暗闇《くらやみ》のなかをこの台地に達する小道についての、奇妙な絵がいろいろと思い浮かんだ。見おろしていると、自分が見ているところに本当にあの小道があるのかと思って心が混乱してきた。このあたりの山では岩々が乱雑に転がっており、めくるめいて落ちんとする激動の刹那《せつな》にようやく踏みとどまっているという姿であるし、その下方の川は森のなかに分かれに分かれているのだから、これはあんまり錯雑にすぎて、感覚では通ってきた曲がりくねった道を見つけることはできるのだけれど、頭で理解するのは不可能であった。で、考えることを断念すると、ほっとする思いであった。その代りに鼻の孔をぐっと開いて、ハイエナを探したが、すでに去っていなかった。彼は岩のふちまで小走りに駆けていって川に小便をした。それからそっと戻ってきて火の一方の側にうずくまった。そしてまたあくびをし、またフェイが欲しくなり、自分の身体を掻いた。崖から彼を見つめている眼がある、島からも眼が向けられてきている、だが火の燃え殻が光っているうちは、どんなものも近よってはこられまい。この彼の思いを察したかのように、おばあさんが目を覚まし、薪を少し投げ入れ、平たい石で火を掻きたてはじめた。マルが眠ったまま空咳《からせき》をしたので、他の人々は身じろぎした。おばあさんはふたたび寝に帰りロクはてのひらを両眼の洞《うろ》に押し当てて眠そうに擦《さす》った。眼を押すと川向うの緑の斑点が漂い動くのであった。彼はまたたきをして左手を見た、そこでは滝のたてる轟音が単調にすぎて、音が聞こえないも同様であった。風は水面に動き、たゆたい、それから森から峡を通して強く吹きあげてきた。地平線の鋭い線がおぼろになり森が明るんできた。滝の上には雲が現われていたが、これは彫り刻まれた滝壺から立ちのぼる霧であり、打ちたたかれた川水が風で舞いもどってきたのである。島もおぼろになり、湿った霧が台地にしのびよって来、崖の張り出しのアーチの下に懸《か》かり、細かい水滴で人々を包むのだが、ひとつひとつはあまりに小さくて感じられず、いくつか集まったときにそれと見えるだけである。ロクの鼻は自働的に開き霧とともにやってくる複雑な臭いを嗅ぎとっていた。

彼は、わけがわからず戦《おのの》きながら、うずくまっていた。鼻の孔に両手で蓋《ふた》をして、そこに捕えた空気を検《しら》べた。両眼を閉じ、注意を緊張させて、あたたまってくる空気の感触に心を集中した、そして一瞬もう少しで正体を突きとめられるような気もしたが、そのとき臭いは水のように乾き去り、遠くにある小さなものを懸命に眺めようとしてかえって涙で曇らせるように、逃れてしまったのであった。彼は空気を解き放ち眼を開けた。滝の霧は風が変わるとともに流れ去っていて夜の臭いに異状がなくなった。

彼は島を眺め、滝の落ち口の方に流れてゆく暗い水を眺めて、むっつりしていたが、やがてあくびした。危険がないと思われると、もう考えつづけることはできないのである。火は自分のほかは何ものも照らさぬ小さな眼《まなこ》になってしまっており、人々は身動きもせず横たわり、岩色の肌をして眠っていた。彼は腰をおろし、前かがみになり、鼻の孔に片手をあてて冷たい空気の流れを防ぐようにし、眠る姿勢をとった。両膝を胸まであげて夜気に当たる面をできるだけ小さくした。左腕をそっと持ちあげ、頸の背にある毛のなかに指をもぐりこませた。口は両膝に押し当てた。

海の上、雲の寝床のうちに鈍いオレンジ色の光がひろがっていった。雲があちこちに伸ばした腕が黄金色になり、満月に近い月の縁《ふち》がそのなかに突きこまれていた。滝の落ち口は輝き、光はその縁《へり》に沿ってあちこちと走り、また急に閃光を発して跳びおりていった。川を島の木々が定かになりはじめ、なかでもいちばん高い樺の幹は突然銀白色になった。川を越えて峡の向う側では崖がまだ闇を宿していたが、その他のところはどこでも山々が頂き高く雪と氷を展《の》べていた。ロクは腰をおろして平均をとりながら眠っていた。しかし危険の気配《けはい》でもあったら、短距離走者《スプリンター》が出発点から跳びだすように、たちまち台地に跳び出して行ったであろう。山で氷がきらめくように彼の上に霜がきらめいていた。火はにぶい円錐形のうちに一握りの赤さを蔵するのみとなり、その頂きで青い炎が彷《さまよ》ってはまだ焼けていない枝や丸木の端片《はしきれ》につかみかかるのであった。

月はゆっくりと、ほとんど垂直に空にのぼっていったが、その空には雲がほんの二つ三つこぼれているばかりだった。光は島を這って降ってゆき飛沫の柱を燦然《さんぜん》と輝かせた。獣たちの眼はそれを認め、灰色のその身体は光から影へと悶えながらすべりこみ、あるいは山腹の空地をすばやく走ってゆくのだった。光は森の木々の上にも落ちて、微かに象牙色の斑点がばらまかれて朽ちている木の葉や土の上に揺れ動いた。それは川の上にも、揺れる草尻尾《ウィード・テイルズ》の上にも、宿った。すると水はどこもかしこも金ぴかの環や円、液体の冷たい火の渦になってしまうのであった。と、滝の足もとから妙な音がひびいてきた、反響や共鳴をとり去った雷の音、音の形式とでも言おうか。ロクの耳は月明かりのなかでぴくりと動き、耳の上縁に宿っていた霜がふるえた。ロクの耳はロクに語りかけた。

「?」

だがロクは眠っていた。

三

ロクは、おばあさんが誰よりも早く起き、射しそめる暁の光のなかでせっせと火の世話をしていることに気づいていた。彼女は薪の山を積み重ね、ロクは眠りながらも爆《は》ぜ裂けはじめる音を聞いた。フェイはまだうずくまった姿勢のままで、その肩の上で老人の頭が落ちつかずに動いていた。ヘイが身動きして立ちあがった。彼は台地の端へ行って小便をし、戻ってきて老人に見いった。マルは他の者たちのように目を覚まさないのである。彼はぐったりと腰をおろし、フェイの毛の上においた頭を左右に反側し、子をはらんでいる牝鹿のようにせわしない息づかいをしていた。彼の口は熱い火に向かって大きく開いていたが、眼に見えぬ別の火が彼を溶かし去っているのであった。それは四肢の落ちこんだ肉にも、両眼の窪のまわりにも、いたるところに燃えていたのである。ニルは川に走って行って、両手に水をすくって戻ってきた。マルはその水を吸いこんだが、眼はまだ閉じたままである。おばあさんは火にさらに薪をくべた。彼女は薪蔵の窪みを指さし、それから森に頭をしゃくってみせた。ヘイはニルの肩に手をかけて、

「おいで！」と言った。

赤ん坊も目を覚まし、ニルの肩に這いのぼって、ちょっと泣き声をたてていたが、やがて母親の胸に抱かれた。ニルは森への近道めがけてヘイについて行ったが、その間にも赤ん坊は乳を吸っていた。彼らは角をまわって進んでいき、滝のてっぺんとほとんど同じ高さに淀んでいる朝霧のなかに姿を消した。

マルが眼を開けた。みんな彼の方にかがみこまなければその言葉が聞きとれなかった。

「わしは絵を持っている」

三人の者は待っていた。マルは片手をあげ、それを眉毛の上の頭の頂きに平手で載せた。その眼には二つの火が揺らめいてはいたが、彼は三人を見ず水の彼方の何か遠くにあるものを見ていた。その注意の向け方がひたむきで何かを恐れているふうだったので、ロクはマルが何を怖《こわ》がっているのかと振りかえって見た。何もありはしない。ただ丸木がひとつ、川のどこかの入江から春の潮に運ばれてきて、ここを過ぎ滝の落ち口で音もなく止められている、それがあるだけである。

「わしは絵を持っている。火が森に飛びこんでゆく、そして木を食べてしまう」

目が覚めているいまは息づかいが一層荒くなっていた。

「燃えている。森が燃えている。山が燃えている――」

彼の頭は相手の一人ひとりに向けられた。彼の声には恐れ戦《おのの》きがあった。

「ロクはどこにいる?」

「ここにいる」

マルは目をすぼめて彼を見た、腑《ふ》におちないといったむずかしい顔つきである。

「これは誰だ? ロクは母親に背負《しょ》われ木が食べられている」

ロクは両の脚をずらし愚かしげに笑った。おばあさんはマルの手をとりあげ自分の頬に当てた。

「それは遠い前の絵だ。それはみんなすんだのだよ。おまえは眠っているあいだにそれを見たのだ」

フェイはマルの肩を撫でさすった。と、手はマルの肌においたままになり、彼女の眼は見開いた。が彼女がマルに話しかけた言葉は、リクウに話すように、優しかった。

「ロクはおまえの前に立っている。ごらん! ロクは大人だよ」

事の次第がようやくのみこめて安心して、ロクは急いでみんなに言った。

「そうさ、おれは大人だ」彼は両手をひろげた。「このとおりさ、マル」

リクウが目を覚まし、あくびをすると、小さなオアが肩から転げ落ちた。彼女はそれを胸に抱いた。

「あたし腹がへった」

マルが急に向きを変えたので、フェイから転げ落ちそうになり、フェイはあわてて彼をつかんだ。

「ヘイとニルはどこにいる？」

「おまえが使いにやったのだ」とフェイが言った。「薪を取らせにやったのだ。ロクとリクウとあたしは食べ物のほうだ。じきおまえに何か持ってくるよ」

マルは両手で顔をおおって、身体をゆすった。

「それは悪い絵だ」

おばあさんは両腕で彼を抱えた。

「眠ったほうがいい」

フェイはロクを火のそばから招きよせて、

「リクウがあたしたちと一緒に野原に行くのは良くない。あれは火のそばに置いていこう」

「マルの言いつけだ」

「マルの頭は病気なのだよ」

「マルは何でもみんな燃えているのを見た。おれは恐ろしい。山がどうして燃えるのか？」

フェイは挑むように口を入れた。

「今日は昨日や明日と同じはずだ」

ヘイと赤ん坊を抱いたニルがやっとの思いで台地の入口に入ってきた。二人とも枝を腕いっぱいに抱えているのであった。フェイは走りよった。

「マルがそう言ったからといってリクウも連れてゆかなければいけないのか？」

ヘイはむずかしい顔をした。

「それははじめてのことだ。だが命令だからな」

「マルは山が燃えているのを見た」

ヘイは頭上の、おぼろげな高みを見上げた。

「その絵は見えない」

ロクはくすくす笑ったが不安そうである。

「今日は昨日や明日と同じはずだ」

ヘイは相手に向かって耳をぴくりと動かし、重々しく微笑した。

「命令だからな」

たちまちにして名状しえぬ緊張が破れ、フェイとロクとリクウは台地を駆け出していた。彼らは崖に跳びつき攀じのぼりはじめた。そしてじき滝の足もとに煙のように飛沫の柱があがっているのが見えるところまで達したが、そこまで来ると滝の音が叩きつけるようであった。崖が少し後ろに反っているところまでくると、ロクは片膝をついて進んでゆき、それから大声をあげた。

「立つんだ！」

明るさは増していた。山々の間《あい》の峡《かい》に川が光っているのが見え、山々が湖を堰《せ》きとめたところでは空が長く伸びて地に落ちこんでいるのが見られた。足下では霧が森や平野を隠し、山の側に倚ってしずかに宿っていた。彼らはけわしい斜面に沿って駆けだし、霧の方に身を躍らせて走った。裸の岩を越え、壊れ尖った岩屑《くず》の堆積に達し、凸凹のひどい小峡谷をくだって、角《かど》のまるまった岩群《いわむら》のある場所までくると、そこには草がわずかに柔毛《にこげ》のように生え、何本もない灌木が風にかがんでいるのであった。草は濡れていて、その葉にひっかかっている蜘蛛《くも》の巣が切れて二人の踵にまつわりついた。傾斜はゆるくなって、灌木の数が増してきた。霧が切れるところまでもう間近である。

「陽《ひ》が霧を飲んでしまうよ」

フェイはそれにはとりあわなかった。彼女は頭をさげて食べ物を探していたから、頬の捲毛が木々の葉の露を払いおとした。鳥が一羽鳴き声をたて、まごまごしながら空に逃れ去った。フェイは巣に跳びかかり、リクウはロクの腹を足で蹴った。

「卵だ、卵だよ！」

彼女はロクの背中からすべりおり、草の茂みのなかに踊り入った。フェイは灌木から棘針枝《とげえだ》を折りとり、卵の両端に穴をあけた。リクウはその手から卵をひったくり、音をたてて吸いはじめた。卵はフェイにもひとつ、ロクにもひとつあった。三つとも一息で空《から》になった。食べてしまうといまさらに空腹なのに気づき、またいそがしく探しはじめた。三人は身をかがめて探しながら前進していった。顔はあげないが、自分たちが後退する霧を追って平地の方へ下っていること、海の方角に現われている不透明な輝きには太陽の曙光が隠されていることは承知していた。彼らは葉を分け木のなかをのぞきこんだ、そしてまだ眠っている甲虫の幼虫や、石の重しの下にある青白い若芽を見つけた。そうやって働き、また食べているとき、フェイが他の二人を慰めるのだった。

「ヘイとニルが森からいくらか食べ物を持ってくるだろう」

ロクは甲虫の幼虫を探していた、これは柔らかで、力に充ちあふれたご馳走なのである。

「虫ひとつじゃ帰れやしない。帰っていく。それで虫ひとつというのでは」

やがて彼らは開けたところに出た。山から石が落ちてきて別の石に当たって、場所をずらせている。そこのあらわな土は、日の光めざして躍り出てきた肥えた白い若芽でいっぱいに占められ、それは短く厚くて、手をかけるとぽろりと折れた。三人は並んで、輪になったこの若芽をせっせと口に入れた。ありあまるほどあるから、食べながら口も利いた、嬉しくて気が高ぶった短い叫び声である。ありあまるほどあるから、しばらくすると飢餓の感じはなくなって、ただ腹がへっているだけになった。リクウは何も言わず、両脚を投げ出して両手で食べていた。

間もなくロクは物を抱える身振りをした。

「おれたちはここのこっちの方を食べて、みんなをつれてきてあっちの方のを食べさせればいい」

フェイは口をもぐもぐさせながら言った。

「マルは来ないだろうし、おばあさんはマルをおいてきはしないだろう。陽《ひ》が山のあちら側に行ったら、この道を通って帰ろう。手に持てるだけ持っていって、みんなにやろう」

ロクは若芽の群におくびをし、好きでたまらぬというふうにそれを眺めた。

「ここはいいところだ」

フェイは顔をしかめ、むしゃむしゃ食べながらも、

「ここがもう少し近いと――」

彼女は口いっぱいにしていたのを一息に呑みこんで、

「あたしは絵を持っている。このいい食べ物は生えている。ここじゃない。滝のそばに生えている」

ロクは彼女を見て笑った。

「こんな植物が滝のそばに生えているものか！」

フェイは両手を大きくひろげ、そのあいだじゅうロクを見つめていた。それからその手を握りあわせた。その頭のかしげかたや、ちょっと持ちあげ間を開いた両の眉は一つの疑問を提出してはいたが、彼女はそれをはっきり示す言葉を持たなかった。彼女はもう一度

試みた。

「だけども――この絵を見てごらん。あの張り出しと火がここにある、ね」

ロクは食べるのをやめて顔をそらし、笑った。

「このところはここだ。そしてあの張り出しと火はあそこだ」

彼はさらに若芽を折り、口にほうりこんで食べつづけた。彼はさらに明るくなってきた陽光の方に眼をやり、朝のしるしを読みとった。間もなくフェイは自分の絵を忘れて立ちあがった。ロクも立ちあがり、彼女に代って言った。

「行こう！」

彼らは岩のあいだ木々のあいだを歩きつづけた。突然太陽が全き姿を現わした。鈍い銀の円盤が雲をくぐり抜けて斜めに走ってくるのだが、それでいていつも同じ場所にいるのだ。ロクが先頭に立ち、それからリクウが、この生まれてはじめての本物の食べ物探しに、真剣で熱心な気持で、ついてきた。斜面がなだらかになり、彼らが到達したのは崖に似た境い目で、そこからヒースがうみなして茂っている平原が連なっている。ロクがそこに立ち止まると、他の二人もその背後で歩みをとめた。彼はふりかえって、おかしいなというようにフェイを見、また顔をあげた。彼は急に鼻から息を吐きだし、それから吸いこんだ。そしてその空気を微妙に嗅ぎわけようとした、空気の流れを鼻孔に吸いこみ、そこに止めておいて血であたため、臭いに近よれるようにするのである。彼は鼻の孔のなかで知覚の奇蹟をやってのけた。あるかないかというほどのかすかな臭いである。ロクがそのような比較ができるとしたら、このかすかなるものがじっさいの臭いなのか、それとも臭いの記憶なのか、疑ったことであろう。この臭いはそのくらいほのかで鈍いものだったから、おかしいなというふうに彼がフェイの顔を見ても、フェイには何のことかわからなかった。彼は言葉に出して彼女に言った。

「蜂蜜かな？」

リクウが跳ねだしはじめたのでフェイが静まらせた。ロクはまた空気を試してみたが、今度吸いこんだのは別の流れで、それには臭いがなかった。フェイは待った。

風がどちらから吹いてくるのか、ロクには考える必要もなかった。彼は陽光のなかに突き出ている岩の堆積によじのぼり、臭いを嗅ぎまわった。風の方向が変わり臭いがまた彼に触れた。そして臭いは心ときめかすほど現実味を増してきて、それを追ってゆくと、彼は間もなく小さな崖に達した。霜と太陽によって出来た裂け目に、雨にえぐられて、網の目のように穴があいている。そのひとつのまわりに、茶色の指のあとのような汚れがあって、太陽が岩面《いわも》にいっぱいに照りつけているのに、ほとんど息たえだえになった蜂が一匹、入口からおよそてのひらほどの距離にかじりついている。フェイは頭を振った。

「あまり蜜はないね」

ロクは茨の木をさかさにして、折ったほうの端を割れ目にさしこんだ。二、三匹の蜂が鈍く唸りだしたが、寒さと飢えで麻痺してしまっている。ロクは茨の端で割れ目をこじあけた。リクウは躍りはねていた。

「蜜があるの、ロク？　あたし蜜がほしい！」

割れ目から蜜蜂たちが這い出てきて、彼らのまわりを重たげに飛びまわった。どさりと地面に落ちて羽をひろげたまま這っているのもある。フェイの毛にとまったのも一匹いた。ロクは杖を引き抜いた。端に蜜が少しばかりと蜜蠟《みつろう》がついていた。リクウは跳ねるのをやめ、杖の端をきれいに嘗めはじめた。他の二人はすでに飢えの切先《きっさき》が鈍っていたから、リクウが嘗めている様をおもしろがって眺める余裕があった。

ロクはしゃべった。

「蜂蜜ほどいいものはない。蜂蜜には力がある。ごらん、リクウがうまそうに食べているじゃないか。おれは絵を持っている、この岩の割れ目から蜜が流れだして、指につけて食べられるという絵だ――こういう具合になあ！」

彼は岩に手をなすりつけ、その指を嘗めて蜜の名残《なごり》を味わった。それからリクウに食べさせるために杖の先をまた割れ目に押しこんだ。間もなくフェイは落ち着かぬ気持になって、

「これは前に海へ出かけた時からの古い蜜だ。あたしたちは他の人たちのためにもっと食べ物を探さなければ。さあ行こう！」と言ったが、ロクは杖をまた差しこんでいた、リク

ウがむしゃぶりつくさま、そして腹を動かす様子、少しずつ出てくる蜂蜜、それが嬉しくて仕方がないのである。フェイは、吸いこまれるように野原の方に退《ひ》いてゆく霧のあとを追って、この岩の突き出しを降りて行った。岩鼻から下ると、その身体が見えなくなった。と、彼女の叫び声が聞こえてきた。リクウはロクの背によじのぼり、彼は茨の杖で身構えしながら岩の突き出しを降りて叫び声の方に跳んで行った。突き出しの端を越えると、鋸の歯のような小峡谷になっていて、それが開けた野に通じている。フェイはこの小峡谷の入口にうずくまって、平原の草やヒースを見おろしていた。ロクは彼女のところに駆けよった。フェイはかすかに身慄いをしながら、身を起こした。つい鼻の先に黄色がかった獣が二匹、脚は茶色のヒースの茂みに隠れて見えないが、その眼は見てとれるほど、近くにいるのだ。仕事の最中にフェイの叫びで不意を打たれた獣は、ぴんと耳をたて、こちらをじっと見つめている。ロクは背中からリクウをすべりおとした。

「上へあがっていろ」

リクウは谷の斜面をよじのぼり、ロクの手のとどかぬ高みで、うずくまった。黄色の獣は歯をむきだした。

「さあ、今だ！」

ロクは茨の杖を斜めに構えて、徐ろに前進した。フェイは彼の左手にまわった。彼女は両手にそれぞれ刀のような石片を持っていた。二匹のハイエナは身を寄せて唸り声をたてた。とっさにフェイは右手を振りまわした、と石が牝のハイエナの肋《あばら》を打った。牝はぎゃっと悲鳴をあげ、それから吼《ほ》えたてながら逃げだした。ロクは前方に躍りこみ、茨の杖をうちふるい、唸り声をたてている牡の鼻先にその棘針枝《とげえだ》を突きつけた。と、二匹の獣は手のとどかぬところに逃げ去り、気味わるい唸り声をたてていたが、恐れて近よる様子はなかった。ロクはハイエナと獲物のあいだに立ちはだかって、

「早くしろ。虎の臭いがするぞ」

フェイはすでにひざまずいていて、ぐにゃりとした死骸をしらべていた。

「虎が血をもう全部吸ってしまっている。だからもう咎めはないよ。あの黄いろい獣《けだもの》は肝臓にもまだ手をつけていない」

彼女は石の薄片で牝鹿の腹を荒々しく裂いていた。ロクはハイエナに向けて茨の杖を振りまわした。

「みんなに余るくらい食べ物がある」

毛皮やはらわたを切り開いているあいだにフェイがたてる唸り声や喘ぎがロクの耳に入った。

「早くしろ」

「早くはできない」

ハイエナたちは気味の悪い唸り声をやめて、左へ右へと輪を描きながら近よってきてい

た。ロクがそれに直面して立ちはだかっていると、空飛ぶ二羽の大きな鳥の影が彼の身体の上をかすめ去るのであった。

「鹿を岩のところへ持って行け」

フェイは牝鹿を引っぱりはじめたが、間もなく大声で近よってくるハイエナをどなりつけた。ロクは彼女の方に後ずさりしてゆき、かがみ、牝鹿の脚をつかんだ。そしてどっしりと重い鹿の身体を峡谷の方に引きずっていったが、そのあいだじゅうも茨の杖をふりまわしていた。フェイも前肢をつかみ、一緒に引っぱった。ハイエナたちは、ちょうど手のとどかぬ近さをいつも保ちながら、後を追ってきた。リクウの待っているすぐ下の小峡谷の狭い入口まで、二人が鹿を引きずりこむと、二羽の鳥が舞いおりてきた。フェイはまた石の破片をふるいはじめた。ロクは丸石をひとつ見つけ、それをハンマーのように使った。鹿の体を叩いては、肉片を裂きとった。フェイは気がたかぶって唸り声をたてていた。ロクは大きな手で腱《けん》を裂いたり捻ったり折ったりしながら、しゃべりつづけていた。そのあいだにもハイエナたちは始終あたりを走りまわっていた。鳥の群が舞いおりてきて、リクウの眼の前の岩にとまった、そこでリクウは身をすべらせロクとフェイのところに逃げ降りてきた。牝鹿はすでにばらばらになっていた。フェイはその腹を裂き、入り組んだ胃を切り開いて、鹿が嚙みきり折りとった汚ならしい草や若芽を土の上にぶちまけた。ロクは頭蓋骨を割って脳味噌を取りだし、口をこじあけて舌をもぎとった。二人は鹿の胃にそれらの珍味をつめこみ、それに腸を巻きつけると、胃はだらりとした袋になった。

その仕事のあいだじゅう、ロクは不満の唸り声をたてながら、しゃべっていた。

「これはよくない。これはたいへんよくない」

四肢はすでに寸断され、血まみれな肉片に分けられていた。リクウは鹿のそばにしゃがみこんでフェイからもらった肝臓の切れはしを食べていた。岩群《いわむら》一帯の大気は暴力と汗の臭い、肉と悪の臭いがたちこめ、ぞっとする気味悪さであった。

「はやく！　はやく！」

フェイは自分の感じている恐れを話したかったが、口では言えなかった。あの虎はすでに血を吸ってしまった獲物のところへは帰ってきはすまい。すぐに野原を越えて半日ほどの距離に遠ざかって、獣の群のまわりをうろついているだろう、おそらく他の犠牲の頸にその牙を食いこませ、その血を吸っていることであろう。だがこちらを見つめている鳥どもの下の空に、一種いやな暗さがある。

ロクもその暗さに気がついて、声高にしゃべった。

「これはたいへんよくない。これはオアが生んだ牝鹿なのだ」

フェイは両手でかきむしり、歯を食いしばってつぶやいた。

「そのことは言うな」

リクウは、暗さを気にせず、まだ食べつづけており、豊かな温かい肝臓を顎が痛くなるほど食べているのだった。フェイにたしなめられてから、ロクは大声ではしゃべらなくなったが、小さくつぶやいていた。

「これはよくない。だが虎がおまえを殺したのだから咎はないのだ」

そして彼が大きな口を動かすと、よだれがぽたぽたと落ちた。

太陽は霧をすでに追いはらってしまっていて、ハイエナの向うにヒースの生えた平原の起伏が見え、そのまた彼方は一段と低まって薄緑の木々の頂きが原をなし、水が閃いているのが見えた。彼らの背後には山々がいかめしく斜面をつくって高まっていっていた。フェイはうずくまったまま身を反らせ、一息ついた。彼女は片手の甲で眉毛をこすって、

「黄いろい獣が追ってこない高いところに行かなければ」と言った。

牝鹿で残っているのは、裂けた皮、骨、それに蹄のほかは、ほとんどなかった。ロクは茨の杖をフェイに手渡した。彼女はそれを空《くう》に鳴らして振りハイエナに荒々しい罵りを浴びせかけた。ロクは腰と肢の部分をねじった腸で縛り、その端を自分の手首に巻きつけた。こうすれば片手で持ってゆけるのである。彼はかがんで胃の端を歯でくわえた。ちぎれてぶるぶる揺れる肉の断片をフェイは腕いっぱいに、ロクはその二倍ほども抱えた。彼は唸りながら、にらみつけながら、退却をはじめた。ハイエナたちは谷の入口に入ってき、また禿鷹の群は羽をばたつかせて近よってきて、ただ茨の杖のとどかぬばかりの近さに飛びまわった。リクウは、大人の男女のあいだですっかり気が強くなり、肝臓の切れを禿鷹に

投げつけた。

「行っておしまい、鳥め！　これはリクウの肉なのだよ」

禿鷹は悲鳴をあげ、あきらめて、割れた骨や血だらけの皮を音たてて食らっているハイエナと争うために去っていった。ロクは口がきけなかった。牝鹿から得た食べ物は平地で肩にかけたにしても、精一杯の荷物であった。それが今の場合には垂れさがっており、主にその重みは握りしめた指先と食いしばった歯にかかっているのである。突き出した岩の頂上につくまでに彼は前かがみになり、手首が痛くなった。フェイは同じ絵こそ持たなかったが、ロクのつらさが理解できた。彼女は彼に近より、だらりとさがった胃袋をとってやったので、彼はほっと息をつくことができた。それから彼女とリクウが先に立って登り、彼が後に従うことになった。彼はまず肉を三つに仕わけ、それから二人のあとを懸命に追った。彼の頭のなかには暗さと喜びが奇妙にいりまじっていて、自分の心臓の鼓動が聞こえるほどであった。谷の入口に横たわっていた暗さに向かって彼は語りかけた。

「みんなが海から戻ってくるときには食べ物はほとんどない。まだ木の実も果物も蜜もない、食べるものは何ひとつないといっていいくらいだ。みんなは腹がへって痩せている、食べなくてはならない。みんなは肉の味が好きではないが、食べなくてはならない」

いま歩いているところは山腹の滑っこい岩でできている斜面で、足をしっかり踏みしめてゆかねばならなかった。彼は高い岩群《いわむら》を身体を揺らせて歩きながら、まだ涎《よだれ》をながしていたが、すばらしい思いつきが心に浮かんだ。

「この肉は病気のマルに食べさせるんだな」

フェイとリクウは山腹で断層に出あったので、あの峡《かい》の方へ小走りに降りていった。ロクはずっと後《あと》に残され、くたくたになり、おばあさんが前に火を載せたように自分の肉を載せられるような岩がないものかと探していた。ちょうど断層がはじまるところに恰好なのが見つかった、平たく広がっている岩で、その向う側は空《くう》に落ちこんでいるのである。彼はしゃがみこんで肉をそろそろと落とし、岩の上に載せた。下方にも背後にも、禿鷹の群にまた新たなのが加わっていて、その怒った一群がこちら目がけて進んでくるのであった。彼は小峡谷とのその暗さから眼を転じてフェイとリクウを捜した。二人はずっと先の方へ行っていて、まだ峡の方に小走りに駆けているのは、はやく峡について他の人々に食べ物のことを告げ、それを運ぶ手伝いにヘイを送ってこようというのであろう。彼はもう歩くのが嫌になり、せわしい世界を眺めながらしばらく休息していた。空は淡い青色で、遠くの海の縞の色もそれよりあまり濃くはない。眼に入るもののうちいちばん濃い色のものは、草や石やヒースのうえを、ところどころむき出しになった平原の灰色の土のうえを、こちらに向かって動いてくる深い青い影のいくつかの斑点である。それが森の木々の上に宿るときには春の葉叢の緑だつ霧を鈍らせ、川のひらめきを奪い去るのであった。それが山に近づくと、広がって山頂にたゆとうのであった。彼がずっと遠く滝の方に眼をやると、フェイとリクウは小粒ほどの姿になり、いまにもひょいと視界から消えてしまわんばかりである。それから滝の上方の空に眼をやって、彼は真顔になり口を開けた。例の火の煙の位置が変わっていて、その性質《たち》も違ってきている。一瞬おばあさんが火を移したのかとも思ったが、この絵はばかばかしすぎて自分から笑いだしたくらいである。それにおばあさんがあんなふうに煙をたてることはあるまい。黄と白の渦まく煙で、しめった薪か、まだ葉のついている緑の枝から出る煙である。よほどの馬鹿か、火がどんなものか知らぬものでなければ、あんな無分別な焚きかたをするはずがない。火についての二つの考えが思い浮かんだ。ときどき火が空から落ちてきてしばらく森で燃えていることがある。それから花が枯れ陽《ひ》が強すぎるときに平原のヒースのなかから魔法のように目覚め燃えたつことがある。

ロクはこの自分の絵にもまた笑った。おばあさんはあんな煙はたてないだろうし、いまは湿気の多い春なのだから火が自分から目覚めて燃えることはないはずである。眺めているうちに煙はほぐれて峡のうちを漂いながら、しだいに薄くなっていった。と、肉の臭いがし、彼は煙や自分の絵のことは忘れてしまった。彼は肉の塊をとりあげ、よろめきながら断層に沿ってフェイとリクウのあとを追った。肉の重さもあるし、またこの食べ物をみんなに持っていってやり、みんなからありがたがられることを思ったりしていたので、煙の絵はすっかり頭から去っていた。フェイが断層に沿って走ってきた。彼女は彼の腕のなかから肉の塊の一部を抱きとり、二人は最後の斜面を、登ったりすべり降りたりして走った。

煙は崖の張り出しから重たげに渦まいて出ていた、青い熱い煙である。おばあさんが火の床《とこ》を長く伸ばしたので、炎と岩のあいだに温かい空気の合間ができている。火の炎と煙が壁をつくって、どんなに小さな風がこの張り出しにしのびこもうと試みても妨げられてしまうのであった。マルはこの合間の土地に寝ていた。褐色の肌を白毛に被われたマルは、手足を縮めて丸まり、眼を閉じ口を開けていた。彼の呼吸は急で浅いものだったから、胸が心臓のように鼓動しているかに思われるのだった。骨があらわに見えており、肉は火が溶かしている脂《あぶら》のようであった。ロクの姿が見えてきたとき、ニルと赤ん坊とヘイはちょうど森へ出かけるところだった。みんなは歩きながらも食べており、ヘイはロクにおめでとうと手を振ってみせた。おばあさんは火のそばに立っていて、フェイが置いていった胃袋の肉を少しずつ食べていた。

フェイとロクは台地に降り、火のそばに走って行った。散らばっている岩の上に肉を積みあげると、ロクは炎ごしに大声でマルに呼びかけた。

「マル、マル！　肉を持ってきたよ！」

マルは眼を開き、片肘をたてて身を載せた。彼は火の向うにぶらさがっている胃袋を見て、喘ぎながらもロクに笑ってみせた。それから彼はおばあさんの方を見た。彼女は微笑し、空《から》の手で自分の股を叩きはじめた。

「よかったね、マル。あれが力になるからね」

リクウはその傍で躍りはねていた。

「あたし肉を食べた。それから小さなオアも肉を食べた。あたしは鳥をおどかして追っぱらったよ、マル」

マルはみんなを見まわして笑顔を見せたが、やはり喘いでいた。

「すると結局、マルが見た絵はいい絵だったのだ」

ロクは肉の片《きれ》をちぎって噛んだ。彼は大声で笑いだし、前の晩に物真似をやったように、台地をよろめきながら、荷物が重いという仕種《しぐさ》をやってみせた。目いっぱいにほうばっているから言っていることははっきりしなかった。

「つまりロクは間違いのない絵を見たのだ。リクウと小さなオアには蜜。虎が殺した肉を腕にいっぱい、となあ」

みんなは一緒に大笑いし自分たちの股を叩いた。マルはふたたび横になり、その顔からは笑いが消えた。彼は黙りこみ、ただひたすらに波打つ息に心を向けているのであった。

フェイとおばあさんは肉を選りわけ、一部は岩の棚や窪みにしまいこんだ。リクウは肝臓の片《はし》をもうひとつもらって、火のまわりを廻ってマルが寝ている合間に忍びこんだ。と、おばあさんは胃袋を一つの岩の上にそっとおろし、その口をほどいて、中をつつきはじめた。

「土を持ってこい」

フェイとロクは台地の入口を通り、岩群《いわむら》や木々が傾斜をなして森にくだっているところまで行った。そして雑草のかたまりを土のついているままに引き抜き、おばあさんのもとに持って帰ってきた。彼女は胃袋を取ってそれを地面においた。それから平たい石で火の消えていない灰をかき集めた。ロクは台地にしゃがんで杖で地面を掘り起こしはじめた。その仕事をしているあいだ彼はしゃべっていた。

「ヘイとニルは何日分もの薪を持って帰ってきた。フェイとロクは何日分もの食べ物を持って帰ってきた。そしてじきに暖かい日がここにやってくる」

彼が乾いた、粉々になった土を集めると、フェイが川から水を汲んできてそれを濡らした。そしてそれをおばあさんのところに持ってゆくと、おばあさんはその土を胃袋のまわりに塗りつけた。それから熱い火灰をいそいで掻き起こし、それを土を塗った胃袋のまわりに積みあげた。灰は厚くうずたかくなり、その上の空気は熱でゆらめいた。フェイはまた土や芝土を持ってきた。おばあさんは灰のまわりに土を積み重ね、灰を閉じこめてしまった。ロクは仕事をやめて突っ立ち、食べ物を見おろした。胃袋の口はつぼんでいるし、袋には土が塗られているし、その外側に芝土が積み重なっている。フェイは彼を肘で押しのけ、かがんで、両手に汲んできた水を袋の口に注ぎこんだ。おばあさんはフェイが行き来するごとに、間違いないようにと入念に見ていた。彼女が足をすべらしやすい川ぶちから何回も戻ってきたあげくに、ようやく胃袋のなかの水の表面が平らに泡だって袋の入口まで届いた。その平らな泡が破れると小さな泡がいくつか生まれ、ゆらめいて、やがて消えていった。赤熱した灰をおおっている芝土の草が縮みはじめた。それは身もだえし、黒ずみはじめ、いぶりだした。土から小さな炎がちょろちょろと舌を出し、それが草のなかを走りまわったり、茎の根元から端の方へと黄ばんだ消えんばかりの火の球となって走りさったりした。ロクは後ろにさがって土塊を一つかみつかんだ。そしてそれを燃えている芝土の上にふりかけながら、おばあさんに言った。

「火を閉じこめておくのは造作ないさ。炎ってものは這いだしはしないからな。このあたりには火の食べるものは何にもないからなあ」

おばあさんは何も言わず、彼を見て思慮深そうに微笑した、となると、こちらは何だかばかげたことを言ったような気がしてくる。彼は垂れさがった腰肉から筋肉《すじにく》を一かけら裂きとると、台地をぶらぶら歩きだした。太陽は山々のあいだを峡の上にさしかかっていて、べつに考えなくとも、もう日が終りに来ているという事実に順応できた。昼があっという間に去ってしまったので彼には何か失ったような気がするのだった。彼は自分とフェイが留守にしていたあいだにこの崖の張り出しで何が起こったのか、その絵を混乱しながらも描きだそうとした。マルとおばあさんは待っていたのだ。おばあさんはマルの病気のことを考えながら、マルは喘ぎながら、ヘイが薪を持ってくるのを、ロクが食べ物を持ってくるのを待っていたのだ。と、突然彼には理解された——自分たちが食べ物を見つけられるかどうかマルには確信はなかったということが。しかしマルはやはり悧巧だったのだ。この自分に肉を見つけさせたのだから——そう思うとまた威張りたい気もしてきたが、マルには確信はなかったという思いは冷たい風のようであった。だがこのような思考ともいうべき思いは彼の頭を疲れさせてしまい、すぐに彼はそれを振りはらい、何をすべきかを言ってくれ自分の世話をしてくれる長上の者たちを持つ、のほほんと幸せなロクにもどった。彼はおばあさんのことを思い浮かべた、——オアの神の近くにおり、何とも言えぬほど多くのことを知っており、すべての秘密に通ずる扉の門番である彼女のことを。彼は畏れを感じ、幸せに思い、また無知に帰った。

フェイは火のそばに坐って小枝に肉片をいくつか刺して焼いていた。枝が燃えるにしたがって肉片はじゅうじゅういって汁をしたたらせ、それを抜きとって食べるごとに彼女の指はひりひりした。おばあさんは両手に盛った水をマルの顔に注いでいた。リクウは背中を岩にもたせて坐り、小さなオアを肩の上にのせていた。リクウはいまはもうゆっくりと食べていた、両脚を前にまっすぐに伸ばし腹に美しい丸みを見せて。おばあさんはもどってきてフェイのそばにしゃがみこみ、胃袋の泡から立ちのぼる一筋の蒸気を見守った。そして浮きあがってきた肉の小片を掠《かす》めとると、手であしらって、口にひょいとほうりこんだ。

一同は黙っていた。生活は充たされている、これ以上食べ物を探す必要はない、明日のことは大丈夫だし、そのあとの日となるとあまり遠すぎて誰も思い煩おうとはしない。飢えは見事にやわらげられていた。じきマルは柔らかな脳味噌を食べるだろう。牝鹿の力と敏捷さが彼のうちに育ってくるだろう。この賜物《たまもの》の不思議さが頭にあるので、みんな口をきく必要を感じなかったのだ。そして彼らはじっと動かぬ沈黙に陥っていって、彼らの顎から上にあがってゆきアーチ形の彼らの頭の両側の捲毛を静かに動かす筋肉のたえまない動きがないとしたら、みんな放心した憂鬱《ゆううつ》にとらわれていると間違えられかねなかったであろう。

リクウの頭が前に垂れ小さなオアは肩から転げ落ちた。胃袋の口には泡が忙しく立ちのぼってきて、横すべりして袋の端につきあたると、一条の蒸気がつきあがってくるが、それは傍の大きな焚火からのぼってくる空気に吸いこまれてしまうのであった。フェイは小枝を取り、ごった煮の煮えかえっているなかにひたして、その先を嘗め、おばあさんに向かって、

「もうすぐだ」と言った。

おばあさんも嘗めてみた。

「マルに熱い汁をやらなければならない。肉から出る汁には力がある」

フェイは胃袋を見て顔をしかめていたが、やがて頭の上に右のてのひらをあてた。

「あたしは絵を持っている」

彼女は崖の張り出しから這い出て、ふりかえって森や海の方を指さした。

「あたしは海のそばにいる、そしてあたしは絵を持っている。これは絵の絵だ。あたしは――」そして顔をゆがめ、にらみすえるようにして――「考えている」彼女はもどってきて、おばあさんの横にうずくまり、軽く身体を左右にゆすった。おばあさんは片方の手の指の節を地におき、一方の手で唇の下を掻いた。フェイは語りつづけた。「みんなが海岸で貝殻を空《あ》けている、あたしはそういう絵を持っている。ロクが貝殻から汚ない水を揺すりだしている」

ロクがしゃべりだしたがフェイはそれを止めた。

「――リクウもニルもいる――」と言ってから口をつぐんだのは、自分の絵の細部があまりに生き生きとしているために、かえって、どうしたら自分がそこに感じている意義を抽《ひ》きだせるのか、わからなくなったからである。ロクは大声で笑った。そういう彼をフェイは蠅かなにかのように払いのけて、

「――貝殻から水を――」

彼女は期待するようにおばあさんを見やった。そして溜息をし、また語りだした。

「リクウは森にいる――」

ロクは大笑いをしながら、岩にもたれて眠っているリクウを指さした。今度はフェイは彼を叩いてたしなめた、背中に負うている赤ん坊あつかいである。

「これは絵なのだよ。リクウが森から出てくる。小さなオアを持って——」

彼女はおばあさんにじっと眼をこらしていた。ロクが見ているうちに、おばあさんの顔から緊張の色が消え失せ、二人ともに同じ絵を持っていると見てとれた。そしてその絵はやがて彼にもやってきた、貝殻だのリクウだの水だの、それに崖の張り出しだのが訳《わけ》もわからずごった返してきたのである。彼はしゃべりはじめた。

「山のそばには貝殻はない。小さなかたつむりの奴らの殻だけだ。それが奴らの洞穴なのさ」

おばあさんはフェイの方に身をかがめていた。それから身を振りおこして、両手を地から離し、やせこけた尻の上に身体を支えた。おもむろに、少しずつ、彼女の顔は、リクウが色あざやかな毒のある木の実に近よりすぎたときに突然に変わるあの顔になっていった。フェイはおばあさんの前で身をちぢめ両手で顔をおおった。おばあさんが口をきいた。

「それは新しいことだ」

フェイは顔を胃袋の上にかがめて小枝で掻きまわしはじめたが、おばあさんはその傍から離れた。

行った先はマルのところで、マルの足に手をおくと、やさしく揺すった。マルは眼を開いたが動かなかった。その口の傍の地面には涎《よだれ》で汚れた黒土の小さな斑点が見えた。陽光が谷の夜の側からこの張り出しに斜めに射しこんできて彼をあかあかと照らしだしているので、彼の影は焚火の向うの端まで伸びているのであった。おばあさんは彼の頭にぴったりと口を押しつけて、

「食べな、マル」と言った。

マルは片方の肘に身をおこして、喘いだ。

「水を！」

ロクが川に駆けおり両手に水を盛って帰ると、マルはそれを飲みほした。それからフェイが火の向う側にまわってひざまずいてマルをよりかからせると、おばあさんは枝をスープにひたしてはそれを彼の口にあてがったが、その頻繁なことは、世界じゅうの指を集めても数えきれぬほどであった。呼吸しながら飲みこむ暇《いとま》がないほどである。やがて彼は、枝を避けて、頭を左右に動かしはじめた。ロクが水を持ってきてやった。フェイとおばあさんは注意ぶかく脇を下にして彼を寝かせた。マルは彼女たちから離れていってしまっていた。彼の思いがどんなにひそやかなものか、そしてそれがいま何かに引っかかっていることが、見ていてもわかるのである。おばあさんは火のそばに立って彼を見おろしていた。と、マルのひそやかな思いのいくぶんかがすでに彼女にとどいていて、その顔のうえに雲のように宿っているのが見てとれた。フェイは彼らから離れて川の方に駆けおりた。ロク

はその唇を読みとった。

「ニルが？」

彼は彼女のあとを追って夕べの光のうちを走り、二人は一緒に崖に沿って川を見おろした。ニルの姿もヘィの姿も見えず滝の向うの森はすでに暗くなっていた。

「二人は木を運びすぎているんだな」

フェィはそうだという唸り声をたてた。

「だけど二人は坂の方を通って大きな木を持ってくるだろう。ヘィはたくさん絵を持っているからね、崖に木を運んでくるのは危い」

するとロクとフェィには、おばあさんが二人を見ている、そしてマルのことがわかるのは自分ひとりだけだと考えている、と思いあたった。二人はおばあさんの顔にある雲を分かち持とうと戻ってきた。子供のリクウは岩によりかかって眠っており、そのまるまるした腹が火の光を受けて光っていた。マルはまだ指一本動かしてはいなかったが眼は依然として見開かれていた。突然陽光が水平になった。川の上の崖からぴしゃっというような音がひとつ聞こえたかと思うと、誰かが角《かど》をまわって徐々に近づく擦《す》り音がした。台地にニルが現われてこちらに走ってきたが、手は空《から》である。大声を出した。

「ヘィはどこにいる？」

ロクは口をあんぐり開け虚《うつ》けて彼女を見た。

「ヘイはニルと赤ん坊と一緒に薪を運んでいるのさ」

ニルはみんなの方に跳ねるように寄ってきたが、焚火から腕ひとつの近みにいるのに、にわかに慄えだした。それからおばあさんに早口に、

「ヘイはニルとはいない。見てごらん！」

彼女は当の男がいないことを立証するために台地を走ってまわり、もどってきた。そして張り出しをのぞきこみ、肉をひときれつかんで、それを噛みはじめた。赤ん坊が毛の下で目を覚まし頭をもたげた。すると彼女は口から肉をとりだし赤ん坊と肉片を交互に綿密に眺めるのだった。

「ヘイはどこにいる？」

おばあさんは両手で頭をおさえ、一瞬この新たな問題を思案したが断念した。彼女は胃袋のそばでうずくまり肉片を釣りあげて食べはじめた。

「ヘイはおまえと一緒に薪を集めていたのだ」

ニルは激して、

「ちがう！　ちがう！　ちがうよ！」

彼女はじだんだを踏んだ。乳房がはねあがり、乳首に乳が出てきた。赤ん坊が匂いをかいで肩をこして這いおりてきた。それを手荒に両手で抱きしめたので、赤ん坊は乳を飲む前に泣き声をたてた。彼女は岩に腰をおろし、眼くばせしてみんなを早急に喚び集めた。

「この絵を見てごらん。あたしたちは薪を集めて積みあげる。大きな死んだ木のあるところでだ。空地のところだ。あたしたちはフェイとロクが持ってきた牝鹿のことを話している。一緒に笑っている」

彼女は焚火の向うに眼をやり、片手をさしのばした。

「マル！」

彼の眼は彼女の方に向けられた。やはり喘ぎつづけている。ニルは彼に向かって話しかけた、そしてそのあいだ赤ん坊は乳房に吸いついており、彼女の背後では陽光が水面を去っていた。

「それからヘイは川に水を飲みに行き、あたしは薪のそばにいる」心のなかの絵の細部がさばききれぬほど多くて、彼女も先ほどのフェイと同じように当惑していた。「それにヘイはひと休みもしたいのだ。そしてあたしは薪のそばにいる。ところがヘイは大声を出して『ニル！』と呼ぶ。あたしが立ちあがると」――彼女は身振りをしていた――「ヘイが崖の方に駆けてゆくのが見える。何かを追いかけて走っている。ヘイはふりかえってみる、嬉しそうだ、それからびっくりして、嬉しそうで――そうなのさ！　それからもうヘイが見えない」一同は彼女の視線を追って崖を見あげたが、ヘイの姿はもはや見られなかった。「あたしは待っている、待っている。それからヘイを捜しに崖に行く、そして薪にもどってくる。崖の上には太陽がない」

彼女の毛は逆立《さかだ》ち歯がむき出しになった。

「崖に臭いがする。二つだ。ヘイともう一つだ。ロクではない。フェイではない、リクウではない。マルではない、おばあさんではない。ニルではない。誰でもないもう一つの臭いがする。崖をあがってゆき戻ってくる。だがヘイの臭いは止まる。陽《ひ》が沈んだときヘイは草尻尾《ウィード・テイルズ》の上を崖をあがってゆく。それから何もなくなる」

おばあさんは胃袋から芝土を取りのけはじめた。そして肩ごしに、

「それは夢のなかの絵だ。他のものなんかいやしないよ」

ニルは苦悶のうちにまた始めた。

「ロクではない。マルではない——」彼女は岩の上を嗅いで行ったが、崖につづく角《かど》に近づきすぎたので、毛を逆立てて戻ってきた。「ヘイの臭いが終わってしまう。マル——！」

他の人々はこの絵をまじめに思案した。おばあさんは湯気《ゆげ》のたつ袋を開いた。ニルは火をとびこしてマルのそばにひざまずき、その頬に指を触れた。

「マル！　聞いているの？」

マルは喘ぎながら答えた。

「聞いている」

おばあさんはニルに肉をさしだしたが、こちらは受けとりはしたものの食べなかった。

彼女はマルがまた口をきくのを待っていた、が、おばあさんがマルに代って、

「マルの病気は重いのだよ。ヘイはたくさん絵を持っている。さあ食べて元気をお出し」

ニルが彼女にはげしい金切り声をたてたので、みんなも食べるのをやめたくらいであった。

「ヘイがいない。ヘイの臭いが終わったのだ」

一瞬のあいだ誰ひとり動かなかった。それから一同はふりかえってマルを見おろした。ようやくの思いで彼は身を起こし、尻をついて身体の釣合いをとっていた。おばあさんはしゃべろうとしたが、口をつぐんだ。マルは頭の上に平たく両手をおいた。こうなると釣合いをとるのが一層むずかしくなる。彼はあちこちと身体をゆすりはじめた。

「ヘイは崖に行った」

彼は咳をし、息を切らせた。その呼吸の早いリズムが鎮まるあいだ、みんなは待っていた。

「もうひとつの臭いがある」

彼は両手をついて身体を折り曲げた。その身体が戦《おのの》きはじめた。片方の脚を突きだして、その踵で倒れるのを食いとめていた。他の人々は、日没と焚火の明かりのなかに赤く染まって待ち、スープからたつ湯気《ゆげ》は渦まいてのぼり闇に吸いこまれてゆくのであった。

「他のものの臭いがある」

一瞬のあいだ彼は息をとめた。と、無理をしていた身体の筋肉が弛んだ。彼は横ざまに倒れた、地にどのように身体を打ちつけようが気にとめぬという具合であった。口を動かして囁いた。

「わしにはこの絵が見えない」

ロクでさえ黙っていた。おばあさんは窪みに行って薪を持ってきたが、まるで眠りながら歩いているかのようであった。手先だけで仕事をし、眼はみんなのはるか彼方に向けられていた。その彼女の見ているものが見えなかったから、みんなはじっと立ちつくしへイがいないという絵を漠然と思案していた。だがへイは彼らとともにいたのだ。へイのことなら隅から隅まで知っていたのだ、彼の臭いも、分別があって黙しているその顔も。彼の茨の木は岩に立てかけてあり、その柄《え》の一部は熱いてのひらで握りしめられていたために水のように滑《なめ》らかになっていた。いつも倚りかかる岩が彼を待っており、そこのみんなの前の地面には彼の身体で窪んだ跡がついていた。こうしたことがいっぺんにロクにやってきた。すると彼の胸はいっぱいになり、力がみなぎってきて、まるでへイを空中からみんなのところに摑んで持ってこられるような気がしてきた。

突然ニルが口をきいた。

「へイはいなくなった」

四

びっくりしてロクが見ると、ニルの眼から水が流れ出ていた。その水は彼女の眼の窪《くぼ》のふちでしばし止《とど》まってから、大きな滴《しずく》になって彼女の口や赤ん坊の上に落ちるのであった。彼女は川まで走っていって夜に向かって吼えたてた。またフェイの眼からも滴が焚火の光に閃いて落ちるのが見えたかと思うと、彼女もニルに加わって、川に吼えかけた。ヘイはまだここにいる、その証拠はたくさんあるのだという思いがロクの心中に強く高まって、彼はいたたまれなくなった。彼は二人のあとを追い、ニルの手首をつかんで、ぐるっと廻してこちらを向かせた。

「ヘイはいる!」

彼女は赤ん坊を荒っぽく抱きしめていたので、赤ん坊は泣き声をたてていた。水はまだ彼女の顔から落ちていた。彼女は両眼を閉じ、口を開き、また高く長く吼えたてた。ロクは怒りたって彼女をゆすぶった。

「ヘイはいなくなりはしない! 見ろ——」

彼は張り出しに駆けもどって茨の木や岩や土の跡を指さした。ヘイはどこにでもいるのだ。ロクはおばあさんにしゃべりかけた。

「おれはヘイの絵を持っている。おれがヘイを見つけよう。ヘイが他のものに会うなんてことがあるものか。他のものなんかいやしないんだから――」

フェイも熱心に話しはじめた。ニルは音たててしゃくりあげながら聞いていた。

「もしほかのものがいるのならヘイはそれと一緒に行ったのだ。ロクとフェイが行って――

――」

おばあさんは身振りで彼女の口を制して、

「マルの病気は重いしヘイは行ってしまった」彼女は二人に交互に眼をやって、「いまはロクがいるだけだ」

「あたしがヘイを見つける」

「――それにロクは言葉はたくさん持っているが絵は何にも持っていない。いまマルに頼むことはできない。だからわたしに命令させておくれ」

彼女は湯気をたてている袋の横におごそかにうずくまった。ロクがその眼を見ると、彼の頭からさまざまな絵が消えうせてゆくのだった。おばあさんは、マルが病気でなかったらしたように、威厳をもって語りはじめた。

「助けがなければマルは死ぬだろう。フェイは氷女に贈り物を持ってゆきマルのためにオアに話しておくれ」

フェイは彼女の横にうずくまった。

「そのほかの人間っていったい何だろう？　死んだ者が生きているのかね？　オアの腹からまた帰ってくるのかね、たとえば海のそばの洞穴で死んだわたしの赤ん坊が？」

ニルはまた鼻をすすった。

「ロクを捜しにやっておくれ」

おばあさんはそれをたしなめて、

「女が一人オアのところに行くのだ、そして男には頭のなかの絵を探させるのだ。ロクに話させよう」

そう言われるとロクは愚かしくも笑いださずにはいられなかった。自分はいま行列の先頭にいるので、行列の後尾でリクウとのほほんと跳びはねているわけではないのだ。三人の女の注意が自分に叩きつけられている。彼は彼女たちを見おろし、片方の足で他方の足を掻いた。そして足をひきずって身体をまわし、女たちに背中を向けた。

「お話し、ロク！」

彼は前方の暗がりのある点に眼をすえようと努めた、そうすればそちらに気を取られて女たちを忘れることができるだろうと思ったのである。おぼろに、岩に立てかけられた茨の木がちらと眼に入った。と、突然、ヘイの真髄が張り出しにいる自分に乗りうつった。

異常な興奮が心中にたかまった。彼はしゃべりだした。

「ヘイはここの眼の下のところに傷跡がある、杖でやけどをしたのだ。いまヘイの臭いがする――あの臭いだ。ヘイはしゃべっている。あれの大きな足指のあの小さな毛のかたまりが見える――」

彼は跳びあがってこちらに身を向けた。

「ヘイはほかのものを見つけた。ほら！　ヘイが崖から落ちる――そういう絵だ。すると他のものが駆けてやってくる。その男はマルに大きな声で言っている、『ヘイが水に落ちた！』って」

フェイはロクの顔をじっとのぞきこんで、

「ほかのものは来やしなかった」

おばあさんは彼女の手首をにぎって、

「それならヘイは落ちなかったのだ。さあロク、急いで出かけて、ヘイとほかのものを見つけるのだ」

フェイはむずかしい顔をして、

「そのほかのものがマルを知っているのか？」

ロクはまた笑い声をたてて、

「マルを知らないものはないさ！」

フェイはとっさの身振りで、相手に黙るように命じた。彼女は指を歯にあてて、ぐいと引っぱった。ニルは他の二人の話の内容が理解できず、二人にかわるがわる眼をやっているのであった。フェイは口から指を引き抜くと、その一本をおばあさんの顔に向けた。

「あたしは絵を持っている。誰かが——他のものなので、仲間の一人じゃない。その男がヘイに言う、『こちらに来い！　おれに食べきれないほどの食べ物がある』するとヘイは言う——」

彼女の声は小さくなって消えた。ニルは泣きじゃくりはじめた。

「ヘイはどこにいるの？」

おばあさんがそれに答えて、

「ほかの男と一緒に行ったのだ」

ロクはニルをつかんで、ちょっと揺すぶった。

「ヘイとその男は口をきいて同じ絵を持ったのだ。ヘイはきっとおれたちに知らせてくれるだろう、そうしたらおれはあとを追いかけてゆこう」彼はみんなを眺めまわして、「お互いの気持はみんなわかるからな」

人々はこの提案を考え、そして同意してうなずいた。

リクウが目を覚まし、にこにこしてみんなを見まわした。おばあさんは張り出しで忙しく働きはじめた。彼女とフェイは囁きあい、肉片をくらべあい、骨を持ちあげて重さをはかり、胃袋のところにもどってきて議論をはじめた。ニルもその傍に坐っていたが、涙にくれ、ただ機械的に物憂げに食べつづけているのだった。その肩の上を赤ん坊がゆっくりと這っていた。赤ん坊はちょっと身の釣合いをとり、火を眺め、それからフェイの毛のなかに身を隠した。おばあさんはそっとロクに眼をやった。ヘイとほかのものの入りまじった絵さえ彼の心中から消えたふうで、彼はただ何ということもなく、一本で立っているその足を代えたりしているばかりだった。リクウが胃袋のところにやってきて指に火傷《やけど》した。おばあさんはロクを眺めつづけていたが、しまいにニルが鼻をすすって彼に話しかけた。

「おまえはヘイの絵を持っているの？　本当の絵を？」

おばあさんは彼の茨の木を拾いあげて渡してやった。彼女は火と月の光を浴びていた、そしてロクは崖の張り出しから出て行かないわけにはゆかなくなった。

「おれは本当の絵を持っている」

フェイは胃袋から手早く食べ物を取り出して彼に与えた。ひどく熱いので彼はそれを手の上で転がさねばならなかった。彼は女たちを疑わしげに見やり張り出しの角《かど》の方に歩いていった。火の光がとどかぬところではあらゆるものが黒と銀色であった。黒い島と岩と木々が、空と、それから滝のふちに沿って行きつ戻りつしている閃光のさざなみたてた川からくっきりと浮かびあがっていた。と、にわかに夜の淋しさがつのった、ヘイの絵は自分の心中には戻ってこないであろう。彼はその絵を求めて崖の張り出しにちらと眼をやった。台地の頂きのところ、崖がくぼんでちらちらと閃く気配はあるが、その根元は黒い曲線をなして地が盛りあがり火そのものは隠れて見えない。フェイとおばあさんが、うずくまっているのが見えた、二人は肉の塊を一緒に抱えていた。角を曲がるともうみんな見えなくなり、滝の音が高まって彼を迎えた。彼は茨の木を地におき、しゃがんで食べ物を食べはじめた。やわらかく熱くおいしかった。もう我慢しきれぬほどの飢えの苦痛は去って、感じるのはただ楽しさだけであったから、鵜《う》呑《の》みにせずに、味わいながら食べるのであった。それを顔の間近によせて、月光が水面によりも艶々《つやつや》と宿っているその青白い表面を検べてみた。彼は崖の張り出しのこともヘイのことも忘れてしまった。ただロクの腹になってしまっていた。そして雷のような滝の上、所々に水の光る漠とした森のひろがりを眼前にして坐っていると、彼の顔は脂肪と穏やかな幸福で輝くのだった。べつに彼が比較したわけではないが今夜は昨夜よりも寒かった。滝の霧のなかにダイヤモンドのような閃きがひとつあって、それは月の輝きにほかならぬのだが、まるで氷のように見えるのだった。風はすでに鎮まっていて、動くものとては水の流れに引きずられている垂れさがる羊歯《しだ》のみであった。彼は島に眼を向けてはいたがそれも眼に入らず、ただひたすら舌の上の旨さに気をとられ、舌を鳴らして呑みこむのに夢中になり、頬をいっぱいにふくらませていた。とうとう食事が終わった。彼は両手で顔を拭い、茨の木から取った棘で歯を掃除した。

彼はヘイのことをまた思いだし、崖の張り出しやおばあさんのことを思いだして、すばやく立ちあがった。彼は斜めに身をかがめて岩を嗅ぎ、意識して鼻をつかいはじめた。あたりの臭いはきわめて錯雑で、鼻がうまく働かぬようである。その理由がわかったので頭を下に身をかがめて唇を水に触れた。そして水を飲み口を清めた。彼はまた元にもどってきて磨りへった岩の上にうずくまった。雨に洗われて岩は平らになっていたが、その角に近い狭い通路は彼自身と同じような人間たちの数えきれぬ往来のために磨りへっていた。彼はしばらくのあいだ滝の轟音の上に立ち鼻に注意を集中した。あたりの臭いは空間と時間との組織だった。ここの、彼の肩の傍には岩の上にニルの手の最新の臭いがある。その下方のは一族の臭いで、昨日みんながここを通ったときの臭い、汗と乳と苦しんでいるマルのすっぱい臭いである。ロクはこれらの臭いを選《よ》りだして取りのけ、ヘイの最後の臭いを決めにかかった。ひとつひとつの臭いには記憶よりももっとなまなましい絵が伴っていて、一種生きてはいるが制限された実在であり、したがって今やヘイはふたたび生きていたのだ。彼はヘイの絵を心中に宿らせ、そこから去らせないように努めた、また忘れてしまってはいけないからである。

彼は片手に茨の木を持って、膝をつきながら身を起こしていた。それから徐々に茨の木を上にあげてゆき、両手で持った。こぶしの関節で握りしめ、彼は注意深く一歩後ろにさがった。何かほかのものがある。みんなを一緒に考えたときには気がつかないが、それを選りわけて除去してみると、それが残ったのである、絵のない臭いが。そしていったん気がついてみると、その臭いは角のところで強くなっている。何ものかがそこに立っていたのだ、手を岩にかけ、よりかかり、台地と張り出しをのぞきこんでいたのだ。考えてみるまでもなく、ロクにはニルの顔に見られた放心したような驚愕のわけがのみこめたのであった。彼は崖に沿って前進しはじめた、はじめはゆっくりと、それから走りだして最後には岩の上を宙に飛ぶような勢いであった。走っているあいだにも、さまざまな絵が混乱して心中に閃いた——ここにニルがいて、途方にくれ、脅えていた。ここに他のものがいた。ここにヘイがやってきた、走ってきた——

ロクはふりかえって駆けもどった。彼自身かつて何というわけもわからずに顚倒したことのあるあの台地で、ヘイの臭いが断ち切れている、まるで崖がそこで終わったかのように。

ロクは身をのりだして下をのぞきこんだ。川の輝きの下で草尻尾《ウイード・テイルズ》が揺れているのが見えた。嘆きの声がいまにも咽喉《のど》からほとばしり出てきそうな気がして、口を手でおおった。草尻尾は揺れ、川は島の暗い岸に沿って曲がりくねった銀《しろがね》の潮を転《まろ》ばせていた。ヘイが水中でもがき、海の方に押し流されている絵が思い浮かんだ。ロクはヘイと他の男の臭いのあとを、岩に沿って森の方に追っていった。やがてヘイがリクウに木の実を見つけてやった茂みのところまで来た。すがれた木の実で、ヘイは茂みに捕えられてそこでまだ生きている。彼のてのひらが小枝を引っぱって木の実をもいだのである。彼はロクの頭のなかで生きていた、しかし春になって海辺からここにやって来たときまで、時間を後退りしてのことだ。ロクは岩々のあいだの、森の木々の下の傾斜面を跳ぶように下っていった。川面《かわも》ではきらきらと輝いている月光も、ここでは高みに生いたつ木の芽、動かぬ枝々で寸断されている。木の幹は黙々とした太い棒のごとくに見えたが、その間を進んでゆくと、月が彼に光の網を落とすのであった。ここにヘイがいる、そしてヘイの興奮もここにある。ロクはさらに川の方に進んだ。その川のほとりに、薪の山が残されていて、その傍にニルが辛抱づよくヘイを待っていたのが足の跡になっており、それがこぼれている光のうちに黒々と見えた。ここでニルは途方にくれ、心配に堪えきれなくなって、ヘイのあとを追っていったのだ。入りまじった臭跡が岩群《いわむら》をまた駆けあがってきて崖の方に向かっていた。

　ロクは水中のヘイをまた心に思い浮かべた。そしてできるだけ岸に近く身を寄せながら、走りだした。枯れた木が立っている空地のところまで来て、そこから水辺に駆けおりた。灌木の群が水から生い出て、水においかぶさっていた。垂れさがっている枝々が闇から月光を梳《す》きだして、川の流れを浮きださせていた。ロクは大声で呼びはじめた。

「ヘイ！　どこにいる」

　川は答えなかった。ロクはふたたび呼び、そして待ったが、そのうちにヘイの絵がおぼろになって消えうせてしまったので、ヘイがもう行ってしまったのだと得心がいった。と、そのとき、島から叫び声がひと声聞こえてきた。ロクはまた声をあげ、跳びあがった。が跳びあがったときに悟ったのは、ヘィの声が呼んだのではないということだった。違った声である、仲間の声ではない。他のものの声である。急に彼は興奮で胸いっぱいになった。自分がその臭いを嗅ぎ声を聞いたこの男に出会うことが是非とも必要だ。彼は空地のまわりを、あてどもなしに、精一杯に叫びながら走りまわった。すると湿った土から他の奴の臭いがしてくるところがあった、彼はそのあとを追って川岸から斜面に、山の方へと進んだ。月光のもとに身をかがめながら一散走りに、臭いのあとを追った。臭いは川岸から曲がってそれ、木々の下をくぐり、岩がころがりあちこちに茂みのある場所に達した。ここは元来が危険な場所で、虎や狼が出るし、ロクに負けぬほど気性の荒い大狐たちも出て、それが春先の飢えでいま兇暴になっているのである。だが他の奴の臭跡にはまじりけがなくて、獣一匹の臭いも混じってはいない。それは崖の張り出しに達する小径を避けて進み、山の側面の険しい岩群《いわむら》を通らずに小峡谷の床《とこ》を好んで選んでいるようである。そいつはここかしこで立ちどまっていて、不思議なほど長いあいだためらって、ちょっと後戻りしていることもある。あるところでは行手《ゆくて》が険しく足がかりがないために、そいつは手の指の数よりも多い歩数を後戻りしている。そして奴はまた身をかえし小峡谷を駆けあがりはじめている。奴の足は大地を蹴って跳びあがっている、というよりは、足が地につくのでやむなくまた跳ねあがるといった調子だ。またちょっと立ちどまり、小峡谷の側面を攀じのぼり、外縁でしばらく寝そべっている。ロクの頭のなかにその男の絵が造りあげられた、なにも理屈を押し進めた推論によってではない、ただいたるところでその男の臭いが語りかけるからである——こうしろ！　と。それは虎の臭いが彼のうちに虎のような忍び歩きと虎のような唸りを喚びおこすようなものであった。マルがよろめく足で斜面をのぼってゆく姿を見て、みんなが彼の真似をしたように、いまその臭いはロクを彼以前にそこを通っていったものに変えてしまったのである。何故相手のことがわかるのか、その理由は理解できなかったものの、彼はその他の奴が分かりだしていた。ロク即ち他の奴は崖の縁にうずくまって、山の岩群《いわむら》ごしに眼をすえた。彼は前方に身を投げ、背をかがめて、ひた走りに走った。ひとつの岩のかげに身を投じ、唸りながら待った。それから用心深く前進し、四つん這いになり、ゆっくりと前に這ってゆき、崖の縁ごしに川の流れる峡を見おろした。

彼はちょうどあの張り出しの真上にいた。張り出しの上に岩が突き出ているから仲間の姿は一人も眼に入らない。しかし岩の下から赤らんだ光の半円が台地の上に踊りだしていて、先に進むにつれて弱まり、ついには月光と見分けがつかなくなっていた。小さな煙が立ちのぼっていて峡を漂い流れ去っていた。ロク即ち他の奴は岩棚から岩棚へじりじりと降りて行った。張り出しに近づくにつれてますます速度をおそくし身体をぴたりと岩に押しつけた。彼は前に進んで、身を乗りだし下を見おろした。とたんに焚火の炎の舌に眼が眩《くら》んだ。彼はまたロクにもどり、仲間の一員となり、他の奴は去ったのである。ロクはその場に止まり、地や石や、あの頼りになる居心地のよい台地を、ただぼんやりと眺めた。ちょうど真下でフェイがしゃべっていた。奇妙な言葉で彼にはまったく意味が通じない。フェイの姿が現われた、包みを抱えて台地を小走りに駆けてゆくのは、氷女のところに行く径とも言えぬあのめくるめく径を目ざしているのであろう。おばあさんが出てきて、彼女を見送り、やがて岩の下に引き返した。木のこすれる音が聞こえたかと思うと、火花の雨がさっと吹きあげて彼の顔をよぎり、台地の火の光が広がって舞いはじめた。

ロクは身を起こして坐り、ゆっくりと立ちあがった。頭はからっぽである。何の絵もない。フェイは岩と土の平らな台地を通り抜けて、もう攀じのぼりはじめていた。おばあさんが張り出しから出て行って、川に駆け降り、両手に水を盛って帰ってきた。すぐ近くを通るのでロクにはその指から落ちる水滴や彼女の眼に映る二つの火が見えるほどであった。彼女は岩の下に入って行ったが、こちらに気がついた様子はない。と、突然ロクはぎょっとした、おばあさんは自分に気がつかなかったのだ！　おばあさんは何でも知っているというのに、自分に気がつかなかったのだ。自分は切り離されて、もう仲間の一員ではなくなったのだ。他の奴と交ったために自分は変わってしまって仲間と違ったものになり仲間の眼に自分が見えなくなってしまったのだ。こういう考えを形づくる言葉は持っていなかったけれども、彼は肌に冷たい風が吹きつけるように自分の違い、自分の不可視性を感じたのである。あの他の奴が、自分をフェイやマルやリクウやその他仲間の者たちに結びつけている紐を引っぱったのだ。その紐は生の装飾ではなく実体なのだ。それが切れれば、人は死ぬだろう。にわかに彼は、誰かと眼を合わせたい、自分を自分と認めてもらいたいという切望を感じた。彼はまた岩棚から岩棚へと駆けおり、張り出しにとびおりた。ところがここにもまた他の奴の臭いがした。そしてもうロクの一部という意地わるさはなくなっていたから、その異様さと力強さが彼をひきつけた。彼が台地の真上の岩棚に沿って臭いをつけてゆくと、達したのは台地が水に近く狭まっているところで、氷女のところに行く径が頭上にあった。

島から散らばった岩がこのあたりに押し流されてきていて、流れは分断され何人の丈幅《たけはば》もないようになっている。臭いは水に降りてゆくのでロクもそれに従った。流れる水の心細さにちょっと身慄いしながら、近くの岩を見ながら、立った。この水の流れを跳ねこしてあの他の奴があの岩にとびおりる、それから恐ろしい水を順次に跳びこえて暗い島におりたつ、そのような絵が彼の頭のなかで形づくられていった。岩々はまわりに月光を受け、くっきりと輪廓を見せていた。と、眺めているうちに、遠くの方にある岩のひとつが形を変えはじめた。片方の側にある小さな瘤が伸びて細長くなったと思うと、とたんに消え去った。岩のてっぺんがふくれあがり、その瘤は根元で細くなり、伸びて細長くなり、それから高さが半分に縮んだ。そして姿を消した。

ロクは立ったまま頭のなかにさまざまな絵を去来させていた。そのひとつは洞穴熊《ほらあなぐま》（石粗器時代の動物）の絵で、この動物が岩から身を持ちあげて海のように吼えるのをいっぺん見聞きしたことがある。ロクはこの熊についてはそれ以上のことはあまり知らなかった、というのは熊が吼えるのを聞くと仲間たちはおよそまる一日というもの逃げに逃げたからである。いま眼にしたもの、この形を変える黒いものは、何かしらあの熊のゆっくりした動きのようなものを持っている。彼は眼をすぼめて、また形が変わりはしないかと岩に見入った。島には他の木々にぬきんでて高い樺の木が一本あって、それがいま月光に濡れた空を背景にくっきりと浮き出ている。その根元はぐんと厚くなっているが、それが異常に厚すぎる、そしてロクが見ているうちに、信ぜられぬほどの厚みになった。杖にひとしずくの血が垂れたように闇の滴《しずく》が幹のまわりに凝固しているかに見える。それは長くなり、ふたたび厚くなり、長くなった。それはナマケモノ（大ナマケモノ。古代にいた生物）のような緩慢さで樺の木を登ってゆき、島の上に沖天高くぶらさがり、それから落っこちた。そしてまた音もたてず登ってゆき、ついに動かぬままにぶらさがった。ロクは声をかぎりに叫んだ。だがその生物は聾なのか、あるいは巨大な落下の音が彼の言った言葉を消してしまったのか。

「ヘイはどこにいる？」

その生物は動かなかった。かすかな風が峡を渡って樺の頂きが揺れたが、その弧はそれにまつわりついている黒い重みのために広がり静まっているのであった。ロクの身体の毛は逆立ち、先ほど山の中腹で感じた不安の念がまた幾分か戻ってきた。人間の助けを求めたい気になったが、自分に気がつかなかったおばあさんのことを思いだすと、張り出しに帰ることもためらわれた。そして止まっているうちに、例の塊は樺の木から揺り落ちて、島のこのあたりにしげっている名も知れぬ木々の陰に姿を消した。それからその塊はまた現われ、いちばん遠くの岩の上で形を変えた。無性にこわくなってロクは月光のうちを山の側面に這いあがりはじめた。頭のなかにはっきりした絵が見えぬうちに、彼はフェイが先ほど行った径と言えぬような径を這い登っていたのである。峡の流れから木一本ほどの高さまで登ると立ちどまり、下を見おろした。例の生物が岩から岩に跳ねるのが一瞬見えた。ロクはおののき、また登りはじめた。

　この岩は勾配がゆるくならず、まっすぐ上に伸びていて、登るにつれて険しくなり、ところによっては直立している。やがて崖に割れ目みたいなもののあるところに来ると、水がそこから流れ出ていて、岩をはしり、峡におどりこんでいた。この水は非常に冷たくて、そのしずくが彼の顔にかかったとき、まるで頬を切られるようであった。岩にフェイと肉の臭いがしたので、彼は割れ目のなかに登っていった。この割れ目はまっすぐに上にのぼっていて、その天井に月光に輝く一片の空が見えた。岩は水ですべりやすくて彼を落としてしまおうとねらっているようであった。フェイの臭いに彼は導かれていった。空の真下まで達すると、割れ目は広い峡にかわり、その先はまっすぐ山につづいているらしい。見おろすと川は峡谷のうちに細々と見え、すべてのものが形かわって見えるのであった。彼はかってないほどにフェイが欲しくなり、峡にとびこんだ。背後にも、また峡を越えた先にも、山々が氷の角のように光っていた。すぐ前方にフェイの足音が聞こえたので、彼は大声で呼んだ。彼女は急いで峡をくだってもどってきた、水音がせせらぐ石の上を跳んでくるのである。その足に踏まれて丸石がきしみ、その反響が崖からかえってくるので、彼女はまるで仲間全体のような音をたてるのだった。やがて彼女はすぐ近くに来たが、その顔は憤怒と恐怖でひきつっていた。

「お黙り！」

ロクにはそれが聞こえなかった。彼はしゃべりつづけていた。

「おれは他の奴を見たんだ。ヘイは川に落ちたのだ。他の奴が来て張り出しを見ていたのだ」

フェイは彼の腕をつかんだ。包みを胸に抱きしめた。

「お黙りったら！　オアが氷女にその声を聞かせたら、氷女が落ちてくるよ！」

「おれをおまえと一緒にいさせてくれ！」

「おまえは男だ。恐ろしいことが起こる。お帰り！」

「おれは見もしなければ聞きもしない。おまえのうしろに隠れている。一緒に行かせてくれ──」

滝のひびきは溜息なみに小さくなり、まるで天気の悪い日に遠く距《へだ》てて聞こえる海鳴りのようであった。二人が口を利くとその声は鳥の群のように飛び去ってゆき、それが妖《あや》しくも旋回しながら幾重《いくえ》にも増大してゆくのだった。深い峡の崖という崖が歌うたっているかのごとくである。フェイは相手の口を手でおおい、しばらくじっとしていると、鳥の群は遠くかなたに飛び去ってゆき、聞こえる物音は足もとの水と滝の溜息だけになった。フェイは身をひるがえして峡をのぼりはじめ、ロクもいそいでそのあとを追った。彼女は立ちどまって帰れとはげしい身振りを示したが、彼女が歩きだすとロクはそれにつづくのだった。するとフェイがまた立ちどまり、崖のあいだをあちこちと走りまわって、ロクに無言のまま顔をしかめ歯をむきだして見せるのだが、彼は離れようとはしなかった。引きかえせば行く先はロク即ち他の奴で、何ともかとも心細い境涯になるのだ。とうとう彼女はあきらめて彼を無視した。彼女は峡をとぼとぼとのぼってゆき、それを追うロクの歯は寒さでかちかち鳴るのだった。

なぜかといえば、ここまで来ると、足もとに水はなくなっていたからである。そのかわりに凍えた氷の幹が崖にかたく張りついており、どの石も日のあたらない側面の下には雪の壁を宿している。彼は冬のみじめさというみじめさをまた感ずる思いがし、氷女も恐ろしくてたまらなくなったので、まるであたたかい火であるかのようにフェイにぴたりとついて随ってゆくのであった。空は頭上に狭い帯をなしていて、その凍るような空のおもてには、いたるところ星が穴をあけ、また月光を透かしとっている雲が突き当たっているのであった。ここまでくると眼に入るのは、氷が峡の側面に蔦のようにへばりつき、下の方はひろがっているが、上にゆくにつれて百千もの枝々や巻きひげに分かれ、葉の部分が白くきらめいているさまである。足の下も氷だから、足が焼けつくようだと思う間に、たちまちしびれてしまう。間もなく彼は手もつかいだしたが、それも足同様こごえてしまった。フェイの尻が眼の前に揺れてゆき彼はそのあとを追っていった。やがて峡の幅がひろがり上から光がもっと注ぎこんでくるところへ来ると、眼に入ったのは前方の直立した岩の壁であった。その左の側面をくだって一条の黒々とした道がある。フェイはこの道の方へ忍び足で近づき、やがてそのなかに姿を消した。ロクはあとを追った。入口がひどく狭いので両肘で左右の壁に触れるほどである。やっと彼は通り抜けた。

光が眼を打った。彼は首をすくめ両手で眼をおおった。まばたきしながら、見おろすと、きらめく石の群が見える。氷の塊と紺青《こんじょう》の影が見える。フェイの足は眼前にあるが、それが白々と見えそれにきらきらする光がふりまかれている。彼女の影は氷と石の上に屈曲して落ちている。眼の高さの前方に眼をやると、二人の息が滝の飛沫《しぶき》のように雲をなして二人のまわりに垂れこめているのであった。彼はその場に立ちつくし、フェイはその吐く息のうちに霞んでいった。

この場所は打ち開いて広大である。まわりは岩の壁だ。そしていたるところに氷の蔦が上に伸び、高く頭上で岩の上に幅ひろくひろがっている。下方この聖所の床《とこ》に接するところでは氷蔦はふくらんで古い樫の幹のようである。その高く伸びた枝は氷の洞穴に消えていた。ロクは聖所の奥の方にのぼっていっているフェイをこちらの端から見あげた。彼女は石の上にうずくまり肉の包みをさしあげた。何の音も聞こえない、滝の音さえも聞こえてこない。

フェイは囁くのも同様な小声で口を利きはじめた。最初は個々の「オア」とか「マル」とかいうことばが聞きとれた。だが四方の壁がことばをはねかえすので、ことばは跳ねかえり、また投げもどされるのであった。壁と大きな蔦が「オア」という、するとロクのうしろの壁が「オア、オア、オア」と歌う。そのうちひとつひとつのことばを発音しなくなり、「オ」と「ア」を同時に歌うようになった。その音は干満のある淵のなかの水のように高まり、水のようになだらかになり、鳴りひびく「ア」となって彼に打ちつけ、彼を溺らせるのであった。「びょうき、びょうき」と聖所の奥の壁が言った。「マル」と彼のうしろの岩が言い、そして大気は止むことなく高まってくる潮のような歌声で「オア」と叫んだ。彼の身の毛は逆立った。彼は自分も「オア」というように口を動かしてみた。そして上を見上げた、すると氷女たちが見えた。蔦の枝が伸びた先の洞穴は彼女たちの腰である。その股や腹は上の崖から生いたっている。それが垂れさがっているので空はこの聖所の床《とこ》よりも小さくなっている。肉体と肉体がつらなりあって、それが前かがみに伸び、丸天井をつくり、彼女たちの尖った頭は月の光のうちに閃いていた。彼女たちの腰は洞穴のようだ、青々として恐ろしい洞穴だと彼は思った。岩からえぐりとられているのであり、蔦の氷は彼女たちの小水であり、岩と氷のあいだを滲み落ちてくる。音のせめぎはすでに彼女たちの膝もとまで高まっていた。

「アアア」と崖が歌った、「アアアア――」

ロクは氷に顔をおしあてて横になっていた。毛の上に霜がきらめいているのに肌から汗が噴きあげているのだった。この峡谷が斜めに動いている、そんな気がした。フェイが彼の腕を揺すぶっていた。

「さあ、はやく！」

まるで草か何かを食べて吐き気を催しそうな、そんな気持であった。見えるものといっては、闇の空洞のなかを緑の光が容赦なく執拗に動いているだけである。この聖所の音が彼の頭のなかに入りこんでいて、海の音が貝殻のなかに閉じこめられているように、頭のなかで生きている。フェイの唇が彼の耳もとで動いた。

「見つからないうちに」

彼は氷女を思いだした。そしてあの恐ろしい光が見えぬように眼を地面に向けたまま這うようにして逃げだした。身体が死んだもののようで動いてくれない。フェイに従ってよろめく足で、ようやく壁の割れ目を抜けると、峡が眼の前に現われ、ついでもうひとつの割れ目のところにきた、ここは峡への出口である。彼はフェイを追いこして走り、懸命に下方に道を求めた。落ち、転び、つまずき、雪と石のあいだをぶざまに跳んで走った。そして立ち止まると、力も尽きて身を慄わせニルのようにすすり泣いた。フェイが身を寄せてきて、彼を抱きかかえた。彼はフェイにもたれ、峡谷の糸のような水の流れを見おろしていた。フェイはその耳にしずかに、

「男にはオアは恐ろしすぎるのだ」

彼は内側に向かい彼女の乳房のあいだに頭をつけた。

「こわかった」

しばらくのあいだ二人は黙っていた。だが二人とも身うちが冷えきっているので、身体をふるわして離れた。

いまは前ほどあわてふためいてはいないものの、寒気でまだ足の自由がきかぬままに、二人は急な斜面を手探りで降りはじめた、ここまでくると滝の音が高くなって二人を迎えてくれた。それがあの張り出しのさまざまな絵をロクに思いださせた。彼はフェイに説明しはじめた。

「他の奴は島にいるのだ。奴はどえらい跳び手なのだ。山の上にいたのだが、張り出しにやってきて見おろしたのだ」

「ヘイはどこにいるのだ？」

「あれは水に落ちた」

彼女のうしろに息の雲が残り、彼は彼女の声をそのなかから聞くのであった。

「誰も水に落ちはしない。ヘイは島にいる」

しばらくのあいだ彼女は黙っていた。ロクはヘイが峡を跳びこえて向うの岩に達したというのがいちばん望ましいとは考えた。しかし彼にはこの絵が見えなかった。フェイがふたたび口をきいて、

「その他の奴は女にちがいない」

「そいつは男の臭いがするのだ」

「それじゃあもうひとり女がいなければならない。男が男の腹から出てこられるか？　たぶん女がいた、それからまた女、そしてまた女。女だけだ」

ロクにはこのことばが理解できた。女がいるかぎり生というものがある。だが男というものは臭いを嗅ぎわけたり絵を持つことを除いたら他に何の役にたつのだろう？　自分の不甲斐なさをしみじみ感じたので、彼は自分が他の奴を見たこと、おばあさんを見て自分が見えなくなったのを知ったことを、フェイに話す気にはなれなかった。しかしやがて絵も、話そうとする思いも頭から去っていった、というのは二人は道の垂直になった箇所に達していたからである。二人が無言で這いおりると水の轟音が迫ってきた。台地に達し、張り出しに向かって小走りに駆けだしたとき、はじめて彼は、ヘイを見つけに行ったのに彼をつれずに帰ってきたのだと思いだしたのであった。まだあの聖所の恐怖に追われてい

るかのように二人は走りに走った。

　だがマルは二人が期待していたように回復してはいなかった。彼は衰えきって横たわり、胸がほとんど動かぬほどに呼吸が浅くなっていた。彼の顔は暗いオリーヴ色に汗で光っていた。おばあさんは火の勢いが弱まらぬようずっと番をしており、リクウは火の外側に移っていた。彼女はまだゆっくりとしかつめらしく肝臓を食べながらマルを眺めていた。二人の女はマルの両側にひとりずつうずくまり、ニルは身をかがめて自分の髪の毛で彼の額の汗を拭いとってやっていた。あの他の奴についてロクが知らせを聞かせてもこの張り出しではそれに耳を傾けてくれる状況ではないらしい。でも話してきかせると、ニルは顔をあげ、ヘイがいないと見ると、また身をかがめて老人の額を拭いだした。おばあさんが彼の肩をたたいて、

「おじいさん、元気をおだし。フェイがおまえのために捧げものを持っていったのだから」

　それを聞くと、ロクは氷女のもとでの恐ろしさを思いだした。彼は口を開いてしゃべりだそうとしたが、フェイがそれと察して彼の口に手をかぶせた。おばあさんは気がつかなかった。そして湯気がたっている袋から肉片をまた取りだして、

「さあ坐ってお食べ」

　ロクはマルに話しかけた。

「ヘイはいなくなってしまった。世のなかにはほかの人間たちがいるのだ」

ニルが立ちあがった、いまにも泣きだしそうな気配だとロクは見てとったが、先刻フェイがやったようにおばあさんがこれを制して、

「お黙り！」と言った。

彼女とフェイが注意ぶかくマルの身を起こして坐らせた。マルは女たちの腕によりかかり、フェイの胸の上で頭を転《まろ》ばせていた。おばあさんはその唇に肉きれをはさんでやったが、マルはもぐもぐ嚙んだだけで吐きだした。そして口をきいて、

「わしの頭や骨を開いて食べるなよ。病気を食べるだけだからな」

ロクはぽかんと口をあけたまま、女たちのひとりずつに眼をくれた。抑えきれぬ笑いが口もとにこみあげてきた。で彼はマルに話しかけた。

「だけど他の奴がいるのだ。そしてヘイが行ってしまったのだ」

おばあさんが顔をあげて、

「水をとっておいで」

ロクは川に駆けおりて両の手に水を持ちかえった。そしてそれをゆっくりマルの額に滴りおとした。赤ん坊が顔を出し、ニルの肩であくびをし、肩を這いこして、乳を吸いはじめた。マルがまた口をきこうと努めているのが見てとれた。

「火のそばの暖かい土のなかにわしを入れてくれ」

滝音のうちに大きな沈黙が訪れた。リクウでさえ食べるのをやめ、じっと眺めて立っていた。女たちは動かず、マルの顔に眼をすえていた。沈黙はロクの身うちにあふれ、水となってにわかに彼の眼に宿った。それからフェイとおばあさんはマルを脇を下にしてそっと寝かせた。そしてその両膝の大きな痩せた骨を胸に押しつけ、両足を曲げこみ、頭を地面から離して両の手をその下にさしこんだ。マルは火のすぐ近くにおりその眼は炎をのぞきこんでいた。額の毛が縮みはじめたが彼は気がつく様子もなかった。おばあさんは木片を手にとって彼の身体のまわりの地面に線を描いた。それから一同は同じおごそかなしずけさのうちに彼を持ちあげてわきに寄せた。

おばあさんは平たい石を選んでそれをロクに与えた。

「掘れ！」

月は峡谷の日の没した側にすでにのぼっていたが、その光は炎の光の赤い輝きのために地面ではほとんど見わけられなかった。リクウはまた食べはじめた。彼女は大人たちのうしろをそっとまわって張り出しの奥の岩にもたれて坐った。地面はかたくてロクが全身の重みを石にかけてやっといくらか土を掻いだせるほどであった。おばあさんが牝鹿の肉から尖った骨の破片を抜きとって渡してくれたので、それを使うと土の表面をこわすのがずっと楽になった。その下はもっと柔らかい。土の表面の層は粘板岩《スレート》のようにもちあがってきたが、その下は手に崩れる柔らかさで、彼は石でその土を掻きだした。掘りつづけるうちに月は動いていった。彼の頭のうちに、若い力強いマルが同じことを、ただし炉床の向う側でやっている、という絵が浮かんだ。炉の土は彼が掘っている不規則な形の穴のまわりにうずたかくなっていった。じきに彼はその下の第二の炉床に達し、それからまた次のに達した。焼けた粘土の小さな崖ができた。どの炉床もその上のよりは薄くなっていて、穴が深くなるにつれて、層は石のように固くなり、樺の皮といくらもちがわぬ厚さになった。赤ん坊が乳を吸うのをやめ、あくびをし、地に這いおりてきた。彼はマルの脚につかまり、それに手をかけて立ちあがり、前にかがみ、またたきもせずに明るく照らされて、火に見いった。それから彼はうしろに倒れ、マルのまわりをちょこちょこと歩き、穴を眺めているうち平均を失って転げ落ち、ロクの手で掘られたやわらかな土のなかで弱々しく泣きながら這うのだった。そして尻を上に這いだしてニルのもとに逃げかえりその膝にうずくまった。

ロクは坐って喘いだ。身体に汗が流れていた。おばあさんはその腕を突いて、

「お掘り！　ロクしかいないのだよ！」

いやいやながら彼は穴にもどった。彼はずっと昔の骨を掘りだし、それを遠く月光のなかにほうり投げた。そして石の上でまた一息つくと、前のめりに倒れた。

「もうできない」

そこで、こういうことははじめてなのだが、女たちが石を手にして掘りだした。リクウ

はその姿を、またしだいに深くなり暗くなってゆく穴を見ていたが、口はきかなかった。マルが慄えはじめた。掘りすすんでゆくうちに炉床の粘土の柱が狭くなっていった。その根ははるか下の、記憶にとどめぬほど古いこの張り出しの深みにあるのである。ひとつの粘土の層が現われるごとに土を掘るのに手間がかからなくなった。側面を崩さずまっすぐにしておくのがむずかしいくらい穴が深くなった。乾いた臭いのない骨がいくつも出てくるようになった、もうはるか前に生命から断ち切られているので掘っている者たちには何の意味もないものであり、一方の側にほうり投げられた。脚の骨もあれば、肋骨の骨もあり、頭が砕かれて裂けているのもある。また石もいろいろ出てきて、縁《ふち》が薄くて切るのに具合のいいのもあるし、尖っていてほじるのに役だつのもあって、こういうのは使えるところではしばらく使ってはみたが長くはもたなかった。掘られた土は穴のそばにピラミッド状に積まれ、新しい土を手でしゃくって盛りあげるたびに茶色の土粒が小さな雪崩《なだれ》となって崩れ落ちるのだった。ピラミッドの上には骨が散乱していた。リクウは頭の骨をおもちゃに遊んでいた。そのうちロクも力を回復して掘りに加わったので穴は急速に深くなっていった。おばあさんはまた火をおこし、その炎のかなたで朝はしらしらと明けそめていた。

とうとう穴を掘りおえた。女たちはマルの顔にまた水を注いだ。彼はもう骨と皮になっていた。吸いこむことのできぬ空気に噛みつこうとしているかのように、彼の口は広く開いていた。一同はそのまわりに半円をつくってひざまずいた。おばあさんが眼くばせしてみんなを集めたのだ。

「マルが元気なときにはたくさん食べ物を見つけたものだ」

リクウは張り出しの奥の岩にもたれ、小さなオアを胸に抱き、うずくまっていた。赤ん坊はニルの毛のなかで眠っていた。マルの指はあてどもなく動き彼の口は開いたり閉じたりしていた。フェイとおばあさんは彼の上半身を起こしその頭を支えた。おばあさんは彼の耳もとでしずかに言った。

「オアはあたたかい。お眠り」

彼の身体がひきつるようになった。頭が横に転《まろ》び、おばあさんの胸にのって、そこで動かなくなった。

ニルが泣き叫びだした。その声は張り出しに充ちあふれ、水をこえて島の方へ波動していった。おばあさんはマルを脇を下にして寝かせ、その膝を胸に折り曲げた。そしてフェイといっしょに彼を持ちあげて穴におろした。おばあさんは彼の両手を顔の下にさし入れ、両肢が低く土につくように気をくばった。それから彼女は立ちあがったが、その顔には何の表情も見られぬのであった。そして岩棚のところに行き腰肉をひとつ持ってきて、ひざまずいてそれも穴のなかの彼の顔の近くにおいた。

「マル、腹がへったらお食べ」

彼女はみんなに眼くばせして、自分についてくるように命じた。小さなオアを抱いたリクウを残したまま、彼らは川に降りていった。おばあさんは両手に水を盛り、他の人々も手を水にひたした。彼女はもどってきてマルの顔に水を注いだ。

「咽喉がかわいたらお飲み」

みんなはめいめい灰色の死人の顔に水をしたたらせた。ひとりずつその言葉をくりかえした。ロクが最後だったが、水がしたたり落ちたとき、マルにたいする熱い思いで胸がいっぱいになった。彼はまた川に行き二度目の贈り物を持ってきた。

「マル、咽喉がかわいたらお飲み」

おばあさんは手で土をしゃくってそれを彼の頭にかけた。みんなのあとでリクウがおずおずとやってきて、眼で命ぜられたようにし、岩にもどっていった。おばあさんの合図で、ロクは土のピラミッドを穴に掃きおとしはじめた。土はさらさらとやわらかな音をたてて落ちてゆき、じきにマルの形が定かでなくなった。ロクは両手両足をつかって土を押し落とした。おばあさんは無表情のままマルの形が変わって消えてゆくのを見ていた。土が盛りあがり穴を埋め、なおも高まって、マルが先刻までいた場所が張り出しの小さな土まんじゅうになった。まだいくらか土が残っていたが、ロクはそれを土まんじゅうから掃《はら》いのけ、できるだけしっかりと土まんじゅうを踏みかためた。

おばあさんは、踏みつけてできた土のそばにうずくまり、みんなの視線の集まるのを待った。

彼女は言った、

「オアがマルを腹のなかに引きとった」

五

しばらく沈黙がつづいたが、それから彼らは食べた。疲れが霧のように自分たちの上に宿っているのが感じられはじめた。この張り出しにはヘイとマルが欠けている。火は依然として燃えているし食べ物は上等だ。が気のめいるような疲れが一同に襲いかかった。ひとり、またひとりと彼らは火と岩の合間に身体をまるくして眠りこんだ。おばあさんは窪みに行って薪を持ってきた。彼女は川瀬のように音たてて燃えるまで火勢を強くした。それから残っている食物を集めて、窪みの安全なところにしまった。そしてマルが生前にいた場所の土まんじゅうのそばにうずくまり、水ごしに遠くを眺めた。

この仲間たちが夢をみることはそんなに度々はないのだが、この日は暁の光が彼らの上に輝くころ、彼らは他の世界からの幻の群に襲われたのだった。おばあさんの眼には彼らがそれらにからみつかれ、刺激され、苦しめられるさまが、見るともなしに見えてくるのだった。ニルはうわごとを言っていた。ロクの左手はいっぱいに土を掻きあげていた。つぶやく言葉、喜びと恐れのはっきりしない叫びが、みんなの口からもれてきていた。おばあさんはひたすらに自分自身の絵にじっと見いっていた。鳥が鳴きはじめ雀が地に降りてきて台地に餌をあさりだした。突然ロクが手をふりあげて彼女の股を打った。

川の面が光るようになると彼女は起きあがって窪みから薪を持ってきた。火は音をたてて爆《は》ぜて薪を喜び迎えた。彼女はそのすぐ傍に坐って、見おろしていた。

「火が逃げだして木をみんな食べてしまった、あのときと同じような気がする」

ロクの手が火の近くによりすぎていた。彼女は身をかがめてその手を彼の顔にもどしてやった。彼はぐるりと寝がえりをうち大声で叫んだ。

ロクは走っていた。あの他の奴の臭いが自分を追ってきてどうしても逃げきれない。あたりは夜で、臭いは足を持ち虎の歯を持っていた。そして彼はまだ行ったことのない島にいるのである。滝は両側で轟音をたてていた。彼は岸沿いに走っているのだが、疲れきって今にも倒れて他の奴につかまってしまうのがわかっていた。ついに倒れると、無限の争闘がつづいた。だが自分を仲間に結びつける紐はこの島でもまだつながっていた。絶体絶命の訴えに引きずられて、仲間がやってきた、歩いてきた、必要に迫られて否応なしに運ばれ、水の上を何の苦もなく走ってくる。他の奴は去ってしまい、仲間はみんな彼の近くに来た。闇のためにはっきりとは見えないが誰だかはわかる。みんなはだんだん近くによってきたが、張り出しに入ってくるときのように、本拠《うち》と知ってあたり一帯になんの気がねもないといった様子ではない。それでも進み入ってきて、とうとう身体が触れあうほどに寄ってきた。みんなは一つ絵を分かち持つように一つ身体を分かち持った。ロクは助かったのだ。

リクウが目覚めて起きた。小さなオアが肩から落ちたので彼女は拾いあげた。あくびをし、おばあさんを見て、おなかがすいたと言った。おばあさんは窪みにゆき、肝臓の最後の残りをリクウに持ってきてやった。赤ん坊はニルの毛をおもちゃにしていた。ひっぱったり、その上で身体を揺すったりするものだからニルは目を覚まし、また泣きじゃくりはじめた。フェイは身を起こして坐り、ロクはまた寝がえりをうち、すんでのところで火のなかに転がりこむところだった、跳びのいてから口を動かした。彼は他の人々を見、愚かしげに話しかけた。

「おれは眠っていたのだ」

みんなは川に降りてゆき、水を飲んで、心を落ちつけた。もどってくると、この張り出しには口に出して言っても尽きぬものがある気がし、かつてそこに坐った人々がいつかまた帰ってくるかもしれぬように、二つの席は空いたままにしておいた。ニルは赤ん坊に乳を吸わせ、自分の捲毛を指でくしけずった。

おばあさんは火から眼をあげて一同に言った。

「これからはロクだ」

彼はぽかんとしておばあさんを見た。フェイは頭を垂れた。おばあさんは彼のところに来て、その手をしっかりとつかみ、彼を片方の側につれていった。そこはマルの場所であった。彼女はロクを坐らせ、背を岩にもたれさせ、マルが磨りへらした滑らかな土の窪みに尻を落とさせた。ロクはなんとも奇妙な気になった。彼は斜めの方、川を見やり、それから人々に眼をもどして笑った。どこにも眼があって、それが自分を待っているのである。彼は行列の先頭にいるのであり、尻尾にいるのではなく、自分の頭から出てくるどんな絵でも正しいのだ。血がのぼってきて顔が熱くなったので、彼は眼の上を両手で押えた。指のすきまから女たちを見、リクウを見、それからマルの身体を埋めた土まんじゅうを見おろした。早急にマルと話したかった、彼の前に静かにかしこまって何をなすべきかを聞きたかった。だが土まんじゅうからは何の声も聞こえず、何の絵もやってこなかった。彼は頭のなかに浮かんだ最初の絵につかみかかった。

「おれは夢を見た。他の奴がおれを追っていた。それからおれたちは一緒になった」

ニルは赤ん坊を胸に抱きあげた。

「あたしは夢を見た。ヘイがあたしと寝た、それからフェイと寝た。ロクはフェイと寝て、あたしと寝た」

彼女は泣きじゃくりはじめた。おばあさんが身振りをしたので、彼女はびっくりして口をつぐんだ。

「絵は男の仕事。オアは女の役目だ。ヘイとマルは行ってしまった。これからはロクだ」

ロクの声は小さく、リクウの声のようだった。

「今日おれたちは食べ物を探しにゆこう」

おばあさんは情容赦もなく次の言葉を待っていた。残り少なにはなっていたものの、まだ窪みには食物が蓄えられている。腹がへってもいないのに、そして食べるものが残っているというのに、食べ物を探しにゆくというのか？

フェイはうずくまって前に身を乗りだした。彼女が口をきいているあいだにロクの頭のなかの混乱はいくぶん消え失せていった。彼はフェイの言うことには耳を貸さなかった。

「あたしは絵を持っている。他の奴は食べ物を探している、そしてうちの仲間も探している——」

彼女はおばあさんの眼を怯《ひる》まずに見すえた。

「つまり仲間は腹がへっているのだ」

ニルは岩に背中をこすった。

「それは悪い絵だ」

おばあさんは女たちの言葉におっかぶせるように叫んだ。

「これからはロクなのだ」

ロクは思いだした。彼は両手を顔から離して、

「おれは他の奴を見たのだ。奴は島にいる。岩から岩へ跳んでゆくのだ。木を攀じのぼっ

てゆくのだ。色は黒い。穴のなかの熊みたいに形を変えるのだ」

みんなは島の方に眼を向けた。それは日光にあふれ緑の葉の霧に包まれていた。ロクはみんなの注意を呼びもどして、

「そしておれは奴の臭いのあとをつけたのだ。奴はここにいた」——と言って張り出しの屋根を指さしたので、みんなそちらを見あげた——「奴はそこにいて、おれたちを見ていたのだ。奴は虎に似てもいるが、また虎に似てもいない。また奴が似ているのは、そう——

——」

しばらくのあいだ絵が彼の頭から消え失せた。彼は口の下を掻いた。言うことが山ほどあるのだ。絵と絵をつなぎあわせて、最初の絵から多くの絵をつづけて最後の絵まで達するにはどうしたらいいか、それをマルに訊ねられたらと思った。

「たぶんヘイは川のなかにはいない。たぶんヘイは他の奴と一緒に島にいる。ヘイはたいした跳び手だったからな」

一同は台地沿いに眼を走らせ、島の岩がもぎとられてこちらの岸に流されてきている箇所を眺めた。ニルは赤ん坊を胸から離し地面に這わせた。その眼から水が落ちた。

「それはいい絵だ」

「おれは他の奴と話をしてみよう。どうして奴はいつも島にいられるのだろう。おれは新しい臭いを探してみる」

フェイは口をてのひらで叩いていた。

「たぶん奴は島から生まれて来たのだね。女から生まれてくるように。それとも滝から生まれてきたのだね」

「おれにはそういう絵は見えない」

聞いてくれようという人間に言葉を話すのはなんと楽なことか、それがいまロクには分かった。言葉には絵さえ必要ないのである。

「フェイは臭いを探すのだ。そしてニルとリクウと赤ん坊は——」

おばあさんは彼の言葉をさえぎらなかった。そのかわりに大きな枝をつかんで、火に投げ入れた。ロクは叫び声をあげ、跳んで立ちあがり、それから口をつぐんだ。おばあさんが彼にかわって口をきいた。

「ロクはリクウが行くのは望まない。男がもういないのだ。フェイとロクに行かせるのだ。こうロクは言っているのだ」

彼は当惑しておばあさんを見たが彼女の眼は何も語ってくれなかった。彼は頭を横に振りはじめた（これも現在の同意の身振りとは違っているが、原始人の身振りとして作者が考案したものであろう）。

「そうだ」と彼は言った、「そのとおりだ」

フェイとロクは台地の端まで一緒に駆けていった。

「氷女を見たことをおばあさんに話してはいけない」

「他の奴の臭いを追いかけて、おれが山を降りてきたとき、おばあさんにはおれが見えなかったのだ」

彼はそのときのおばあさんの顔を思いだした。「おばあさんに見えるものが何か、見えないものが何か、誰にもわかりはしないのさ」

「おばあさんにあのことを話してはいけない」

彼はなんとか説明しようと試みた。

「おれはあの他の奴を見たのだ。奴とおれと、おれたちは山を這いあがり、仲間のところにそっとやってきたのだ」

フェイは立ちどまり、二人は島の岩とこちらの台地のあいだの峡谷を見た。彼女は指さして、

「いくらヘイだってあそこを跳んでゆけたか？」

ロクは峡を見おろして考えた。峡にせかれた川水は渦をまき幾条の筋が光っている尾を下流に流していた。緑の川面《かわも》から小さな渦巻きがあちこちで瘤をなしてふくれあがっていた。ロクは自分の絵を身振りに見せはじめた。

「その他の奴の臭いでおれも他の奴になっている。おれは虎のようにそっと忍びよる。おれは脅えているが、食いたいことも食いたい。おれは強い」彼は身振りをやめ、フェイの

傍をすばやく走り抜けたが、やがてもどってきて女の前に立った。「いまおれはヘイと他の奴だ。おれは強い」

「あたしにはその絵は見えない」

「他の奴は島にいて――」

彼は両腕をできるだけひろげた。そしてそれを鳥のようにはばたかせた。フェイはにやりとしたが、やがて大声で笑いだした。ロクも笑いだした、フェイにわかってもらえたのが、しだいに嬉しくてたまらなくなったのである。彼は鴨のような鳴き声をたてながら台地のうえを走りまわり、それを見てフェイも笑った。この冗談を仲間と一緒に分かちたいと張り出しにはばたきしながら駆けもどろうとしたときに、彼は思いだした。そして横にそれて立ちどまった。

「さあロクがいるぞ」

「他の奴を見つけて、ロク、そいつと話すのだ」

そう言われると例の臭いを思いだした。彼は岩のうえを嗅ぎまわった。あれから雨は降っていなかったが臭いはかすかであった。彼は滝のうえの崖にあったさまざまな臭いを思いだした。

「行こう」

二人は台地を駆けもどり張り出しの前を通りすぎた。リクウが大声で二人に呼びかけ小さなオアをさしあげた。ロクは角をまわって這うように進み、フェイの身体が背に触れるのを感じた。

「あの丸木がマルを殺したのだ」

彼は女の方に向きなおり、びっくりして耳をぴくぴく動かした。

「あそこになくなっていた丸木のことさ。あれがマルを殺したのだ」

彼は口をあけ、議論にとりかかりたい気構えだったが、彼女は押しやって、

「さあ行こう」

そのすぐあとで他の奴のしるしが眼に入ってきた、どうしたって見のがすわけにはゆかなかったのである。奴の煙が島のまんなかから立ちのぼっているのだ。島には木がたくさんあって、そのあるものは前に身をかがめて枝を水にひたしているので岸が見えなくなっている。木々にかこまれて厚い灌木の茂みもそこここにあり、誰も行くものがないから生いしげるにまかされ、岩の地面も厚くおおわれ、これ以上落葉を載せられないくらいである。煙は濃い渦をなして立ちのぼり、ひろがって消えうせていた。疑いを容れる余地はない。他の奴は火を焚いているのであり、それもうちの仲間ではとうていもちあげられないような厚い濡れた丸木をつかっているのにちがいないのだ。フェイとロクはその煙を見ながら思案したが、二人で分かち持てるような絵は何ひとつ見いだせなかった。島に煙がある、島に誰か他の人間がいるのだ。だがどんな人間なのか、なんの手がかりもないのであ

る。

とうとうフェイは身をそむけた、見ると慄えていた。

「どうした？」

「こわい」

彼は思案した。

「おれは森へ降りていってみよう。あそこが煙にいちばん近いからな」

「あたしは行きたくない」

「張り出しにもどれ。ロクがいるからな」

フェイはまた島に眼をやった。と、突然彼女は身体をくねらせて角をまわり、いなくなってしまった。

ロクは仲間たちの思い出がいろいろ残っている崖を身軽にくだってゆき、森の端に達した。ここまでくると川は時折姿を見せるだけであった、というのは灌木のしげみが岸のあったところに垂れこめているばかりでなく、川水のかさが増して多くの茂みはその根もとを水につけて生いたっているからである。土地が低くなっているところでは水が流れこんできて草が水びたしになっていた。木々はそれよりは高い土地に立っており、ロクの足跡は水にたいする恐怖と、新しい男ないしは新しい人々を見たいという願望とを、二つながら示すしるしをつけるのであった。煙の真向いの岸の箇所に近づくにつれて彼の興奮はますます高まった。踵のうえまで水に入る勇気さえでてきて、身を戦《おのの》かせながら跳んでいった。やがて川が見えなくなり、そこに近よることもできなくなったとき、彼は歯ぎしりをして、右に折れ、あがきながら進んだ。下は泥沼で、球根類の白く水に洗われた尖端が足に触れるのだった。平素ならば足でつかんで拾いあげるところだが、それらはいまは戦《おのの》く皮膚に触れる固い小さなものにすぎなかった。彼と川のあいだは新緑の芽にかすんでいる茂みで一帯におおわれていた。彼が手近に群がっているひとかかえの枝々に身を託すると、枝はたわみ、足が地を離れ、前方に恐ろしい勢いで揺すりだされた。樹液の多い枝々には実際には彼を支えるだけの力はなかったので、彼は鷲が羽をひろげた恰好で木の芽、茨のなかに大の字になって身を軽くした。と、下に水が見えた、茶色の泥のうえに片手でさらえるほどの水があるのではなくて、深くてそのなかに灌木の幹が入りこんでその根もとが見えぬほどの水である。彼は揺られて落ちてゆき茂みをつかもうとしてもつかまえられなかった。眼の高さに輝く水面がちらと映ったので、彼は大声をあげ、懸命になってどうにか浮きあがり、ともかくも安全だが気持のわるい沼地に這いもどった。せわしく動きまわる赤雷鳥《あからいちょう》ならともかく、人間にはここから島に渡るすべはないのである。彼は川の下流をめざして急ぎ、地面の固い森のなかに曲がりこんであの枯れた木のある空地に出た。そして深く渦まいて水が流れよっている小さな土の崖のところに降りていってみた。川の向うにはあの煙が依然として木々と下ばえの神秘のうちから立ちのぼっていた。あの他の奴が樺の木に攀じのぼって峡谷をのぞきこんでいるという絵が頭に浮かんだ。彼は仲間の臭いがまだかすかにただよっている道をいそいで、例の沼地の水辺に来てみると、そこに渡した新しい丸木がなくなっていた。リクウを乗せて揺すってやった木は向う岸にそのままにある。彼はあたりを見まわし、一本のぶなの木に眼をつけた。非常に背が高くて枝に雲がひっかかりはしないかと思われるほどである。彼はその一本の枝をつかみ、その上にすばやく駆けのぼった。幹は二つに分かれ、その分れ目に雨水がたまっていた。彼は足を手の先にして太いほうの枝にのぼってゆき、風と彼の重みのもとで木が重々しげに揺れるのが感じられるところまでに達した。芽はまだ出きらぬ状態であったが、その何千という緑のきざしは眼のなかの涙のように茫漠としていて、ロクはいらだってくるのだった。彼はなおも高くに頂上にまでのぼり、それから自分と島のあいだにある枝々をねじ曲げもぎとりはじめた。こうして彼は、群がる木の芽が垂れさがり横に揺れ動くたびに形が変わる穴を通して、見おろすことができた。穴は島の一部を抱え入れていた。

島にもいたるところに木の芽があって、その流れは輝く緑の煙の雲のようであった。木の芽は岸に沿って漂い流れ、その向うの背の高い木々は、まっすぐに立ちのぼってそれからまわりにひろがる煙のようであった。この緑一色の背景は木の幹や枝の黒であり、土というものはなかった。だが一点輝く眼のごとき箇所があって、それは本物の煙の根もとで火が燃えているのであり、枝々がその前に動くたびに、ちらちらと彼にまばたきした。その火をじっと見つめていると、やがてその傍に土が見えてきた、茶の色が濃くて川のこちら側の近みにある地面よりも固そうである。たぶん球根や落ちた堅果《このみ》や甲虫の幼虫や菌《きのこ》がいっぱいあるにちがいない。あきらかにあの他の奴が食べるご馳走があそこにはあるのだ。火が鋭くまたたいた。ロクはまたたきかえした。火がまたたいたのは、枝のためではなくて誰かがその前を動いたからである、枝のように黒い誰かが。

ロクはぶなの木のてっぺんを揺すった。

「ホエ人だ！」

火は二度またたいた。これで急に納得できたのは、あそこにいる人間は一人だけではないということであった。あの臭いで高ぶった興奮がふたたび彼を襲った。彼は木のてっぺんを折れんばかりにゆすぶった。

「ホエの新しい人々だ！」

ロクの身うちに大きな力が湧きあがった。中間にある見えない水を一気にとびこせそうな気がした。彼はぶなの頂きの細枝のなかで必死の軽業を思いきって行ない、それからできるかぎりの大声で叫んだ。

「新しい連中だ！　新しい連中だ」

揺れる枝のなかで突然彼は凍りついた。新しい連中は彼の声を聞いたらしい。火のまたたくのと厚い茂みが揺れるので、きっと彼らが眼に見えるところまでやってくるだろうと思った。火はまたちらちらしたが、緑の木の芽の煙のなかの道はねじまがり川の方に降りていった。枝々が折れる音が聞こえてきた。彼は身を乗りだした。

それから何の徴候もない。緑の煙はしずまり、あるいは風のもとでおだやかに息づいていた。火がちらちらした。

音もたてずにじっとしていたのでロクに滝の音が聞こえだした、重々しく、果てしなくつづく音である。彼の心をつかんで新しい人々に結びつけた力がゆるんだ。ほかの絵が彼の頭に浮かんだ。

「新しい連中がいる！　ヘイはどこにいる？」

水ぎわの緑の小枝が揺れた。ロクは眼をこらした。小枝の揺れるところからその下の幹に眼をたどらせ、眼窩の筋肉を極度に緊張させた。前腕、あるいはたぶん二の腕かもしれぬが、それが枝の前を横ぎった、黒く毛むくじゃらである。緑の小枝がまた揺れ、黒い腕は消えうせた。ロクはまばたきして眼から水をはらいおとした。島でのヘイの新しい絵が浮かんできた、ヘイが熊につかまり、ヘイが危険になっている絵が。

「ヘイ！　どこにいる？」

向う岸の茂みが揺れねじまがった。茂みに一筋の動きが見え、岸からもどって急速に木々のあいだに動いてゆく。火がまたまたたいた。そして炎は消え、白い煙の大きな雲が緑のうちにたちのぼり、その根もとが薄れて姿を消した。白い煙はゆっくりとのぼってゆき、のぼるにつれて内側をひっくりかえしてみせるのだった。ロクは愚かしげに斜めに身をかがめてあたりの木々や茂みを眺めた。一刻の猶予もならぬとの思いにせかれた。彼は身を揺すって川下の次の木の見えるところまで枝から枝へ移った。そして次の木の枝にとびうつって、乗りこみ、木から木へと赤い栗鼠《りす》のように動いていった。そして彼はふたたび一本の幹のてっぺんによじのぼり、枝を折りとり、のぞきこんだ。

このあたりでは滝のとどろきも多少にぶって、飛沫《しぶき》の柱が見えた。その飛沫は島の上端に立ちこめているので、そのあたりの木々がかすんでいる。彼はそこから島の下方に、さきほど茂みが動き火がまたたいたところまで、眼を走らせた。さだかではないが、木々のあいだの空地を見ることができた。消えた火からのぼる煙がまだ垂れこめていて、ゆっくりと広がり消えていた。人の姿は見えないが、茂みが壊され岸と空地とのあいだに土がむきだしになって小道ができているのが見られた。この小道の内側の一端には、巨大な枯れた木の幹が何本か、年を経て老い朽ちたさまを見せながら集められていた。彼は口をぽかんと開け、あいているほうのてのひらを頭に載せ、その丸木を眼で検べた。なぜこの連中はこういう食物を全部持ってゆくのだろうか——川沿いの青白い菌類《きのこ》がきれいになくなっているのが見えたからである——それにまた役にたたぬ木まで持ってゆくとは？　この連中は頭のなかに絵を持っていない人間なのだ。つぎに見えたのは地面に汚ないよごれがあることで、そこで火が焚かれ、それに道の端にあるのと同じくらい巨大な丸木がつかわれたということが分かった。なんの前触れもなく彼の身うちに恐怖がみなぎった、火が森を焼いているのを夢にみたとき、マルが感じたのと変わらぬ、理屈にあわないが全心をゆすぶる恐怖である。そして彼が仲間のひとりであり無数の見えない紐によって仲間と結ばれていたから、彼のこの恐怖は仲間のためのものであった。彼は慄えはじめた。両の唇は歯からまくれこみ、眼がはっきりと見えなくなった。自分の声が吼えるような叫びをたてるのが耳に聞こえた。

「ヘイ！　どこにいる？　どこにいる？」

何か太い脚をしたものがあの空地をぎごちなく走りすぎて姿を消した。火は消えたままであり、茂みは川下からの微風で梳《す》かれ、それからまったく静かになった。

施すすべもない、

「どこにいる！」

ロクの耳がロクに話しかけた。

「？」

彼は島のことで夢中になっていたから、しばらくは耳に注意をはらわなかった。彼は木の頂きにつかまって、しずかに身をゆすっていた。滝はとどろき、島の空地はからっぽのままであった。それから聞こえてきたのである。人々がやってくる音が——川の向う側でなく、こちら側の、遠くの方で。彼らは張り出しから降りてきているので、足は無造作に石を踏んでいる。彼らの話し声も聞こえてくるので、彼は思わず笑いだした。その音は彼の頭に、交りあっているさまざまな形の絵を思い浮かばせた——薄くて錯雑していて、からみついていて馬鹿げていて、鷹の叫びのような長い曲線とはちがって、嵐のあと海岸に打ちあげられる、どろどろになった糸海草《いとうみくさ》のようにもつれあっている絵を。この笑いの音は林を抜けて川の方に進んで行く。と、同じような笑いの音が島で起こった。そしてその音は川ごしに往き来しだしたのである。ロクはなかば落ちるように、なかば伝うようにして木をすべりおりると、その方に追いかけた。仲間のずっと以前の臭いのなかを走った。笑いの音は川岸のすぐ近くである。ロクは、水をこえて丸木を渡してあった場所に達した。彼は木にのぼり、ひとゆすりして飛びおり、また追いかけた。すると川のこちら側の笑いの音にまじってリクウの悲鳴が聞こえはじめた。怒って、恐れて、痛がってあげる悲鳴ではない、蛇がゆっくりと近づいてくるときに無意識に、ただびっくり仰天してあげるような悲鳴である。ロクは全速力で走った、毛が逆立っていた。あの悲鳴のところに早く行かねばと気がせいて臭跡を失い、あがきながら進んだ。悲鳴は彼の身うちを裂いた。死んだ赤ん坊を生んでいたときのフェイの悲鳴とはちがう、マルを埋めたときのニルの嘆きともちがう。虎がその曲がった歯を頸に食いこませ、いっかな離れず血を吸っているときに馬がたてる音に似ている。ロク自身も知らず知らずのうちに悲鳴をあげ、茨をかきわけていた。そして悲鳴を通して彼の五感が知ったのはリクウが男も女もなしえぬことをいましているということであった。彼女は川をこえて運ばれているのだ。

ロクがまだ茂みをかきわけているうちに、悲鳴が止んだ。いま聞こえてくるのはまたあの笑いの音と赤ん坊の泣き声とである。彼が茂みを破って出てきたのはあの枯れた木のそばの空地であった。幹のまわりの空地は他の奴とリクウと恐怖の臭いがした。水の向うで緑の小枝の群が折られ曲げられるのが見え、ぴしぴしいう音が大きく聞こえてきた。黒い毛むくじゃらの肩の上にリクウの赤い頭と赤ん坊がちらと見えた。彼はくりかえして跳びあがって大声で呼んだ。

「リクウ！　リクウ！」

緑の茂みの流れが一緒にぐいと動いたかと思うと、島の人影は消えうせた。ロクは川岸の、蔦がからみついて巣のようになっている枯木のもとを、右往左往して走りまわった。水の近くを走りながら大きな土の塊をはねかえすので、流れはそのたびにざぶざぶと音をたてた。

「リクウ！　リクウ！」

茂みがまたぐいと動いた。ロクは木につかまって止まり眼をこらした。なかば隠れているが、頭と胸が眼の前に見える。葉叢の背後に白い骨のようなものが見えるし、毛が見える。その男は眼のうえと口のしたに白い骨のようなものを持っており、したがって顔が普通よりも長くなっている。その男は斜めに茂みに向かい、肩ごしにロクを見た。棒がまっすぐ上に伸びた、その中ほどに骨の塊があった。ロクは、その棒と、骨の塊と、その顔の骨のようなもののなかにある小さな眼に、見入った。と、急に理解できたのは、相手が棒を持ってそれを自分にさしつけているのだが、あいだに川があるから相手にせよ自分にせよ届きっこないということであった。もし頭のなかに先ほどの悲鳴の反響が残っていなかったら、笑いだすところであった。棒は両端から縮まりだしたが、やがてまた丈《たけ》いっぱいにぐんと伸びた。

ロクの耳もとの枯木から声がした。

「クロップ！」

彼の耳がぴくんと動き彼は木の方に向いた。耳の近くに小枝が生えている。他の奴の臭いがし、雁の臭いがし、食べてはいけないと自分の胃袋が教えてくれる苦い堅果《このみ》の臭いがする小枝である。この小枝の端には白い骨がついている。その骨には鉤《かぎ》がいくつかあり、その曲がった部分にべとべとする茶色のものがひっかかっている。彼は鼻でそれを検べてみたが、どうも気にいらない。小枝の柄のあたりを嗅いでみた。小枝の葉と見えるのは赤い羽でそれは雁を思いださせる。こうなるとただひたすらに気がたかぶり動顛するだけで、なすすべを知らない。彼は光る水ごしに緑の茂みの流れに大声で呼びかけた、するとそれに応えてリクウが叫ぶのが聞こえたが、言葉の意味はわからなかった。誰かに手で口をふさがれてしまったかのように、突然断ちきられてしまったのである。彼は水ぎわまで走っていったが、またもどってきた。この打ち開いた岸のどちらの側にも藪が厚く生いしげっている。それは川なかに生い伸びていていちばん先の方では葉のあるものが水の中で開いているほどである。そしてそのあたりでは藪は向う岸に前かがみになって伸びていた。

頭のなかにリクウの声の反響がひびいて、それが島に向かうこの危険な道に、慄えながらも彼を送りこんだ。普通ならば乾いた土地に根づいているのだが、いま彼がその茂みに突き進んでゆくと、足がはねをあげるのだった。彼は前方に突進し、手と足でひったくるように枝をつかんだ。そして大声をあげた、

「いま行くぞ！」

なかば伏すように、なかば這うようにし、そのあいだじゅう恐ろしさに顔をゆがめ、彼は川に乗りこんでいった。そこの下の方は神秘の水であり、その水面はいたるところ曲った黒い幹で穿《うが》たれている。彼の全身の重みを支えてくれる場所はなかった。できるだけ身体をひろげるようにしたのは、手足や身体全体で支えるためばかりではなく、木の枝が折れてしまうので移動しながら絶えず二箇所にいなければならないからである。彼の身体の下の水が黒ずんできた。枝々の背後の水面に漣《さざなみ》がたち、水草が水中で長く揺らめき、上方下方に、行きあたりばったりに陽光が閃くのであった。彼は、なかば水につかり川床に向けて垂れさがっている最後の高い茂みに達した。一瞬、水の流れと島が見えた。滝壺

からあがる飛沫の柱がちらと見え、崖の岩群《いわむら》が眼に入った。それから、もう前進するすべがないので、身体をのせて枝々がたわみはじめた。前に下方に揺れ、彼の頭が足より下になった。彼は、わけの分からぬ叫びをたてながら、落ちこみ、水がもりあがり、「ロクの顔《ロク・フェイス》」（水にうつったロクの顔）をともなってきた。「ロクの顔」には光がちらついていたが、彼はその歯を見ることができた。その歯の下で、一本の草尻尾《ウィード・テイルズ》が前後に揺れていたが、そのたびに人間の丈《たけ》以上に動くのであった。だが歯と漣の下では他のものはすべて遠く暗かった。川面《かわも》を微風が吹きすぎ茂みは静かに斜めに身を揺すった。彼の手も足も苦痛なほどに緊張し彼の身体のひとつひとつの筋肉は節《ふし》くれだった。仲間のことや新しい連中のことはもう考えられなかった。さかさまになり深い水のうえを救いの小枝を手にして流れているロクを経験しているだけであった。

　ロクはかつてこれほどに水のまんなか近くに身をおいたことはなかった。水の上には皮が張っており、その皮の下で黒い点々が表面に浮きあがってきて、二転三転したのち、環をなして漂い去るか、見えぬ深みに没してゆくのだった。底の方には石がいくつもあってそれが水のなかで緑色に光り揺れていた。規則正しく草尻尾が石を隠したり現わしたりするのである。微風がやんで、茂みは草尻尾のようにリズミカルに身をかがめたり起こしたりした。それにつれて水の表面の輝く皮が彼の顔に近づいたり遠ざかったりするのだった。彼の頭からはすでに絵が消え去っていた。恐怖でさえ飢えの痛みのような鈍さであった。

どの手も足も枝の束にあくまでもしがみつき、歯は水中でむきだしになっていた。

草尻尾が短くなってきた。その緑の先端が水上に頭を出すようになった。根もとの方にはある暗さがまといついていた。その闇が錯雑な形をした、緩慢な夢みたいな動きをするものとなった。泥の点々のように、それはくるりと向きをかえたが、どうも何か目的を持っているらしい。草尻尾の根の近くに触れ、尻尾を曲げ、身をひるがえし、尻尾を彼の方に向けて転《まろ》ばせてきた。両腕を少しずつ動かし眼は石のように鈍く光っていた。その眼は身体とともに回転し、生きているしるし、考えているしるしを何ら示さずに、深い水の表面を、そのひろがりを、また隠れた底を眺めるのだった。水草の群がその顔の前を通りすぎたが、その眼はまばたきもしなかった。身体は川自体と同じような滑らかな重々しげな動きで向きをかえ、背を彼の方に向けて草尻尾をつたってのぼっていった。頭が夢のような緩慢さで彼の方に向き、水中で持ちあがり、彼の顔の方にやってきた。

ロクは、母親とはいえ、いつもおばあさんに畏れを感じていた。彼女は心のなかでも頭のなかでもあまりに偉大なオアの近くにいるので、男として畏敬の念を感ぜずに彼女を見ることはできないのである。彼女はたいへんな物知りだし、たいへんに長生きしているし、仲間がただ推測しうるだけのことを感じとれるし、つまりは女それ自体だ。彼女はこのようなことをすべて自分の理解のうち同情のうちに包みこんでいるが、彼女のすることには時として一種遠いしずけさというものがあって、それが仲間たちに恭々《うやうや》しく恥ずかしい思いを感じさせるのである。それゆえに仲間の者たちは恐怖の念なしに彼女を畏敬し、その前で眼を垂れるのであった。だがいまこのときロクは彼女に面と向かい、すぐ傍で眼と眼を向けあった。彼女は自分の身体に加えられた危害を無視し、口を開け、舌を出し、その口がまるで石の穴にすぎないかのように、土の点々がゆっくりと環を描いて出入りしているのだった。彼女の眼は茂みのかなた、彼の顔のかなたに向かい、彼を見ずに彼のうちを見通し、転び去って、いなくなってしまった。

六

ロクの足は茂みのなかを押しわけていった。足がすべり、腕で枝につかまってぶらさがり、腰まで水につかった。彼は膝を持ちあげた、毛が逆立った。もう悲鳴をあげる元気さえなかった。水の恐ろしさ自体はもう後ろの方に退いている。彼は身を振り動かし、もっと多くの枝をひっつかみ、茂みと水のなかを足掻《あが》きながら進んで岸に達した。そして背を川に向けて立ち、マルのように身体を戦《おのの》かせた。歯はむきでており、まだ水のなかで浮きあがりたいともがいているかのように、両腕を緊張してさしあげていた。彼はちょっと上の方を見ながら、頭を左右に振り動かしていた。背後でまた例の笑いの音がはじまった。緊張の姿勢やむきだしの歯はそのままに身体に残っていたが、少しずつ彼の注意はその笑いの音にひきつけられていった。新しい連中が気が狂ったかと思われるほど笑いの音を盛んにたてていたが、そのなかでひときわ高いのがあって、それは叫んでいる男の声である。他の声はやんでその男だけが叫びつづけた。ひとりの女が、甲高い興奮した笑い声をたてた。それから静まりかえった。

太陽は下生《したば》えや湿った茶色の土地に輝く点を点描していた。時をおいて微風が川を吹きあげてきて、溌剌《はつらつ》とした新緑の葉叢の向きを軽く変える、すると斑点はふるいにかけられ、あらためてふり撒かれるのであった。狐が岩群《いわむら》でするどい叫びをあげた。一対のじゅずかけばとが巣につく時期のことを単調に語りあっていた。

ゆっくりと彼の頭と腕が垂れてきた。彼はもう歯をむきだしてはいなかった。彼は一歩踏みだし、そしてふりかえった。それから川下に向かって、早くはないが、できるだけ水ぎわに近いところを走りだした。茂みのなかを真剣にのぞきこみ、歩き、立ちどまった。彼の眼が焦点を失い、また歯がむきだしになった。ぶなの木の曲がった枝に手をかけて立ったが、その眼は何を見ているのでもなかった。彼はその枝を両手で持って検べた。そして前にうしろに、うしろに前に、だんだん早く揺すぶりはじめた。枝は細枝に分かれ端は大きな扇になっている、それが茂みの頂きまで空をきって走ってゆく、ロク自身もうしろに駆けたり前に走ったりし、息がきれて身体の汗が川の水と一緒になって脚を流れ落ちるのであった。彼はすすり泣きしながら手を放し、腕を曲げ頭をかしげ、身体じゅうの筋肉が燃えてでもいるように歯を食いしばってふたたび立った。じゅずかけばとは語りつづけ日光の斑点はふるいをかけられて彼のうえに落ちた。

彼はぶなの木から離れ、また臭跡を追いはじめ、ためらい、立ちどまり、それから走りだした。枯木のある空地にとびこむと、あの木にささった赤い羽毛の房のうえに日が輝いていた。島の方を眺め、茂みが動くのが見えたとたんに、一本の小枝がくるくるまわりながら川ごしに飛んできて、彼のうしろの木の間に姿を消した。誰かが自分に贈り物をくれようとしているのだという混乱した考えが浮かんだ。あの骨の顔をしている男に川ごしに微笑《ほほえ》みかけたいところだったが、そこには誰の姿も見えず、その空地はまだあの居ても立ってもいられぬ思いのするリクウの悲鳴のかすかな反響で充ちていた。彼は木から羽の生えた小枝を引きぬき、また走りだした。そして山と台地にのぼる斜面のところで、他の奴とリクウの臭いに出会って立ちどまった。それから時間をさかのぼって張り出しの方に臭いを追っていった。両の拳《こぶし》で地を押えて懸命に走っていったから、左手に矢を持っていなければ四つ足で駆けているように見えたであろう。彼は小枝を横にして口にくわえ、両手をさしのばし、斜面をなかば走るようにして攀じのぼった。台地の入口近くにくると岩ごしに下方に島が見おろせた。骨の顔をした男のひとりの姿が胸の上だけ見え、残りの部分は茂みに隠れていた。いままで新しい連中が真昼間にこんなに近くに姿を現わしたことはない、そしていまその顔を見ると鹿の尻にある白い斑点のようである。この新しい男のうしろの木々のあいだから煙がのぼっていたが、青くて透明である。ロクの頭のなかの絵は多すぎてこんがらかり——絵が何もないよりも始末がわるかった。彼は小枝を口から抜いた。何を叫んだのか自分でも分からなかった。

「フェイと一緒にすぐ行くぞ！」

彼は入口を通って台地に駆けこんだが、誰もいなかった。それは眼に見てもとれたし、先刻まで火が燃えていた張り出しから冷気が吹きよせてくるので感得もできたのである。彼は土を盛りあげた箇所にいそぎ、立ちどまって見入った。火はすでに燃えつき灰が散らばっており、仲間のうちただひとり残っているのは塚の下のマルだけである。だが臭いとしるしはたくさん残っている。と、そのとき張り出しの頂きから音が聞こえてきたので灰の環から跳びだすと、フェイが岩の棚をおりてくるのが見えた。彼女も彼を見、二人は走りよった。彼女は身をおののかせながら、両腕で彼をかたく抱きしめた。二人は同時にしゃべりあうのだった。

「骨の顔をした男たちがこれをくれたのだ。おれは斜面を駆けあがった。リクウが川の向うで悲鳴をあげた」

「おまえが岩をおりていったときだね。あたしはこわいので岩をのぼっている。張り出しに男たちがやってきたのだ」

二人は抱きあって身をおののかせながら、口を閉じた。仕分けのつかぬさまざまな絵の群が彼らのあいだにはばたき飛び、ふたりともに疲れてしまうのだった。彼らはどうするすべもないようにただ相手の眼に見入っていたが、やがてロクは落ちつきなく顔を左右に動かしはじめた。

「火が死んでいる」

二人は抱きあったまま、火のそばに行った。フェイはしゃがんで黒焦げになった枝々の端を掻きまわした。日頃の習慣が二人をとらえた。二人はめいめいいつもの席にうずくまり黙ったまま川に、またその銀の筋が崖から注ぎ落ちる箇所に、眼を向けた。いま夕日が斜めに張り出しに射しこんでいるが、こちらにはそれに張りあう、赤々と燃えちらちらと輝く光がないのである。フェイは身じろぎして、思いきったように口をきいた。

「こういう絵だ。あたしは見おろしている。男たちがやってくるので、あたしは隠れる。隠れながら見ているとおばあさんがその男たちに会いにゆく」

「おばあさんは水のなかにいた。おばあさんはおれが水から出てゆくのを見ていた。おれはさかさまになっていた」

ふたたび二人はなすすべを知らぬように相手に見入った。

「あの連中が行ってしまってから、あたしは台地に帰ってくる。奴らはリクウと赤ん坊を持ってゆく」

ロクのまわりの大気が幻の悲鳴で木魂《こだま》した。

「リクウは川の向うで悲鳴をあげた。あれは島にいるのだ」

「あたしにはその絵が見えない」

ロクとて同じことであった。彼は両腕をひろげあの悲鳴を思いだして歯をむきだした。

「この枝は島からおれのところへ来たのだ」

フェイはその小枝を、棘のある骨の部分から赤い羽毛のところ、また端のなめらかな矢《や》筈《はず》まで、綿密にしらべた。彼女は棘のところに眼をもどしてその茶色の脂を見て顔をしかめた。ロクの絵は先ほどより多少区分けがついてきた。

「リクウは島にいるのだ、他の人間たちと一緒に」

「新しい人間たちだね」

「そいつらが川をこえてこの枝をあの枯木に投げてよこしたのだ」

「？」

ロクは自分と一緒に彼女に絵を見せたいと試みたが、彼の頭も疲れきってしまったのであきらめた。

「行こう！」

二人は臭いを追って血から川のふちに達した。水ぎわの岩の上にも血があり、乳もすこしこぼれていた。フェイは両手で頭を押え自分の絵を言葉にした。

「あいつらはニルを殺して水に投げこんだのだ。それにおばあさんも」

「あいつらはリクウと赤ん坊をつれていったのだ」

こうして二人は脈絡があるひとつの絵を分かち持つことになった。で彼らは一緒に台地を走っていった。その角でフェイはちょっとひるんだが、ロクがそこを曲がって登りだすと、彼女もそのあとにしたがい、二人は島を見おろす岩の面《おもて》に立った。かすかな青い煙は夕べの光のうちにまだひろがっているが、もうすぐにも山々の影が森に落ちるであろう。ロクの頭のなかでいくつかの絵が組みあわさった。おばあさんがいないのに火の臭いがしたのがおかしいので、おばあさんにそれを知らせようと崖の上まで出かけていくという絵である。しかし新しいことが次から次へ起こる一日に、これはまたひとつ面倒をつけ加えるだけだから、彼はその絵を放棄した。島の岸で茂みが揺れている。フェイはロクの手首をつかみ、二人はあとずさりして岩に身をよせた。揺れは長くつづき激しくなった。

二人はこうなるとただ眼と化し、見入り、吸いこみ、無心であった。茂みの下で丸木が水に浮いていて、その一方の端が流れのなかに突きでている。黒くて、なめらかで、中の窪んでいる丸木である。骨の顔をした男たちのひとりが突きでている端の窪みに坐っている。他の端を隠している枝が何か瘤みたいなものを引きずりだした。と、見ると、丸木は茂みから離れて水に漂い、その両端にひとりずつ男がいる。丸木は水上《みなかみ》に、滝の方に向かって川を少しばかり横切った。それを潮の流れが引きとめ下流に押し流そうとしはじめた。二人の男は、先が大きな茶色の葉になっている棒をあげ、それを水中に突きこんだ。丸木はしずまり、同じ場所にとどまり、川はその下を流れた。白い泡と渦まく緑の斑点がつぎからつぎへと茶色の葉のついた棒から川下へ列をなして流れ去っていった。丸木は斜めに外にすべりだし、その両側は渡りえぬ深さの一帯の水となった。男たちが骨の仮面の小さな穴を通してこちら側の枯木の傍の岸や両岸や下生えをのぞきこんでいる様子が二人にもよく見てとれた。

丸木の先にいる男がいままでの棒をおいてその代りに曲がった棒をとりあげた。彼の腰には赤い羽の束があった。彼は先ほど枝が川をこえてロクに飛んできたときのように、この棒のなかほどを握っていた。丸木はその場所にとどまり、先頭の男は前へ身を躍らせ茂みに隠れて見えなくなった。丸木は斜めに岸に寄り、後端の男がときどき茶色の葉の棒を水に突っこんだ。滝から落ちる影が彼にとどきはじめた。骨の上の彼の頭に毛がはえているさまがよく見えた。高い木にある深山烏《みやまがらす》の巣のように大きな固まりになっていて、その男が先が葉になった棒を引っぱるたびに、それは跳びはね慄えるのであった。

フェイもまた慄えていた。

「あの男、台地にくるかしら？」

が、そのとき最初の男が姿を現わした。丸木の端は岸に近よって見えなくなり、ふたたび姿を見せたときには最初の男が元のように坐っていて、端に赤い羽のついた小枝をまた一本手にしていた。丸木は滝に向かってゆき、二人の男は先が葉になった棒をともどもに水に突き入れるのだった。丸木は斜めに深い水に向かって進み入っていった。

ロクはしゃべりはじめた。

「リクウは丸木で川を渡ったのだ。どこにあんな丸木が生えているのだろう？　いまにリクウは丸木で帰ってきて、おれたちは一緒になれるだろう」

彼は丸木のなかの男たちを指さした。

「あいつらは枝を持っている」

丸木は島に帰っていっていた。水生ねずみが何か食べるものをしらべているように、岸の茂みに近よってゆく。先頭の男は注意ぶかく立っていた。彼は茂みをかきわけ、自分や丸木をたぐりこんでいった。他の一端がゆっくりと川下の方へまわり、それから前へ進んで、垂れた枝々の下に入ると、後の男は首をひょいと引っこめ、棒を下においた。

突然フェイがロクの右腕をつかんで揺すぶった。彼女は彼の顔をじっとのぞきこんでいた。

「あの枝をお返し！」

彼も相手の顔にある恐怖をいくぶんか分かち持った。彼女の背後で太陽は、滝の落ち口から島の終端まで一帯の斜めの影をつくっていた。その右肩の向うに一本の木の幹が、さかだちになり音もなく滝をこして姿を消すのがちらと見えた。彼は小枝を持ちあげ、それを検《しら》べた。

「さあ、それを投げてやるのだ」

彼ははげしく頭を振って、

「それは、だめだ！　新しい人間たちがおれに投げてよこしたんだから」

フェイは岩の上を二歩前後した。そしてすばやく火の気がなく冷えきった張り出しの方を見、それから島に眼を向けた。彼女は相手の両肩を押え、揺すぶった。

「新しい人間たちは絵をたくさん持っている。そしてあたしも絵をたくさん持っている」

ロクも心もとなく、ただ笑った。

「絵は男の仕事。オアに仕えるのは女の役目さ」

彼女の指先が彼の肉を固くつかんだ。まるで彼を憎んでいるような顔つきであった。

彼女は荒っぽく言い放った。

「ニルの乳がなかったら赤ん坊はどうするのだ？　リクウに誰が食べるものを見つけてやるのだ？」

彼はぽかんと開けた口の下の毛を掻いた。彼女は手を放して一瞬待った。ロクは掻きつづけていたが頭のなかには痛む空虚があるだけである。彼女は二度身体を引きつるようにさせて、

「ロクは頭のなかに絵を持っていない」

彼女は重々しい態度になった。偉大なオアがその姿は見せなくとも、彼女のまわりに雲のように感じとられるのである。ロクは自分が縮まってゆくのを感じた。彼はいらだって小枝をつかみ、眼をそらせた。森はいまは暗くなっていて新しい人間たちの火の眼が自分にまたたくのが見えた。フェイは彼の頭の側に口をよせて、

「あたしの言うとおりにするのだ。『フェイはこうするのだ』と言ってはいけない。あた

しが『ロクはこうするのだ』と言うのだ。あたしはたくさん絵を持っているのだ」

彼はまた少し縮まり、ひょいと相手を見、それから遠くの火に眼を向けた。

「枝を投げておしまい」

彼は右腕をふりあげ、羽のほうを先にして小枝を投げあげた。羽はちょっと引きずられるように見え、柄がくるりと一回転して、一瞬陽光のうちに小枝は宙に浮いていたが、それから尖端が下に向き、枝全体が飛びかかる鷹のように滑らかに影のうちにとび入り、すべりこんで水のなかに消えた。

彼はフェイが咽《むせ》ぶような音をたてるのを聞いた、乾いたすすり泣きといった音である。そして彼女は彼に抱きつき、頭を彼の頸にもたせながら、自分が何か困難ではあるが良いことをやってのけたかのように、大声で笑ったり、すすり泣いたり、身を戦《おの》かせたりするのであった。彼女に憑いていたオアは大部分去ってしまっていたので、彼は両腕に彼女を抱いて慰めた。太陽はすっかり峡に落ち、川は炎と燃え、滝の落ち口は火のなかにつきこんだ棒の先のように赤々と輝いていた。黒い丸木がいくつか川を下ってきた、炎のような川を背景にして黒々と見える。また木が、まるごと何本か流れてくるのもあって、その根は海の奇妙な生物のような動きを見せるのだった。その一本が二人の足もとの滝に向かっていた。根や枝々が水の上にもちあがったり、引きずられたりして、下ってゆく。落ち口で一瞬ひっかかると、燃えるような水が大きな光のかたまりをつくって落ち口を照らしたが、それから木は空《くう》を舞い落ち、小枝と変わりなく滑らかに消えていった。

ロクはフェイの肩ごしに言った。

「おばあさんは水のなかにいたのだ」

やがてフェイは彼を押しやって、

「行こう！」と言った。

彼女のあとについて彼は角《かど》をまわり台地の水平な光のなかに入った。歩くにつれて彼らの身体は平行したこんぐらかった影を織り、あげた片腕がまるで闇の長い重みを持ちあげているように見えるのであった。二人は習慣のままに台地をのぼって張り出しに行ったが、そこに心慰めるものは何ひとつなかった。窪みは変わらずにあって、それは黒い眼のようであり、そのあいだの柱の岩は、赤々と日に照らされていた。炉の枝も灰ももう土となってしまっていた。フェイはその炉のかたわらの地面に坐って島を眺めて顔をしかめた。彼女が頭を両手で押えて思案しているあいだ彼は待っていたが、彼女の絵を分かち持つことができなかった（何を考えているかわからなかったこと）。と、窪みにある肉のことを思いだした。

「食べるものを」

フェイは口をきかなかった、そこでロクは、まだおばあさんの眼に逢うのがこわいとでもいうように、多少おずおずしながら、片方の窪みのなかに手探りで入っていった。そして肉を嗅ぎだし二人に十分なほど持ってきた。もどったときに張り出しの上の岩でハイエナの群が鳴いている声がした、フェイはロクには眼もくれずに肉を受けとり食べはじめた、依然として自分の絵を見つめているのである。

一度食べ物に口をつけると、ロクは腹がへっていることに気づいた。彼は骨から筋を長い片々《きれぎれ》にひきさき口につめこんだ。肉には力がたっぷりとあるのだ。

フェイがぼんやりと、

「あたしたち、黄いろい獣に石を投げる」と言った。

「？」

「小枝がそれだ」

二人はまた黙って食べ、ハイエナたちは鳴き叫んでいた。ロクの耳の知らせでは奴らは腹がへっており、彼の鼻の確かめたところでは奴らのほかには何もいない。彼は骨のなかをつついて髄をさがそうとして、火のなかから燃え残った枝を拾いだし、それをできるだけ深く骨のなかにつっこんだ。自分が裂け目に棒をつっこんで蜜を求めているという絵が、いきなり頭に浮かんだ。ひとつの感じが海の波のように彼にほとばしってきて、食物にたいする満足ものみこみ、フェイと一緒にいるということさえものみこんでしまった。彼は空《から》の骨に枝をつっこんだまま、そこにうずくまった。その感じは彼の身うちをひたし、彼をおおってしまったのである。それはどこからともなく川のようにやって来、そして川のように拒むことを許さぬものであった。ロクは川のなかの丸木であり、水が意のままにする溺れた獣であった。ニルがかつてその頭をあげたように彼は頭を上にさしあげ、陽光が峡に落ちこみ闇が湧きひろがってくるなかに、嘆きの声が身うちからほとばしりでたのだった。そして彼はフェイの身近により、彼女は彼を抱いていた。

二人がまた動きだしたときには月がすでにのぼっていた。フェイは立ちあがって月を横目で眺め、それから島を見た。彼女は川岸へ降りていって水を飲み、膝をついて、そこにじっとしていた。ロクはその傍に立った。

「フェイ」

彼女は邪魔をしてくれるなと手で合図をし水を眺めつづけた。それから立ちあがって台地沿いに走りだした。

「丸木だ！　丸木だ！」

ロクは彼女のあとを追ったが、何のことかわけが分からなかった。細い木の幹がこちらに流れよってきていて、進むにつれてくるりくるりと廻っている。彼女は膝をついて身を投げだし、太いほうの幹の端から生えている長い棘をつかんだ、丸木はくるっと廻って彼女の方に寄ってきた。と、彼女は岩の上ですべって脚を水につっこんだ。彼はその膝をつかんで止め、それから二人が岸の方に精一杯ひっぱると、丸木の他の端が輪を描いてまわった。フェイは片方の手を彼の毛にからませて容赦なく引っぱるので、彼の眼に水が浮かび、あふれ出て口まで流れ落ちた。丸木の他の端はくるりとまわって近づいてきた。そして台地よりにただよい、しずかに少しずつ彼らの方にたぐりよせられてきた。フェイは背ごしにうしろに話しかけた。

「あたしはこの丸木の上をつたって二人が島に渡る絵を持っている」

ロクの毛はさか立った。

「そんなことを言ったって人間は丸木のように滝の上を行けやしない！」

「黙ってお聞き！」

彼女はちょっと喘いだが、また息をとりもどして、

「台地のあちらの端へ行けば丸木を向うの岩に渡せられる」彼女は大きく息を吐いた。

「みんなは丸木の上を走って水を越すじゃないか」

ロクはぎょっとする思いだった。

「滝の上を行くことはできない」

フェイは辛抱づよく、ふたたび説明をした。

二人は川をさかのぼって台地の端まで丸木をひっぱっていった。それは困難な、根気《こんき》のいる仕事だった、というのはこの台地は水面から等しい高さにはなっていなくて、その縁《ふち》に沿って窪みがあったり高みがあったりしたからである。それをいちいち気にとめて進ま

なければならなかったし、またその間じゅう水は、あるときは穏やかに、またあるときはまるで二人から食物を奪われでもするかのように突然力いっぱいに、引っぱるのである。そして丸木は薪とちがって死んではいなかった。あるときはそれは二人の手のなかで身もだえし、細い方の端の折れた枝々が脚のように岩に引っかかって引っぱるのであった。台地の端につくずっと前にロクはなぜ丸木を引っぱっているのか、忘れてしまった。彼が覚えているのはただ、突然フェイが偉大なものに化したことと、自分を溺れさせたあの惨《みじ》めさの波だけであった。水を怖れながら丸木を曳いているうち、その惨めさの感じは徐々に後退していってどんなものかその素性を検べうるようになったが、それは彼の好むものではなかった。あの惨めさは仲間たちと、それから未知なものとに関連していたのである。

「リクウは腹がへっているだろう」

フェイは何も言わなかった。

台地の端まで丸木を運びおわったころには月が唯一の光になっていた。峡は青と白に見え、平坦な川は一面に銀の刺繍《ししゅう》をほどこされていた。

「その端をお持ち」

彼が端を持っていると、フェイは他の端を川のなかに押し入れたが、潮のために戻ってきた。それから彼女は長いあいだ両手で頭を押えてうずくまり、そのあいだロクは従順に無言で待っていた。彼は大きく口を開いてあくびをし、両唇をなめ、峡の向うにある切りたった青い崖を眺めた。川のあちらには台地というものはなく、深い水へくだる急な坂があるだけなのだ。彼はまたあくびをし両手をあげて眼から出た涙を拭いた。そしてちょっと空に眼をやり、月を眺め、唇の下を掻いた。

フェイが叫んだ、

「丸木が！」

脚のあいだから下を見ると丸木が見えない。彼はあちこちと見まわし、それからおずおずと空《くう》を眺めた。丸木がフェイのそばを漂いながら、遠ざかってゆくのが眼に入った。フェイは岩を這うようにつたって行き、脚に似た枝をつかんだ。幹が彼女を引っぱり、引きとめられると、ロクが忘れていた端がくるっと外に廻りはじめた。それをつかまえようと彼は身を動かしはしたものの、すでに丸木は手のとどかぬところに去っていた。フェイは怒って彼にむかって怒鳴《どな》ったり金切り声をたてたりしていた。彼はおどおどしてうしろにさがった。そして意味もなく「丸木が、丸木が――」と独り言《ひとりごと》を言っていた。あの惨めさはいったん潮のように退《ひ》いていったのだけれど、やはり依然として止まっていたのである。

丸木の他の端が島の尾部にずしんとぶつかった。川の水が丸木に斜めにつきあたって、丸木は一回転した、そして廻りながら、フェイの手から枝をもぎとった。枝は台地をこすって下にひきずられ、曲がり、ぴくんと動き、また曲がったかと思うと、ばりばりという長い音をたてて折れた。丸木は流れにはさみこまれ、太い方の端が岩に当たって、ずしん、

ずしん、ずしんと音をたてた。まんなかのあたりは水が堰《せき》を越すようにして流れ、頂きの方は台地のごつごつした側面で砕かれていた。丸木の中央部は、ほとんどロクほどの厚みがあったが、それが水の圧力でたわんでいた、長さが人間の何倍もあるからである。

フェイが近くにやってきて、いぶかしげに彼の顔をのぞきこんだ。ロクは丸木が自分たちのところから去ってしまったとわかったときの彼女の怒りを思いだした。そして心配そうに彼女の肩をたたいた。

「おれは多くの絵を持っている」

彼女は無言で見ていたが、やがて歯をむきだして、彼をたたきかえした。彼女は両手を股において軽く打ちはじめ、彼を見てにっこりしたので、彼は安心して相手の肩をたたき、一緒に笑った。月はいまは耿々《こうこう》と輝いているので、二つの灰青色の影が彼らの足もとでその真似をした。

一匹のハイエナが張り出しのそばで鳴きたてた。ロクとフェイは台地に駆けあがってハイエナたちの方に向かっていった。一言も口はきかなかったが二人の絵はひとつの絵であった。ハイエナの姿が見えるほどの近みに来たころには、二人ともに両手に石を持ち、そして二人は広く間隔を開けていた。二人が一緒にどなり、うなりはじめると、耳をぴんとたてた獣は岩をのぼって逃げ、四つの眼を緑の火花のように光らせながら、灰色の影は、そこからこっそりと退散する構えを見せた。

フェイが食物の残りを窪みから取りだし、二人が台地を走って戻ってくると、その背後でハイエナたちが吼えた。丸木のところに来るころには、二人ともただ機械的に口を動かして食べていたが、ふとロクは唇から骨をとりだして、

「これはリクウにとっておこう」と言った。

丸木はひとつではなくなっていた。もうひとつ小ぶりなのが傍によってきていて、ぶつかり廻っているその二つの丸木の上を水が流れこしていた。フェイは月光のうちを前に進み、岸に近い方の丸木の端に足をのせた。それから戻ってきて水をにらんだ。そして台地を上の方にのぼってゆき、下流の滝の落ち口がゆらめいているあたりにちらと眼をやり、それから走って前進した。だが急に、歯止めにあったように、立ちどまった。大きな枝が、水のなかでまわりながら、二本の丸木に加わった。彼女はまた試みたが、今度は前よりも手前で止まってしまい、目のくらむような水に向かって、わけの分からぬ言葉をかけるのだった。そしてつぎには丸木のそばを駆けまわりはじめたが、口から出るのは言葉というよりも、荒々しい絶望的な叫びであった。ロクにはこれもはじめてのことだったから、びっくり仰天して、こそこそ逃げだした。が、そのとき、森のなかの丸木のそばで自分がやった道化を思いだし、思わず笑い声をたてて彼女をふりかえった、――彼女は背を向けていたので何のしるしも見られなかったが。と、彼女は駆けよってきて、まるで嚙みつくように歯をむきだした、そしてその口から奇妙な音がほとばしりでてきた。彼の身体は跳び

すさった。

彼女は黙ったまま、彼にとりすがり身を慄わせていた。二人は岩の上でひとつの影になった。彼女はオアの少しもまじっていない声で彼につぶやいた。

「先に丸木をお渡り」

ロクは彼女を横にのけた。そして外側のロクと内側とがあり、外側の方がましだということに気がついた。二人ともに口をきかぬとなると、惨めさがまた戻ってきた。

彼は丸木を眺めた。リクウにとっておいた肉は歯からしっかりと垂れさがっていた。そのリクウもいまは自分の背に乗ってはいないし、フェイは傍で慄えているし、横に川が流れているのだから、おどけてなんぞいられないのである。端から端まで丸木を検《しら》べてみると、堰《せき》になっている箇所のこちら側に幅の広いひっかかりの部分があるのが眼についた。かつて大枝が分岐していた部分である。彼は台地を上にのぼり、距離をはかり、身をかがめ、突進した。丸木を足に踏むと、それはつるつるしてすべりやすかった。そしてフェイのように身を慄わせ、上流《かみ》の方に横に動いたので、彼もこれに応じて、右に身を傾けた。わけは分からぬが彼は落ちかかっていた。足がもう一つの丸木にまともに落ち、丸木は沈み、彼はよろめいた。左の脚を踏んばってつきだし身を起こしたが、堰を流れる水は大風よりも強い勢いで彼の両膝の曲り目に突きあたり、氷女のように冷たかった。彼は狂気のように跳び、よろめき、また跳んで、岩にしがみつき、手をのばして、リクウの肉に顔を押しつけたまま、岩のいただきをつかんだ。それから足をそろそろ動かして岩をのぼっていったが、しまいには股《また》が裂けやしないかと思われるほど辛い思いであった。やっとのことでぐいと身をひねって岩をまわり、背後のフェイに当面した。肉をくわえているのに、自分の口からずっと叫び声が続いて出てきていたのに気がついた。森で丸木を走って渡るときにニルの口から出たのと同じ高くて尾をひく叫び声である。彼は口をつぐみ、息をはずませた。木の群にもう一本丸木が加わった。前からのに並んで、ぶつかりあい、堰《せき》の箇所は形が崩れて沸々《ふつふつ》と泡だっていた。フェイはこの新しい丸木に足をかけた。そして水の上で注意ぶかく両足を別々の丸木にかけ、股をひろげて歩いてきた。そして彼の横たわっている岩に達し、その傍にのぼってきた。水の騒音に消されぬように声をはりあげて、

「あたしは声をださなかった」と言った。

ロクは立ちあがって、岩は自分たちと一緒に上流《かみ》の方に動いてはくれない、とてもだめだと示そうとした。フェイはそれにとりあわず跳ぶ距離を計ってたくみに次の岩にとび移った。彼もそのあとにつづいたが、騒音とめあたらしさのため頭はからっぽになっている。二人は跳びこえたり攀じのぼったりして、頂きに藪のある岩のところまで来た。ここまで来るとフェイは寝ころんで土につけた指を固くにぎりしめ、ロクは両手にいっぱい肉を抱えて辛抱づよく待っていた。二人はいま島にいるのであって、右手にも左手にも滝の落ち口がほとばしり夏の稲妻のように閃いていた。それに新しい音も聞こえてきたが、それは

島のあちら側にある主滝の声であり、それがいままでにないほど近くに聞こえるのであった。もうこうなると張りあうすべもなかった。小さな方の滝に消されずに辛くも残っていた二人の声の輪廓もきれいに奪い去られてしまった。

と、フェイが腰をおこした。そして島の向うずねを見おろすところまで進んで行き、ロクもついていった。島の足はひろがっており、踵のところでは水煙の流れが内部に食いこんでいるから、降りるにはごく狭い道しかない。ロクはうずくまって眺めまわした。

蔦や草、地面のささくれ、ぎざぎざした岩の瘤——崖は前にかがみこんでいるから樺の木を載せているその頂きは島をまっすぐに見おろしている。落下した岩々が崖の底にごたごたに寄せ集まっており、いつも濡れているその黒ずんだ形が葉叢や崖の灰色の輝きと対照をなしていた。頂きでは木々は、岩に根の大部分をもぎとられてしまっているので、危うげではあるがまだ生を保っていた。その他のものは滝の落ち口にある裂け目に食いこんでいたり、のたうって崖にぶらさがっていたり、飛沫《しぶき》に濡れた空《くう》に芸もなく残骸をさらしたりしていた。水は右手でも左手でも奔り落ち、泡だち閃き、大地は慄えていた。満月にちかい月は高く崖の真向いにあがっていて、島の奥ぶかいところに火が輝いていた。

二人はこのめくるめくような高さについては何も口に出さなかった。身を乗りだして崖の表面に径を探しもとめた。フェイは身をすべらせて崖縁《がけふち》を越え、——彼女の身体よりもその青い影の方がくっきりと見えるのであったが、——草や蔦をくだって四つん這いになって進んでいった。ロクも、もう一度肉を口にくわえて、そのあとにつづき、眼に入るときにはあの火の輝きを盗み見るのであった。自分の惨めさが何かそれで救われるとでもいうように、そこに突進したいという抑えがたい衝動を感じた。それにこの救いというのはただリクウや赤ん坊にまた会えるということだけではない。べつの人間たちは絵をたくさん持っていて、まるで水のように、怖ろしくもあったが同時に近くに人を招きよせる力と魅力も持っているのである。彼は何と名づけようもないこの魅力をおぼろげに感じていて、そのために頭が働かなくなっていた。気がつくと、巨大な折れた木の根もとによりかかっていて、あたりにはきらめく黒い水が荒涼とひろがっていた。木の根は彼の重さで揺れ、肉がぱたんぱたんと胸にぶつかった。彼は横ざまに跳びのいて、もつれた草と蔦の群の上に降り、それからまたフェイのあとを追った。

彼女は岩群《いわむら》の上を進み、島の森のなかに入っていった。ここまでくると道と呼べるようなものはほとんどなくなっている。べつの人間たちは枝が折れた茂みのなかにその臭いを残しているが、それだけである。フェイは何ということもなしにその臭いを追っていった。行きつく端に火があるにちがいないとは知っていたが、その理由を述べるとしたら、立ちどまって両手を頭にのせ、さまざまな絵と取り組まねばならなかったであろう。この島には多くの鳥が巣をつくっていて二人が近よるのを嫌うから、フェイもロクも細心の注意をはらって進まねばならなくなった。新たな臭いに気をそらすのはやめて、できるだけ音をたてずにそっと森を縫ってゆくのにもっぱら気をつかった。二人は忙しくたがいの絵を分かち持った。そして茂みの陰のほとんど黒白《あやめ》もわかぬ闇のなかを夜の視力で見通すのであった。見えぬ方角は避けて、まつわりつく蔦をはねのけ、垂れさがる茨をはらい、身を横にして進んだ。まもなく新しい人間たちのたてる音が聞こえてきた。

火も見えた、というよりも火の反映、ちらつきが、見えたのである。その明かりが島の他の部分を真暗闇にし、彼らの夜の視力をくもらせてしまったので、二人は歩みをゆるめた。火は前よりもずっと大きくなり、明かりに照らされた区画は若葉にふちどられていたが、その淡い緑の色はまるでその背後から何か日光で照らされているという感じである。べつの人間たちは心臓の鼓動のようなリズムのある音をたてていた。フェイはロクの前に立ったので、黒々とした姿になった。

島のこのあたりの一端では木々の背は高く、中心部では藪が間隔をおいて生えていたから、その間を通りぬけてゆく余地がある。ロクは彼女のあとに従ってゆき、まもなく二人は火の明かりの縁《ふち》について、膝を曲げ足指をかがめ、いつ何時でも茂みのなかに逃げこめる姿勢で立った。そこからべつの人間たちが選んだ空地がよくのぞきこめるのである。一目では見られぬほどたくさんのものがあった。まず、木々がまったく姿を変えてしまっている。下の方にかがみこんで枝を密に綯《な》いあっているから、それで火の両側に闇の洞穴がつくられている。新しい人間たちはロクと明かりのあいだの地面に坐っているが、その頭はひとつとして同じ形のものはない。横に角のように伸びているのもあるし、松の木のように尖ってそびえたっているのもあり、まるくて巨大なのもある。火の向うには積みあげられた丸木の端が見え、これはやがて焼かれる薪なのだが、どっしりと重そうなのに、明かりを受けて揺らめいて見えるのであった。

と、信じられぬことだが、さかりのついている牡鹿が一匹、丸木のそばで鳴きたてた。粗《あら》っぽく猛々《たけだけ》しく、苦痛と欲望に充ちている声である。あらゆる牡鹿のうち最大なものの声であり、この世界も彼にとって十分に広くないくらいである。フェイとロクはたがいにしかと抱きあい、何の絵も持てず、ただ丸木に眼をこらした。新しい人間たちが前かがみになったので、彼らの姿が変わり、頭が隠れてしまった。鹿が進み出てきた。彼は両の後肢で弾《はず》みをつけて動き、その前肢を横ざまに伸ばしていた。角の生えた頭が木々の葉叢のなかに入っているというのは彼が上を見ているからなのだが、こうして彼が新しい人間たちの傍をすぎ、フェイとロクのそばを通ってゆくと、頭が左右に揺れ動くのであった。牡鹿は向きを変えはじめた、すると尻尾《しっぽ》が生きてなく、青白く毛のない両肢にぱたぱたと打ちつけられるのが見えた。そしてこの牡鹿は手を持っていた。

洞穴のひとつから赤ん坊が泣く声が聞こえた。ロクは茂みの背後でじだんだを踏んだ。

「リクウ！」

フェイがその口をおさえて黙らせた。牡鹿は踊りをやめた。リクウが呼ぶ声が聞こえた。

「ここだよ、ロク。ここにいるよ」

　突然、笑いの音が叫んだ。鳥が藪にもぐりこみ、もがき、ばたばたするような音がした。あらゆる声がわめきたて、一人の女が悲鳴をあげた。火が突然しゅっといい、明かりがにぶるにつれて白い蒸気が立ちのぼった。新しい人間たちは右往左往していた。怒りと恐れがあった。

「リクウ！」

おぼろの明かりのなかで牡鹿は荒々しく身を揺すっていた。フェイはロクを引っぱり彼に囁いていた。人間たちは棒を持ち、前かがみになり、まっしぐらに近よってきていた。

「さあ、はやく！」

　一人の男が右手の茂みを容赦なく叩いていた。ロクは腕をふりあげて、

「この食べ物はリクウのだ！」

　彼は肉を空地に投げこんだ。肉の塊は牡鹿の足もとに落ちた。牡鹿が蒸気のうちに身をかがめてそれを拾おうとするのを見たとたんに、ロクはフェイに引っぱられてつまずいた。新しい人間たちの騒がしい叫び声は、質問と答え、命令という、目的を持った一連の呼び声に鎮まってゆき――火のついた枝々が空地のなかを走りまわって、その明かりで春の葉叢の扇がにわかに浮かびあがったり消えたりするのであった。ロクは頭をさげ、柔らかな土を蹴って走った。頭のすぐ上で急に息を吸いこんだような、しゅうしゅういう音がした。

フェイとロクは茂みのなかであちこちと方向を変え、歩みをゆるめた。茨や枝で器用に跡をくらます例の奥の手をつかいはじめたのである。しかし今度という今度は、フェイを見その息づかいの苦しさをきくと、ロクも絶望しはじめるのだった。二人は身を投げつけるように走ったが、背後から木々の下に松明《たいまつ》がひらめいて追ってくるのである。新しい人間たちがおたがいに呼びかわす声が聞こえ、藪のなかで大きな物音をたてるのが聞こえた。と、ひとつの声が声高に叫んだ。騒ぎが止んだ。

フェイは濡れた岩群《いわむら》にかじりついた。

「さあ、はやく！　はやく！」

きらめき渦まいて流れる水の轟音は高かったがロクはやっと彼女の声を聞くことができた。彼は従順にそれに従った、彼女の走る早さに驚きながらも、頭のなかには踊っている牡鹿の無意味な絵をのぞいては何の絵もないのである。

フェイは崖のふちを跳びこえ、月光のもと己が影の上に身を伏せた。ロクは待っていた。彼女は喘ぎながら、

「あいつらはどこにいる？」

ロクは島を見おろしたが彼女はそれを止めて、

「登ってくるか？」

崖をくだる途中に、草がひとつ、彼女が登ってくるときに引っぱったので、まだゆっく

りと揺れていたが、崖の他の部分は身じろぎもせず月を眺めていた。

「大丈夫だ！」

二人は一瞬無言のままでいた。ロクは水の音にふたたび気づいた、そして気づいてみるとその音は何かしら非常に高いものになっていて、とうていそのなかで話せるものではなかった。自分たちが同じ絵を分かち持ったかどうか、しゃべりあったのかどうか、彼はいたずらにいぶかり、それから頭と身体に重い感じのあるのは何だろうと考えた。何の疑いもなかった。たしかにこの感じはリクゥと関連しているのである。彼はあくびをし、指で眼窩を拭き、唇をなめた。フェイが立ちあがった。

「行こう！」

二人は島をこえて樺の木のあいだを走り、石から石へと跳んでいった。丸木には新たなのがいくつか加わっていて、それらがぴったりと寄りあい、片手の指よりも数が多くなっていて、川のこちら側のいろいろの漂流物と一緒にもつれあっていた。水はそれらのあいだを奔り、その上に泡だっていた。森のなかを通ずる道のように広い道ができているのである。二人は何の苦もなく台地につき無言で立った。

張り出しから取っ組みあうような音が聞こえてきた。二人がいそいで走っていってみると、灰色のハイエナたちが逃げ去った。月は張り出しにあかあかと射しこんでいて、窪みまでが照らされ、暗い唯一のものはマルが埋められている穴だけであった。二人はひざまずいて、彼の身体に当たる部分から土や灰や骨を見えるかぎり払いのけた。そうやってみるとそこの土はもう瘤のように盛りあがってはいなくて、一番上の炉と同じ高さに戻っていた。二人は依然として無言のまま石をひとつ転がしてその上におきマルを安全にした。

フェイがつぶやいた。

「乳がなくて、あの人間たち、どうやって赤ん坊を養うのかしら？」

それから二人はたがいにしっかりしがみつき、胸と胸を合わせた。二人のまわりの岩は他の岩と変わるところがなくなっていた。火の明かりがそこから消え去っていたからである。二人はたがいに身を押しつけあい、すがりつき、中心を求めて、倒れ、なおも顔と顔をつけ、抱きしめあった。彼らの肉体の火がともされ、彼らはそれを懸命に求めた。

七

フェイは彼を横に押しのけた。二人は一緒に立ちあがって張り出しを見まわした。夜明けの侘びしい大気があたりに注ぎこんでいた。フェイは窪みに入っていって、ほとんど肉のなくなっている骨を一本と、ハイエナのとどかぬところにあった肉片をいくつか持ってきた。夜の青と灰色が去っていったいま、二人の身体はまた赤に、銅《あかがね》色の赤に、そして毛は砂色に、もどっていた。二人はただ黙って、相手に哀れみの情を感じながら、肉片をつまんで分けあった。やがて股《もも》で手を拭うと、川に降りていって水を飲んだ。それからやはり口もきかず絵を分かちあいもせずに二人は左に曲がり、崖がまわりに立っている角《かど》へいった。

フェイが立ちどまった。

「あたしは見たくない」

二人は一緒にもどり、からっぽの張り出しを眺めた。

「火が空から落ちてきたら、ヒースのなかで燃えだしたら、あたしが火をつかまえる」

　ロクは火の絵を考えた。そのほかは頭のなかはからっぽであり、ただ潮のような感じが、深くたしかに身うちに認められるのみであった。彼は台地の他の端の丸木に向かって歩きはじめた。その手首をフェイがとらえて、

「もう島にいっちゃいけない」

　ロクは両手をあげたまま、彼女を見つめて、

「リクウに食べ物を見つけてやらなければ。それでないと帰ってくるとき強くならない」

　フェイは彼をひたと見すえたが、その顔には彼の理解できぬものがあった。彼は肩をすくめ身振りをしながら、横に一歩身を移した。そして立ちどまって不安そうに待った。

「それはだめだ！」

　彼女は相手の手首をつかみ、引っぱった。彼はそれにあらがい、その間じゅうもしゃべりつづけていた。何を言っているのか自分でもわからない。彼女はひっぱるのをやめて、また彼を見すえた。

「おまえは殺されてしまう」

　ちょっと間《ま》があった。ロクは彼女を眺め、それから島に眼をやった。そして左の頬を掻いた。フェイが身をよせてきて、

「海のそばの洞穴で、あたしは死なない子供たちをつくるよ。あそこには火もあるだろう」

「リクウも女になったら子供たちをつくるだろう」

彼女はまた相手の手首をはなした。

「お聴き。黙って。新しい人間たちはあの丸木を持っていった、そしてマルは死んだ。ヘイは崖のうえにいて、新しい男が崖のうえにいた。ヘイは死んだ。新しい人間たちは張り出しにやってきた。ニルとおばあさんは死んだ」

彼女の背後で明かりがずっと強くなった。彼の頭上の空に赤い斑点が現われていた。彼の眼には彼女が大きさをまして見えた。氷女なのである。ロクはつつましく彼女に首をふってみせた。彼女の言葉がそのような感じを起こさせたのである。

「新しい人間たちがリクウを連れてきてくれれば嬉しいのだが」

フェイは甲高い怒った声をあげ、川の方へ一歩行って、また戻ってきた。そして彼の両肩をつかんで、

「あの人間たち、どうやって赤ん坊に乳をやれるのか？　牡鹿が乳をだせるのか？　そしてあの人間たちがリクウをつれてこなければ、どうするのだ？」

彼はからっぽの頭からへりくだった返事をした。

「おれにはその絵が見えない」

彼女は怒って彼を残したまま歩み去り、崖のはじまっている角《かど》に片手をかけて立った。その毛が逆立っているのが見え、その肩の筋肉がぴくぴくひきつっているのが見えた。彼

女は身を曲げて、前かがみになり、右手を右の膝にあてていた。背を向けたまま彼女がこちらにつぶやく声が聞こえてきた。

「おまえは赤ん坊より少ししか絵を持っていない」

ロクは両手の踵を眼にあてて押しつけたので眼のなかで光の輻《や》が川のようにきらめいた。

「夜がなかった」

そのとおりであった。夜であるべきところにただ灰色があっただけなのである。二人が抱きあって寝たあとでも彼の耳も鼻も目覚めていたばかりでなく、内側のロクも目を覚ましていて、感じが高まり、退《ひ》き、また高まるのを眺めていたのである。頭の骨の内側に秋のつる草の白い固まりがつまっていて、その種子《たね》が鼻のなかにあり、自分をあくびさせたり、くしゃみをさせたりするような気がする。彼は両手を開いてフェイのいままでいたところを盗み見た。彼女はいま岩のこちら側にもどってきていて、陰から川をのぞきこんでいた。彼女の手が招いた。

丸木がまた出てきていた。いま島の近くにいてその両端に前のと同じ骨の顔が二つ坐っている。この二人は水を掘っていて（竿で舟を操っているのである）丸木は川を横に進んできている。岸と群がる茂みにちかづくと、それは流れの方向に縦になり、骨の顔たちは掘るのをやめた。彼らは例の枯木のある空地を仔細に眺めていた。ひとりがふりむいて他のひとりにしゃべっているのがロクに見えた。

フェイは彼の手に触れて、

「あいつたちは何か探しているのだ」

丸木は流れとともにしずかに下《しも》に漂ってゆき、太陽はのぼっていた。川は上流《かみ》も下流《しも》も眼のとどくかぎり炎と燃えたち、しばしのあいだ両岸の森は対照で黒ずんだ。この新しい人間たちの何とも言いえぬ魅力でロクの頭につまっていた固まりは消えてしまった。彼はまたたくのも忘れて見入った。

丸木は小型で、滝から遠ざかって漂ってくる。それが斜めに向きを転じようとすると、そのたびに後方の男が棒で掘り、丸木はロクの眼にまともに向かうようになるのであった。いつでも、二人の男は横の方、岸をうかがっていた。

フェイが小声で、

「もうひとつ丸木がある」

島の岸をおおう茂みがいそがしく揺れていた。それが一瞬開けて、ロクが眼をこらしていた地点に、そっくり収められているもうひとつの丸木の端が見えた。ひとりの男が緑の葉叢から頭と肩をつきだして、怒ったように片腕をふった。丸木のなかの二人の男は掘る動作をはやめ、やがて丸木は枯木の真向いの、男が手をふっている場所にまっしぐらに向かった。もうふたりとも枯木を見ていず、その男の方に眼をむけており、彼に向かってうなずいていた。丸木は彼のところにつき、茂みの下に潜りこんだ。

ロクは好奇心にたえきれなくなった。そして夢中になって島への新たな通路の方に走りだした。フェイはその絵を分かち持ったので、また彼をつかまえ、つかんだ。

「だめだ！　だめだ！」

ロクはわけの分からぬことを早口に叫んだ。フェイはおっかぶせるように、

「わからないのか、『だめだ！』」

彼女は張り出しを指して、

「おまえに言ったじゃないか？　フェイは絵をたくさん持っているって――」

とうとう彼は黙りこんで、指図を待った。彼女は重々しく、

「森に行こう。食べ物を探しに。それから川ごしにあの人間たちを見よう」

二人は川から斜面を駆けくだり、その間にも岩のかげに身をおいて新しい人間に見つからぬように気をくばった。森のへりには食べ物があった。ようやく緑の細芽を出しはじめた球根類や、甲虫の幼虫や若芽のたぐい、菌類、ある種の樹皮の柔らかい内側などである。牝鹿の肉がまだ二人の腹のなかに残っているので、仲間が普通腹がへったという意味では空腹ではなかった。食べ物があるときには食べておけるのである。しかし、なければ今日一日造作なくすごせるし、やむをえなければ明日も我慢ができるのだ。こういうわけで食べ物を探すのに一刻を争うという感じはなかったから、まもなく二人は新しい人間たちの魅惑にひかれてまた水ぎわの茂みにもどってきた。二人は泥のなかに足指を食いこませて

立ち、滝の騒音のなかにも新しい人間たちのたてる音が聞こえはせぬかと耳を傾けた。生まれたばかりの蠅が一匹ロクの鼻もとで唸っていた。大気はあたたかく太陽はやわらかに照り、彼はまたあくびが出るのであった。と、新しい人間たちが例の鳥に似た会話の音をたてるのや、ほかのさまざまのわけのわからぬ物音、ぶつかる音や、軋む音をたてるのが聞こえてきた。フェイは枯木のそばの空地のはしに忍びよって地に身を伏せた。

水の向うには何も見えなかったが、ぶつかったり軋むような音はつづいていた。

「フェイ。枯木にのぼって、見てみろ」

彼女はふりかえり疑わしげに彼を見た。と、そのとたんに彼には理解できたのである——相手が拒絶するだろうということ、二人が新しい人間たちから逃げだし、二人とリクウはこれから先長い間会わずにいなければならぬと主張するだろうということが。それは堪えきれぬことであった。彼はすばやく四つん這いになってこっそりと進み、枯木の隠れた側面を駆けのぼった。一瞬のうちに彼は、ほこりにまみれて黒ずみ酸っぱい臭いのする蔦の葉がもつれあっているなかに潜りこんでいった。虚ろになった頂きに最後の足をかけるかかけぬうちに、フェイの頭が彼につづいて葉叢から現われた。

木の頂きは大きな殻斗《どんぐりのさら》のようにからっぽであった。白いやわらかな木質であって、二人の重みでしない、へこみ、食べ物がいっぱいにあった。蔦が上方にも下方にも暗いもつれをつくってひろがっているので、まるで地上の茂みのなかで坐っているような気がした。他の木々が二人の頭上をおおっていたが、川と、島の緑の流れに向かって空が開いたところがある。まるで卵を探すときのようにロクが用心ぶかく葉を分けてゆくと、自分の顔の眼の部分そこそこの穴がつくられるのがわかった。穴のふちは多少動くけれども、川と向う岸が見え——まるで両のてのひらを眼の上にあてがってそれを通して見ているかのように、穴の周囲の暗緑色の葉叢のために先方に見えるものが一層あざやかに映るのである。彼の左手ではフェイが見張りの場所を自分でもつくっていたが、殻斗《どんぐりざら》のふちは肘をのせるのにちょうど都合がいいくらいであった。新しい人間たちを眼にするといつも起こることであるが、ロクの心中の苦しい思いがしずまっていった。彼は勢いよく尻を落とした。と、突然、二人は他のことはすべて忘れ、じっと動かなくなった。

　例の丸木が島の茂みからすべって出てきたのである。二人の男が入念に水を掘っていて丸木は向きをかえていた。二人の方に向かって川をこえて動いてくるがロクやフェイを目指さずに、もっと上流《かみ》に向かっている。丸木の穴《うろ》のなかには見なれぬものがたくさんある、岩のような恰好のものもあるし、ふくれあがっている皮のようなものもある。それに葉や枝のまったくついていない長い棒から、すがれた緑の小枝まで、ありとあらゆる棒がある。丸木は近よってきた。

　とうとう二人は、日の光のなかに新しい人間たちを眼のあたりに見た。わけが分からぬほどに奇妙である。その髪の毛は黒くて、とっぴょうしもない具合に伸びている。丸木の前にいる骨顔人はまっすぐに立った松の木のような髪をしていて、それでなくても長い頭が、何かが情容赦もなく上の方にひっぱっているかのように長く伸ばされている。もうひとりの骨顔人は枯木にまつわる蔦のように四方八方にむらがる巨大な茂みのような髪をしている。

彼らの身体には腰や腹や脚の上の方に毛が密生しているから、これらの部分は他の部分よりも厚くなっている。がロクは彼らの身体にすぐ眼をつけたわけではない。その眼のまわりにあるものにすっかり気を奪われて、ほかに気をくばる余裕がなかったのである。眼の下には白い骨片がぴったりくっついており、幅の広い鼻の孔があるべきところは狭い裂け目があるだけで、その二つの裂け目のあいだに骨が尖って突きでている。その下の、口の上にもまた裂け目があって、その裂け目から鳥がはばたくような声が出てくる。その裂け目の下から小さな黒い毛が一本つきでている。この一帯の骨からのぞいている眼は黒くて忙しげであった。眼の上に眉毛があるが、これは口や鼻孔よりも薄く、黒くて、上方に曲がって張り出しているから、この男たちは見るからに恐ろしく気むずかしく思われるのであった。歯や貝殻の紐がいくつも彼らの頸をとりまいて、灰色の毛におおわれた皮膚の上にかかっている。眉毛の上では骨は盛りあがり、曲がって後ろにさがり、髪の毛の下に隠れ去っている。丸木がさらに近よると、その色が実際は骨のようには白く輝いてはいず、もっと鈍い色であることがロクに見てとれた。大きな菌、仲間が食べるあの耳の色といったほうが適切で、肌理《きめ》もそのようなものらしい。彼らの脚や腕は棒のように細くて、したがって関節は枝の節のようであった。

　もう丸木のなかまでほとんどのぞきこめるのだが、ロクが見ると、それは前よりもずっと幅広かった。あるいは二つの丸木が並んで動いていると見たほうがいいかもしれない。この丸木のなかにはもっといろいろの包みやら妙な恰好のものやらがあり、それらにかこまれて一人の男が横むきに寝ている。その身体や骨は他の連中と同じであるが、ただ髪が頭上で鋭い尖りがいくつもある塊になっていて、それが栗のいがにある棘のように光り輝き、硬く見えるのであった。彼は尖った小枝に何やら細工をしており、曲がった棒が彼のそばにおかれてあった。

　丸木は斜めに岸によってきた。後ろにいる男が――ロクはこれを「松の木」と考えたが――しずかに口をきいた。「茂み」の方が手にしていた木でつくった葉を下におき岸の草をつかんだ。「栗頭」は曲がった棒と小枝を手にとり、二本の丸木をそっと渡りこして、陸にあがってうずくまった。ロクとフェイはほとんどその真上にいるのだった。二人は彼の個人的な臭い、恐ろしくもあり心ときめくようでもある海の臭い、肉の臭いを嗅ぐことができた。なにしろ相手はすぐ近くにいるのだから、いくらこちらが上の方にいるにしても、いつなんどき嗅ぎつけられるかもしれない。ロクは急にこわくなって、何をしているかは分からぬままに自分の臭いを制止した。呼吸もつめて、ほんのあるかないかにしてしまったので、木の葉の方がもっと生き生きしているくらいであった。曲がった棒と交叉《こうさ》して小枝「栗頭」は陽光のおとす模様のうちに二人の下に立っていた。曲がった棒と交叉して小枝がつがえられていた。彼は枯木のまわりをあちこちと見まわし、地面をしらべ、ふたたび森のなかをのぞきこんだ。それから裂け目の口からボートに乗っている他の連中に横むきに話しかけた。やわらかなさえずるような話しかたである。白い骨の面が慄えた。

またがったつもりの大枝がじつは存在していない、ロクはそのような衝撃を感じた。一種ひっくりかえったような感じを覚えながら彼は理解したのだ。――その骨の下にはマルの顔も、フェイの顔も、ロクの顔も隠れていないことを。それはただの皮膚であった。「茂み」と「松の木」が革の紐で何かして、丸木を岸の茂みにつないだ。そしていそいで丸木から出てくると、走り去って見えなくなった。間もなく誰かが木に石をぶつける音がした。「栗頭」も忍び足で歩いてゆき姿をかくした。

こうなるともう丸木以外興味をひくものは見えない。この二つの丸木はたいへんなめらかで内側の木の見えるところはぴかぴか光っており、外側には細長い汚点《しみ》があって、それは海の潮がひき日が乾かしたときに岩の上に残る白い跡に似ている。ふちはまるみがついていて、骨顔人たちが手をのせていた箇所はくぼんでいる。丸木のなかにあるものは形もさまざまだし数も多いので、とうてい仕分けをするわけにはゆかない。まるい石や棒や毛皮がある、ロクよりもかさの大きい包みがある、あざやかな赤い色をした細工物がいくつもある、骨が生物の恰好になっているのがあるし、茶色の葉で、人間が持つ柄《え》のところが茶色の魚のような形になっているのもある。さまざまな臭いがあり、さまざまな疑問があったが、答えは何ひとつなかった。ロクは眼をむけていたものの何も眼に入らず、絵は切れぎれになってとび去り、またもどって一緒になるのだった。水の向うの島には何の動きもなかった。

フェイが彼の手に触れた。彼女は木のなかで向きをかえていた。ロクも注意ぶかくそれにしたがい、やがて二人は空地を見おろす見張りの穴をつくりあげた。

見なれた場所がはやくも変わっていた。空地の左手の藪のもつれやたまり水に変わりはなかったし、踏みこむことのできぬ右手の沼地も同じことである。しかし森を抜ける道が空地にさしかかる場所に茨の木がむらがり生いたっていた。その林に隙間ができていて、二人が見ていると「松の木」がもう一本茨の木を肩にかついで隙間から出てきた。その柄はまっ白で先が尖っている、彼の背後の森のなかで木を切る音がつづいていた。

恐怖がフェイから伝わってきた。それは同じ絵を分けあったのではなく、共通の感覚から生まれたものであった。苦い臭い、死のような沈黙と苦痛にみちた注意、身体を不動に保ちながらの意識の緊張、そうしたものが彼のうちに同じものを喚びおこしはじめたのである。以前にもまして今ははっきりと、外側と内側の、二つのロクがいた。内側のロクはいつまでも眺めつづけることができた。しかし、呼吸し聞き嗅ぎ、つねに目覚めている外側のロクが強要し、べつの皮膚のように彼を締めつけてくるのであった。彼の頭脳が当の絵を理解するよりずっと早く、外側のロクはその恐怖の知識を、危険の感覚を押しつけてくるのであった。彼は生まれてからこんなに恐ろしい思いをしたことはなかった。かつてヘイと岩の上にうずくまり、下では虎が血を吸いとった獲物のそばを行ったり来たりしながら上を見あげて、岩にとびあがる労に値するかどうか思案していた、あのときだっていまほど怖ろしくはなかった。

フェイの口が彼の耳に忍びよって、

「あたしたちは閉じこめられた」

茨の林はひろがった。空地に入るらくな道のところは厚さが非常に増しているが、ほかにも、たまり水のそばと、沼地のそばに、二列の林ができていた。空地はいまはただ川の水に通ずる方向が半円に開いているだけである。三人の骨顔人が、また茨の木を持って、最後の隙間から入ってきた。そして持ってきた木で背後の道を閉ざした。

フェイは彼の耳に囁いた。

「あいつらはあたしたちがここにいるのを知っているのだ。あいつらはあたしたちが逃げないようにしているのだ」

そうはいっても骨顔人たちは二人を無視していた。「茂み」と「松の木」はもどってゆき、丸木はたがいにぶつかりあった。「栗頭」は顔を森にむけたまま、茨の木の列のまわりをゆっくりと歩きはじめた。いつでも曲がった棒に小枝を横にたがえている。茨の林は彼の胸の高さに達していたが、遠くの草原で牡牛の鳴き声がしたとき、彼は一瞬ぎょっとして、顔を上に向け、曲げた棒をちょっと伸ばした。じゅずかけばとたちがまた語りあい、太陽は枯木の頂きを見おろし二人にあたたかい息を吹きつけるのであった。

誰かが水をさわがしく掘り丸木の群がぶつかった。木を叩く音や、ひきずる音や、鳥のような話し声がした。と、また二人べつの男が木陰から空地に入ってきた。最初の男はほかの連中と同様である。髪が頭の頂きでひとつの房に束ねられ、それから広がっているので、歩くたびにぶらんぶらんと揺れる。「房」は茨の林のところまでまっすぐに歩いていって森をじっと眺めはじめた。彼も曲がった棒と小枝を持っていた。

第二の男は他の連中と違っていた。肩幅がひろく背が低い。身体には毛が密生していて髪の毛は脂でも擦りこんだようにすべすべしている。髪は頸のうしろで球をつくっていた。額にはまったく毛がないので、骨の皮膚の曲線は、菌《きのこ》の青白さでうす気味わるく、両の耳までじかに降りてきている。ここではじめてロクは新しい人間たちの耳を見た。それは小さくて、頭の側面にちんまりとねじれていた。

「房」と「栗頭」はかがみこんだ。彼らはフェイとロクの足跡から木の葉や草の葉をとりのけていた。「房」が上を見て言った、

「チュアミ」

「栗頭」は手をさしのばして足跡を追った。「房」が肩幅のひろい男に言った。

「チュアミ！」

肩幅のひろい男は、いままで検べていた石や棒の堆積から二人に眼をむけた。彼は不釣合いなほど、かぼそい鳥のような声で口早にものを言い、他の二人がそれに答えた。フェイはロクの耳に口をつけて、

「あいつの名だ」

チュアミと他の二人は腰をかがめて足跡を眺めてうなずいていた。地面が木に向かって硬くなっている箇所では足跡は眼に見えないので、きっと新しい人間たちは地に鼻をつけるだろうとロクは予期したのに、彼らは身をおこして立ちあがった。チュアミは笑いだした。滝の方を指さして笑ったりさえずったりしていた。それを止めて、両のてのひらを高く打ちならし、ひとこと言って堆積にもどっていった。

その一言で空地が一変してしまったかのように、新しい人間たちは気をゆるめたようである。「栗頭」や「房」はまだ森を見張っていて、めいめい空地の両側で茨や曲がっていない棒ごしに眼をくばっていた。「松の木」はしばらくのあいだ包みをそのまま動かさずにほうっておいたが、やがて片手を肩にかけると一枚の皮をひきはがし、その皮のなかから踏みだしてきた。爪の下を茨で刺したのを見るとロクは痛々しい気になるのだが、いまもそんな気がした。が、見たところ「松の木」は気にする様子もなく、かえって喜んでい

るらしい、自分の白い皮膚に包まれて涼しく気持よさそうなのである。彼はいままではロクと同じように裸になり、ただその細い腰と股のまわりにぴったり鹿の皮をまきつけていた。

ここでロクがもう二つ気がついたことがある。新しい人間たちはいままでどんなものにも見たことがないような動きかたをする。脚の頂きで釣合いをとっており、腰は蜂のように細いから、動くたびにそれが前後に揺れるのである。それから地面の方を見ずにまっすぐ前方を見る。それに空腹どころではないらしい。ロクは餓えて死にかけている人間を見れば分かるのだが、新しい人間たちはまさしく死にかけている。マルの肉が落ちこんでしまっていたように、この人間たちの肉も落ちこんで骨に達している。彼らの動作は、身に若枝のようなしなやかさを持っているとはいえ、夢のように緩慢である。直立して歩いてはいるものの死んでいるのも同然に見える。なにかロクの眼には見えぬものがこの人間たちを支え、彼らの頭を持ちあげさせ、彼らをゆっくりと容赦なく前方に突き進ませているような具合である。自分がこの連中ぐらい痩せ細ったら、とっくに死んでいることだろうとロクは思った。

「房」が枯木の下の地面に彼の皮を投げ棄て、いま大きな包みを持ちあげようとしていた。「栗頭」がいそいで駆けつけてきて彼を助け、二人で一緒に持ちあげた。彼らがたがいに笑いあうとその顔がくしゃくしゃになったが、それを見るとロクの心中には彼らにたいする親愛の念が急にほとばしって、重い感じは身体の下に沈んでいってしまうのであった。

この二人が重い荷物を分担しているのを見て、ロクは自分の四肢のうちにも引っぱる必死の努力がみなぎるのを感じた。チュアミがもどってきた。彼は自分の皮をぬぎ、伸びをし、身体を掻き、地面に膝をついた。そしてあたりの地面から葉を掃いのけると、褐色の土が現われた。彼は右手に小さな棒を持っていて、他の人間たちに話しかけていた。みんなうなずいている。丸木の群がぶつかり、水ぎわでがやがや声がした。空地の人間たちは話をやめた。「房」と「栗頭」はまた茨の林のまわりを歩きはじめた。

と、新しい男がひとり姿を現わした。背が高くて他の連中のように痩せてはいない。ロの下と頭の上の毛はマルのそれのように灰色がかった白であった。それは雲のように巻きちぢれ、その下に両方の耳から巨大な虎の歯がぶらさがっていた。背をこちらに向けているので顔は見えない。頭の様子から樹上の二人はこれを年寄りだと踏んだ。彼はチュアミを見おろして立ち、その荒々しい声が葉叢をもぐりこんで樹上の二人にやっと聞こえてくるのであった。

チュアミはさらに印《しるし》を描いた。その線がひとつにまとまった。と、そのとたんロクとフェイは、マルの身体のまわりの地面に線をひいているおばあさんの絵を分かち持った。フェイはちらと流し目でロクを眺め、一本の指でちょっと下に突き刺すような身振りをした。見張りをしていない男たちはチュアミのまわりに集まり、おたがいに話しあい、また老人に話しかけていた。この人間たちは、ロクやフェイがそのような場合にやるように大げさな身振りをしたり、意味を踊りはねてあらわすことをせずに、ただ薄い両唇をぱたぱた動かすだけである。老人は片腕である仕種《しぐさ》をしてチュアミのほうにかがみこみ、彼に何かしゃべった。

チュアミは頭をふった。男たちは彼から少し身を離して一列になって坐り「房」だけがまだ見張りをしていた。フェイとロクは、さまざまな髪をした頭の列を見おろしながら、チュアミのやっていることに眼をこらした。チュアミはその区画の他の側に這ってまわっていったが、そこまでくると彼の顔が見えた。両の眉毛のあいだに縦の線が何本かあり、舌の先をちらと見せて、自分の描いている線のあとを追っているのである。頭の列はふたたびさえずりはじめた。一人の男が小さな棒を何本か拾いあげ、それを折った。そしてそれを片手に握り、他の連中はめいめい彼から一本受けとった。

チュアミは立ちあがり、包みのところにゆき、革の袋をひきだした。そのなかには石や木ぎれや、さまざまの形のものが入っていたが、彼は地面に描いた印のかたちにそれらの品を配列した。それから彼は人々の前に、彼らと印をつけた地面のあいだに、しゃがみこんだ。人間たちはすぐさまその口で音をたてはじめた。そしていっせいに両手を叩いたので、ぱんぱんという鋭い音がつづいて聞こえてきた。その音は流れ、奔り、わきにそれるのだが、いつも同じ形であって、ちょうど滝壺の盛りあがる水がたえず流れながらも、いつも同じ場所で同じでいるようなものであった。滝を長く見すぎたときのようにロクの頭は滝でいっぱいになり、彼を眠りに誘うのであった。新しい人間たちがおたがいに仲がいいのを見て以来、彼の皮膚は多少しまりがなくなっていたのだ。新しい人間たちの声とぱんぱん手を打つ音を聞いていると例のぼろくずみたいなものがまた頭のなかにもどってくる。ぱんぱん！　という音はつづいていた。

木のすぐ下で、さかりのついた牡鹿の砕けるような呼び声が吼えたてた。ぼろくずはロクの頭から消え去った。男たちは平伏し、さまざまな髪をした頭が地を掃《はら》った。牡鹿の大王は踊りながら空地のなかに進んできた。彼は頭の列のまわりをめぐり、地面に描かれた印《しるし》の向う側まで踊ってゆき、ふりかえって立ちどまった。そしてまた呼び声を吼えたてた。それから空地は静かになり、じゅずかけばとがたがいに語りかわすのみであった。

チュアミはたいへん忙しげに働いていた。彼はいろいろのものを印の上に投げはじめた。手をさしのばしてやっているのは重要なことらしい。裸の地面に色がついた、——秋の葉の色、赤い漿果《ベリー》の色、霜の白い色、火が岩に残す鈍い黒色などである。男たちの髪はまだ地につけられており、彼らは押しだまっていた。

チュアミはうしろにしさって坐った。

ロクの身体をしめつけていた皮膚は急に冬のように冷たくなった。空地にまたべつの牡鹿が現われたのだ。それは印がつけられていた箇所に、ひらたく地面に寝そべっていた。もう一つはすばやく動きまわっていたが、それでいて男たちの声や滝壺の水のように、同じ場所に止まっているのである。その色は子を生む季節のときの色であるが、とても肥えていて、その小さな眼が蔦を通してロクの眼を窺《うかが》っていた。彼はつかまったと思い、ふるえあがって柔らかな木質のなかに腰をおとし、なかの食べ物がとび散って滴った。彼は外を見る気がしなかった。

フェイがその手首をつかんで彼をまた上に引きあげてやった。彼はおそるおそる葉に眼をあてて、ひらたく寝そべっている鹿に眼をむけた。しかしその前に男たちが立っていたので鹿は隠れて見えなかった。「松の木」は左手に木の棒を持っていたが、それは磨かれており、その先の端には一本の枝か、あるいは枝の断片がつけられていた。「松の木」の指の一本がこの枝にそって伸ばされた。チュアミが立っているのはちょうどロクのまんまえであった。チュアミは木の棒の他の端をつかんだ。「松の木」は立っている牡鹿と平たく臥している牡鹿に話しかけた。何か嘆願しているようである。チュアミが右手を空《くう》にさしのばした。牡鹿が吼えた。チュアミがつよく叩くと、棒のなかにきらきら光る石が食いこんだ。「松の木」はほんのしばしじっと立っていた。それから彼が磨いた棒から注意ぶかく手を離すと、指が一本伸びたまま枝にひっかかって残った。彼はふりむいて仲間のところへやってきた。彼の顔は以前にもまして骨のように見え、そして彼はゆっくりと、よろめきながら歩いてゆくのであった。他の連中は手をさしのばして彼を助け自分たちのあいだに坐らせた。彼は何も口をきかなかった。「栗頭」は皮のきれはしをとりだして彼の手に巻いてやり、二匹の牡鹿はそれがおわるまで待っていた。
チュアミが木の棒をまわすと、切り離された指はちょっとぐずついたのち、ぽとんと落ちた。そして牡鹿の狐色がかった赤い斑点の上に転がった。チュアミはまた腰をおろした。二人の男が「松の木」を抱き、彼は身を斜めにして寄りかかっていた。しんとしずまりかえったので滝の音が近づいてひびくのであった。

「栗頭」と「茂み」が立ちあがって横になっている牡鹿のちかくにいった。二人とも一方の手に曲がった棒を持ち、他の手に赤い羽のついた小枝を持っていた。立っている鹿はその人間の手を動かして二人になにかを振りかけるような動作をし、それから手をのばして羊歯《しだ》の葉で一人ひとりの頬にさわった。二人は地に伏している牡鹿の上に身をかがめ、腕を下に伸ばしてから、右の肘を背の上に持ちあげるようにした。それから、ひゅっ！ ひゅっ！ という音がすると、二本の小枝がその牡鹿の心臓に突き刺さっていた。二人はかがみこんで、小枝を抜いたが、牡鹿はすこしも動かなかった。坐っている男たちはいっせいに手をたたき、盛りあがる滝壺の水のような音を長くつづけるので、ロクはあくびがで、唇をなめた。「栗頭」と「茂み」はまだ棒を持ったまま立っていた。牡鹿が吼え、男たちは身をかがめて髪を地にすりつけた。牡鹿はまた踊りはじめた。その踊りにつれて男たちの声のひびきも長くつづくのであった。牡鹿は近くに来、木の下をすぎて見えなくなり声が止んだ。樹上の二人の背後、枯木と川のあいだで牡鹿がふたたび吼えた。

チュアミと「房」は道をよこぎって茨の林に駆けより、一本の茨を抜きとった。二人はそれぞれ空地の両側に立ち、曲がった棒に当てた茨の枝をひっぱった。「栗頭」と「茂み」は棒を曲げてさしあげながらそっと忍び足に進んでいった。彼らは空地を抜け、音もなく森に姿を消し、チュアミと「房」は横にひっぱった茨の小枝をもとにもどした。

太陽の位置が移っていて、チュアミがつくった牡鹿は枯木の影のうちに臭いを放っていた。「松の木」は木の下の地面に坐って、ちょっと慄えていた。人間たちは飢えがもたらす夢のような緩慢さでゆっくりと動きはじめた。老人が枯木の下から出てきてチュアミに話しかけた。チュアミの髪は先刻とはかわってしっかりと頭に束ねられていて、陽光の斑点がそのうえに流れ動いている。彼は歩みを進めて牡鹿を見おろした。そして足を伸ばし牡鹿の胴のへんで足を磨りまわしはじめた。牡鹿は何もせず、ただ隠される（鹿の皮がたたまれること）にまかせていた。すぐに地面には色の斑点と小さな眼を持った頭しかなくなった。チュアミは独り言を言いながら、ひとつの包みのところにゆき、なかに手をいれて探しはじめた。そして骨の釘をとりだしたが、それは重そうで、一方の端が歯の表のように皺があり、他の端は削られて鈍く尖っていた。彼はひざまずき、小さな石でこの鈍い切先《きっさき》をこすりはじめ、そのこすれる音がロクに聞こえてきた。老人が彼のすぐそばによってきて、骨を指し、吼えるような声で笑い、何かを自分の胸に突き入れるような仕種《しぐさ》をした。チュアミはかがみこんで、こすりつづけた。老人は川を指し、それから、地面を指し、長い話をはじめた。チュアミは骨と石を腰の皮のなかに突っこみ、立ちあがって枯木の下をすぎ、見えなくなった。

老人は話をやめた。彼は空地のまんなかちかくにある包みのひとつに注意ぶかく腰をおろした。小さな眼をした牡鹿の頭がその足もとにあった。フェイがロクの耳もとで、

「あの男は先に出ていったね。あの男はもうひとつの牡鹿をこわがっているのだ」

ロクは、踊ったり吼えたりした立っている牡鹿のなまなましい絵をじかに持った。彼は同意して頭をふった。

八

フェイが念入りに気をくばりながら身体をずらし、また腰をおちつけた。ロクが横目で見ると、彼女は赤い舌で両唇をなめていた。しばらくすると二人はまた身体をよせあい、一瞬ロクは、身をずらして遠ざかるフェイと、強い決意で迫るとまた身をよせてくるフェイと、二つのフェイを見るのであった。蔦の内側は、かぼそい声で歌いながら飛びまわるものがたくさんいて、それが彼の身体にとまるので、皮膚がぴくぴくするのだった。日光の縞《しま》と斑点のあいだの影が分かれ分かれになって沈み、いまは日光がそれぞれ違う平面に落ちているのであった。マルやおばあさんの言った奇妙な言葉がさまざまな絵とともに湧きあがってきて、それに新しい人間たちの声がまじり、彼にはどれがどれとも区別がつけかねるほどであった。マルの声で太陽が火のようにあたたかく果物が一年じゅう熟している常夏《とこなつ》の土地について語っているのが、足もとにいる老人であるはずはよもやあるまいし、またあの張り出しが茨の林や包みでいっぱいのこの空地とまぎれようもないのである。嫌でたまらぬ感じがすでに身うちに沈み水たまりのようにひろがっていて、ロクはそれにもう慣れっこになってしまったといえるくらいであった。

と、手首に痛みを感じた。彼は眼を開けて苛立《いらだ》って下を見た。フェイが彼の手首をにぎっていて、その指の爪が食いこんで痛いのであった。と、はっきりとまざまざと彼は聞いたのだ、赤ん坊の泣き声を。新しい人間たちのたてる鳥のさえずり声と高い笑い声は、みんな子供になってしまったかのように、いままでにない高い調子になっていた。フェイは木のなかで背後に身をよじり川に顔を向けた。しばらくのあいだロクは、陽《ひ》もあたたかいし、夢うつつの思いと眼前の新しい人間たちが混りあって、ぼうっとしていた。と、赤ん坊がまた泣いた、で、ロクもまたフェイの方に向きなおって川をのぞきこんだ。

二つの丸木のうち一つが岸につこうとしているところである。チュアミが水を掘りながら後方に坐っており、丸木の残りの部分は人間でいっぱいであった。女たちもいる、というのはその裸の、何もつけていない胸が見えるからである。女たちは男よりもずっと小さく、取りはずしのきく毛皮を男ほどは身体につけていない。その髪も男のにくらべると、あまり変わってもいないし手がこんでもいない。顔はしわくちゃで、たいへん痩せている。チュアミと包みの群としわくちゃの女たちのあいだに、ひとつ妙なものがいて、ロクの眼はそれに釘づけになってしまい、他のものに注意をむけるひまがほとんどなかった。これも女なのではあるが、盛りあがっている腰のまわりに光る毛皮をまとい、毛皮はまた両の腕に輪となってめぐらされ、頭のうしろでは袋のようにぶらさがっている。髪はつやつやとして黒く、白い骨の顔のまわりを花びらのような具合にとりまいていた。肩も胸も白かった、そして赤ん坊がそこでもがいているのでそれと対照をつくって、びっくりするほど白く見えた。赤ん坊は水から遠くに逃げようと、女の肩ごしによじのぼって、頭のうしろの毛皮の袋のところへゆこうとしていた。そして女は顔をくしゃくしゃにし、口を大きく開けて笑っていたから、ロクにはその奇妙な白い歯が見えた。あんまり見るものが多すぎるので彼はまた眼に化した。それはものを記録し、いま彼が気がついていないものを後になっておそらく思いだしてくれるであろう。この女は他の女たちにくらべて肥っていて、それは老人が他の男たちにくらべて肥っているのと同様であったが、彼女はあの老人ほど年をとってはおらず、その乳房の先に乳が湧きでていた。赤ん坊は彼女の光る髪の毛をつかんで上に這いあがろうとしていたが、彼女はそれを引きずっておろそうとしているのである。彼女は顔を上に向けて、頭を斜めにかしげていた。笑い声が椋鳥《むくどり》のような不思議な魅力を伴ってひびいた。丸木はロクの見張り穴の限界の下にすべりこみ、岸で茂みがざわざわする音が聞こえてきた。

　彼はフェイの方を向いた。彼女の顔には沈黙の笑いが浮かんでいて、彼女は頭をふっていた（原始人の同感の動作）。彼の方に向けたその顔を見ると、眼にいっぱい水が湧いており、いつ何時虚《うろ》のなかにしたたりおちるかもしれないほどであった。彼女の笑いはとまり、顔がくしゃくしゃになり、しまいに脇腹にささった長い茨の痛さをこらえているような顔つきになった。彼女の唇が開いたまま寄ってきて、声はださなかったが、彼には相手が言ったことがわかった。

「乳——」と言ったのである。

笑いは消え、ぺちゃくちゃしゃべる声がそれにかわった。品物を丸木からあげて岸に投げる重いひびきが聞こえてきた。ロクは蔦にべつの穴を掻きわけて見おろした。そばでフェイがすでにそうしているのを知っていた。

肥った例の女は赤ん坊の気をすっかり落ちつかせていた。女は水ぎわに立ち、赤ん坊はその乳を吸っているのである。ほかの女たちはそのあたりで動いていて、包みをひっぱったり、器用に手をねじったり、羽のように動かしたりして包みを開けていた。その一人はまだ子供だと見てとれたが、背が高く痩せていて、腰に鹿の皮をまいている。この子は足もとの地面に転がっているひとつの袋を見おろしていた。ほかの女たちのひとりがそれをいま開けているのである。ロクが眼をすえていると、ぴくぴくとひきつって袋の形が変わってゆく。その口が開いた、と、リクウが転がり出てきた。彼女は四つん這いに落ち、それから跳びあがった。見ると、頸に長い革の紐がつけられていて、リクウが跳びあがったとき、その女は紐にとびかかって、それをつかんだ。リクウは空にもんどりうって背を下にどさんと落ちた。椋鳥たちがまた妖《あや》しい笑い声をたてた。リクウはひっぱり、走りまわり、それから大きな木の下にうずくまった。ロクには彼女の丸い腹が見え、その腹に小さなオアをしっかり抱いているのが見えた。さっき袋をあけた女が長い革紐を木にまきつけて、よじりあわせた。それがすむと彼女は行ってしまった、と、今度は肥った女がリクウの方にやってきたので、彼女の頭の光る頂きと、髪の毛が分かれている箇所の細い白い線が見えた。彼女はリクウに話しかけ、膝をついて、また話しかけたが、そのあいだも笑いつづけ、赤ん坊を胸に抱いているのである。リクウはなにも言わず、ただ小さなオアを腹から胸の方に動かした。女は立ちあがって去った。

女の子が、腹がへっているようにゆっくりとやってきて、リクウから自分の身のたけほどの距離をおいて、しゃがんだ。彼女はなにも言わずリクウを眺めていた。しばらくのあいだ二人の子供たちは見あっていた。と、リクウが身じろぎした。そして木から何かをもぎとって口に入れた。女の子はそれをじっと見つめ、両の眉毛のあいだに直線がいくつも浮かびでた。彼女は頭をふった。ロクとフェイは顔を見あわせ熱心にうなずきあった。リクウはもうひとつ菌を木から取って、それを女の子にさしだすと、女の子はうしろに下がった。それから出てきて、用心深く手をのばし、食物をひったくった。そしてちょっとためらってから、食物を口に入れ、嚙みはじめた。そしてほかの女たちが去っていった方にあちこちすばやく眼をやってから、のみこんだ。リクウはもうひとつ相手にやった、これはごく小さいのでただ子供だけが食べられるほどのものであった。女の子はまたのみこんだ。それから二人は黙ってたがいに見あっていた。

女の子は小さなオアを指さして訊ねたが、リクウはなにも言わず、しばらくのあいだ沈黙がつづいた。彼女がリクウを頭の先から足の先まで眺めまわしているのが見え、リクウの顔は見えなかったが、おそらくリクウも同じことをしているのであろう。リクウは小さなオアを胸から離し釣合いをとってそれを肩の上にのせた。急に女の子は歯を見せて笑いだした、するとリクウも笑い、二人は一緒に笑っているのであった。

ロクとフェイもまた笑っていた。ロクの身うちの感じはあたたかく陽《ひ》の照るものになっていた。危険にそなえて耳を傾けねばならぬと「外側のロク」が主張しなかったら、踊りだしたいくらいである。

フェイが頭を彼の方によせてきて、

「暗くなったらリクウをつれて逃げよう」と言った。

肥った女が水ぎわに降りてきた。彼女は毛皮をひろげて腰をおろしたが、赤ん坊はもう彼女に抱かれていなかった。毛皮はその腕からすべりおち、彼女は腰まで裸になり、髪と皮膚が陽光のうちに光っていた。彼女は両腕を頭のうしろにまわし、頭をさげ、髪の意匠に手を加えはじめた。と、突然、髪の房がひらりと黒い蛇のように落ちて、両肩と乳房にかかった。彼女は馬のように頭を振ると、蛇たちは舞いもどり、ふたたび乳房が見えるのだった。彼女は頭から細い白い棘をいくつも抜きとり、それを水ぎわに小さな山に積んだ。それから膝に手をやって、手の指のように分かれている骨片を拾いあげた。そして手をあげて、骨の指をなんべんもなんべんも髪のなかにくぐらせた（櫛で髪を梳くこと）ので、髪はもはや蛇ではなくなって、光る黒い滝になり、その頂きに白い線が整然と走っていた。彼女は髪をもてあそぶのをやめ、しばらく二人の女の子たちに眼をやり、ときどき話しかけていた。痩せた女の子は小枝を地面で組み合わせて、てっぺんで束ねていた。リクウは四つん這いになり、彼女を眺めていたが、口はきかなかった。肥った女は髪に手を加えはじめた。よじったり束ねたり撫でつけたりし、ここそこでは骨の手を通し、首を垂れたり、すくめたりした。そして髪はべつの意匠につくられてゆき、盛りあがって、つぎには密に渦まくのであった。

ロクはチュアミの声を聞いた。肥った女は自分の毛皮をすばやく取りあげ、肩にすべらせたので、臍《へそ》と、広くて白い臀《しり》が隠れた。乳房だけが見え、毛皮がそれを下から支えている。彼女は斜めに木の下の方を見た。チュアミに話しかけているのである。話のあいまに笑い声が何度もまじった。

老人が空地から大声をだしたので、ロクも子供たちのことだけに注意をむけてはいられなくなった、すると分かったのだが、今まで耳にしなかった音がたくさん聞こえてくる。木が割られる音、火がぱちぱち燃える音、なにか叩いている音がする。老人ばかりでなく他の人間たちも甲高い鳥のような声で命令をくだしている。ロクは愉しくなってあくびをした。まもなく夜になり背にリクウを負って闇のなかをすばやく逃げ去ることができるだろう。

チュアミが木の下にもどり老人と話した。「松の木」が丸木の後部に姿を見せた。丸木のなかには木が山のように積まれていて、その丸木の背後の水中には島の空地からやってきた一群の大きな丸木が浮かんでいた。太陽が空の頂点から傾きかけてきたので、「松の木」の影はいまは前方に落ちている。陽光は丸木の群のまわりの砕けた水から燃えあがってロクにふきつけ、その眼をしばたたかせるのであった。「松の木」と肥った女が頭の髪に手をやりながら、しばらく話をしていた。と、老人がロクの眼の下に現われ、身振りをし声高に語りはじめた。肥った女は、顎を上にむけて、彼に笑いかけた。顔を斜めにして老人を見ているので川から反射する光がその白い皮膚の上で、ちりぢりになり揺らめいた。老人はまた見えなくなった。

子供たちは身をよせあっていた。瘦せた女の子は小枝でつくった洞のうえにかがみこみ、リクウは革の紐の伸びるかぎり枯木から遠ざかって相手の傍にしゃがんでいた。瘦せた女の子は小さなオアを両手に持って、それを何度もひっくりかえして、珍しそうに検《しら》べている。それからリクウは小さなオアを注意ぶかく小枝の穴のなかに入れ、背を下にして寝かせた。リクウに話しかけ、リクウは讃嘆の眼差で瘦せた女の子に見入っていた。

肥った女は、毛皮を身に撫でつけながら、立ちあがった。頸のまわりにぴかぴか光るものをかけていて、それが乳房のあいだにぶらさがっている。ロクが見るところ、それは仲間が時折拾って、しばらくおもちゃにし、やがて飽きて棄ててしまう、あの綺麗な曲がっている黄色い石のひとつであった。肥った女は上半身をゆらゆら揺すぶりながら歩き、空地に姿を消した。リクウは痩せた女の子に話しかけていた。二人は互いに指さしあっていた。

「リクウ！」

痩せた女の子は顔いっぱいに笑った。それから両手を打った。

「リクウ！　リクウ！」

そして自分の胸を指して、

「タナキル」といった。

リクウは真剣な顔つきで相手を眺めた。

「リクウ」

痩せた女の子は顔をふり、リクウも顔をふっていた。

「タナキル」

リクウは細心な注意で口をきいた。

「タナキル」

痩せた女の子は跳びあがり、大声をあげ、手をたたき、笑った。くしゃくしゃ顔の女たちの一人がやってきて、リクウのそばに立って見おろした。タナキルは早口で女になにか

しゃべり、指さして見せ、うなずいていたが、やがてリクウに向かって注意ぶかく、

「タナキル」といった。

リクウは顔をゆがめて、

「タナキル」

三人ともみんな笑った。タナキルは枯木に近より、それを検べ、話をし、前にリクウがくれた黄色い菌《きのこ》をひとつむしりとった。そしてそれを口に入れた。と、くしゃくしゃ顔の女が金切り声をたてたのでリクウはびっくりして身を伏せた。くしゃくしゃ顔の女は、悲鳴をあげ大声をあげながら、タナキルの肩をはげしく叩いた。タナキルはいそいで口に手をつっこみ菌をひきだした。女がタナキルの手を叩いてはらいおとしたので、菌は川のなかに落ちた。女はリクウにもがなりたてたのでリクウは大いそぎで木にもどった。女は、手がとどかないようにあいだをおいて、リクウにかがみこみ、荒々しい音を浴びせかけるのであった。

「ああ！」と彼女はいった。「ああ！」

女はなおもしゃべりながらタナキルの方に向き、片手で彼女を押し、他の手で尻を押えた。女は押したり話したりしながら、タナキルを空地の方にむりやりに連れていった。タナキルは後ろをふりかえりながら、不承不承《ふしょうぶしょう》歩いてゆくのであったが、やがてその姿も見えなくなった。リクウは小枝の洞のところに這っていって、小さなオアを掠《さら》いあげ、それ

を胸に抱えてまた木に逃げかえった。くしゃくしゃ顔の女がもどってきて彼女を見た。皺がいくらかその顔から消えていた。しばらくのあいだ女は黙っていた。それからリクウからほんの少し身を離してかがみこみ、「タマキル」といった。

リクウは動かなかった。女は小枝を拾いあげて用心ぶかくそれをさしだした。リクウは疑わしげにそれを受けとり、臭いをかいでから、地に棄てた。女はまた、

「タナキル？」といった。

じゅずかけばとが代って返事をし、女の顔に水明かりがゆらめき慄えるのであった。

「タナキル！」

リクウは何も言わなかった。まもなく女は去った。

フェイはロクの口にあてていた手を離して、

「リクウに話をしかけてはだめだ」

彼女はロクをにらみつけていた。例の女がもうリクウの近くにいないので、ロクの皮膚の痙攣《けいれん》は鎮まった。「外側のロク」が注意しろと彼に思いださせた。

空地に声があがった。ロクとフェイはまた向きをかえた。たいへんな変わりかたである。中央に赤々と火が燃えていてその重い煙がまっすぐ空にのぼっている。空地の両側に洞穴が、丸木で運ばれてきた木の大枝で張り出しが、つくられている。大部分の包みは消えてなくなっていたから、火のちかくには空いた場所がたっぷりできていた。そこに人間たち

が集まって、みんなしゃべっている。みんなは後ろを見せて話している老人に向きあっている。そしてみんなその両腕を彼にさしだしているがチュアミだけはべつで、これはまるで違った種族に属しているかのように一方の側によって立っている。老人は頭をふって大声で叫んでいた。人々はいっせいにうしろをふりかえって、ひとかたまりの背中を見せて、囁きあっていた。それからまた、老人の方に向きなおって、大声をあげた。老人は頭をふり、一同に背を向け、左手の張り出しのなかにかがみこんで入っていた。人々はやはり大声をあげながらチュアミのまわりに群がった。チュアミが片手をあげると、みんな黙りこんだ。彼は、火の薪の向うの地面に、突きでてまだ横たわっている牡鹿の頭を指さした。そして森に向かって頭をしゃくると、一同はまた叫びの声をあげるのであった。老人が洞から出てきてチュアミのように片手をあげた。一同は一瞬しずまった。

老人はひどく大きな声で、ひとことしゃべった。するとたちまち一同から喚声がわきあがった。ゆっくりした彼らの動きがいくらか早くなった。肥った女が洞から妙な包みを持ちだしてきた。まるごとの動物の毛皮だが、その動物がまるで水でできているかのようにぶらんぶらんしているのである。人々はなかが虚ろになっている木片を持ってきてそれを動物の下にあてがうと、動物はすぐそのなかに小便をした。いちいちの木片は水でいっぱいになった、というのは、木のなかに水が落ちるときらきら光るのがロクに見えたからである。肥った女は先刻赤ん坊と一緒にいて嬉しそうであったが、いまもこの動物と一緒にいて同様に嬉しそうである。人々はみんな楽しげであり、老人さえも歯をむきだして笑っていた。一同はめいめいの木片をこぼさないように注意ぶかく焚火のところに持ち去ったが、これは川に水がたくさんあるのだから奇妙なことであった。彼らはゆっくりと膝をつき、あるいは腰をおろし、木片を口にあてて飲んだ。チュアミが眠った女のそばで、にやにやしながらひざまずくと、動物は彼の口のなかに小便をした。フェイとロクは顔をしかめ木のなかで縮こまった。ロクの咽喉《のど》に何か塊のようなものがつまっていて、あがったりさがったりしているような気持である。木の食べ物が身体じゅうにねばついてきていて、彼は顔をしかめながら、ぼんやりとひとつ、またひとつと、それを口にほうりこんだ。彼は唇をなめ、顔をしかめ、またあくびをした。それからリクウの方を見おろした。

　痩せた女の子がもどってきていた。彼女は他の人間とは違ってすっぱい臭いがするが、しかし陽気であった。例の甲高い鳥のような言葉でリクウに話しかけはじめ、まもなくリクウは木から少し前方に進みでてきた。タナキルは人々が火のまわりに集まっている方を横目で見、それからそっとリクウに近づいてきた。彼女は革紐が木の幹に結びつけられている箇所に手をかけ、それを解きはじめた。紐の結び目が解けた。タナキルは、夏に燕がとぶように、潜ったりひっくりかえったりするように手を動かして、紐を自分の手首に巻きつけた。そして木のまわりをぐるっとまわると紐がそれを追ってほどけてきた。彼女はリクウに話しかけ、やさしく引っぱり、二人の女の子は一緒に立ち去った。

タナキルはしゃべりつづけていた。リクウはその横にぴたりと身をよせて両の耳で聞いているらしい。耳がぴくぴく動くのが樹上の二人に見えるのである。子供たちがどこに行くのか見るためにロクはまたべつの穴をあけねばならなかった。タナキルは包みを見せにリクウをつれてゆくのであった。

眠いのをこらえてロクは視点をかえ空地を眺めた。老人が落ちつかぬさまであたりを歩いており、片手で口の下の灰色の毛を握っていた。見張りや火の世話をしていない人々は、死人のように平たくなって臥している。肥った女はまた洞に入ったと見えて姿が見えない。

老人はなにか心にきめたようである。ロクが見ていると、彼の手が顔から離れた。彼は両手を大きくたたいてしゃべりはじめた。火のそばで横になっている人間たちは不承不承起きあがった。老人は川を指さして、人々をせきたてている。しばらく一同は押し黙っていたが、やがて頭が大きくいっせいに振られ、みんな急にしゃべりだした。老人の声は怒りを帯びてきた。彼は川の方に歩いてゆき、立ちどまって、肩ごしに話しかけ、虚《うろ》の丸木の群を指さした。ゆっくりと夢のように、男たちは草の茂みや葉のむらがっている土の上を歩いてきた。彼らは静かに独《ひと》り言《ごと》をいったり、たがいに話しあったりしていた。先ほど女がタナキルをどなりつけたように老人が大声をあげはじめた。夢の男たちは川岸に来て、動きも話しもせずに丸木の群をのぞきこんで立っていた。ぶらんぶらんしている動物から出てきた飲みもののすっぱい臭いがロクのところに、秋の腐れのように立ちのぼってきた。

チュアミが空地を通って出てきて一同のうしろに立った。

　老人はみんなに演説をした。チュアミは、うなずいて去り、しばらくすると木を切る音がロクに聞こえてきた。ほかの二人の男が茂みにかけてあった革の紐をとって、水に跳びこみ、いちばん手近の丸木の後方の端を川に押しだし、他の端を岸につけた。彼らはこの端の両側に立ち、持ちあげはじめた。が、やがて息をきらし、二人とも丸木のなかにかがみこんだ。老人は両手をたかく空中にさしあげ、また大声をあげた。そして指さした。男たちはふたたび持ちあげた。チュアミがなめらかに刈りこんだ木の枝を持ってやってきた。男たちは岸のやわらかい土をけずりとりはじめた。ロクは巣のなかで身をまわしリクウを見おろした。タナキルが種々様々の不思議なものをリクウに見せているところであった。糸にかかって貝殻がつながっているのがある、オアみたいなものもあって、それがまるで人間同様なので、ロクははじめただ眠っているのか、それとも死んでいるのではあるまいかと思ったくらいである。タナキルは手に革の紐を持ってはいたが、それはだらりと垂れていた、というのは、その先につながれているリクウは大きな方の女の子にぴったりくっついていて、いつもブランコに乗せてやるときや、あるいはおどけてみせてやるときにロクを見るときのように、相手を見あげているからである。日光が峡の上から空地に斜めに射しこんでいた。老人が叫びはじめ、その声に驚いて女たちが洞からあくびをしながら這いでてきた。老人がまた叫び声をあげると女たちは、先刻男たちがしたように、たがいに話しあいながら木の下に足をひきずっていった。まもなく見えるものといっては見張りの男と二人の子供たちだけになった。

木と川の中間からいままでとは違った性質《たち》の叫び声があがった。ロクは何が起こったのかと向きをかえた。

「エイ・ホー！　エイ・ホー！　エイ・ホー！」

新しい人間たちは、男も女も、身をうしろにそらせていた。あの丸木がチュアミが持ってきた丸木の上に鼻をのせて、みんなの方を見ているのだ。両側に眼があるのでこちらの端が丸木の鼻だとロクには分かった。その眼がいままで見えなかったのは、これまでなにか白いものの下に隠れていたからであり、その白いものがいま見ると黒ずんで、なかば洗いおとされている。人々は革の紐でその丸木に結びつけられている。老人はみんなに励ましの声をかけ、一同は喘ぎながら、やわらかな地を足でふんばって土塊をもりあがらせながら、懸命にそり身になっているのであった。彼らがぐいと動くと、丸木はそのあとを追ってくるが、そのあいだも眼でにらんでいるのである。彼らが木の下を通って姿を消すとき、その顔に線が浮き出、汗がでているのがロクには見えた。老人はみんなのあとについてゆき叫び声はつづいていた。

タナキルとリクウが木にもどってきた。リクウは片手でタナキルの手首をにぎり、他方の手に小さなオアを持っていた。叫び声がやみ、一同がいやいや重い足どりでまた現われて川のそばで列をつくった。チュアミと「松の木」が第二の丸木の近くの水に入った。タナキルは前にでて見ようとしたが、リクウは紐でひっぱって離れ去ろうとした。タナキルが説明してもリクウは水のそばに近づこうとはしない。タナキルは革紐をひっぱりはじめた。リクウは手と足で地にかじりついた。と、突然タナキルはあのくしゃくしゃ顔の女のようにリクウをどなりつけはじめた。彼女は棒を拾いあげ、嚙みつくような鋭い声でしゃべり、またひっぱりはじめた。リクウがなおも地面にかじりついていると、タナキルは棒で彼女の背をたたいた。リクウは吼え、タナキルはひっぱり叩いた。

「エイ・ホー！　エイ・ホー！　エイ・ホー！」

第二の丸木はその鼻を岸に乗せたが今度はそれ以上のぼってこなかった。すべって後にもどり一同は前につんのめった。老人は声いっぱいに叫んだ。彼は怒りたけって川下《かわしも》を指さし、それから滝を、森のなかを指さしてみせ、そのあいだじゅう彼の声はわめきつづけていた。みんなも彼に叫びかえした。タナキルはリクウを打つ手を休めて大人たちを眺めた。老人は歩きまわって連中を足で蹴って奮起させようとしていた。チュアミは一方の脇に立って、丸木のように彼を眺めているだけで何も口をきかなかった。ゆっくりと人々は立ちあがり、また紐を握った。タナキルは興味を失い、その場を去って、リクウのそばに膝をついた。彼女は小さな石を拾い、それを空中に投げあげ、狭い自分の手の甲で受けとめる遊びをはじめた。たちまちリクウはそれに眼を奪われてしまった。丸木は岸にのぼってき、よろめきながら移動し、岸にしっかとすえられた。一同はそり身になって動き、やがて見えなくなった。

ロクはリクウを見おろした。そのまるい腹を見、タナキルがもう棒で叩いていず二人が静かにしているのを見て、喜んだ。肥った女の胸に抱かれた赤ん坊のことも思いだし、横目でフェイを見て微笑した。フェイは顔をしかめて彼を見た。彼女は彼ほど喜んではいならしい。彼としてみれば、ひらたい岩に降りた霜が太陽に見つかったときのように、自分のうちにあった感じが沈んで消えさってしまっているのである。不思議でたまらぬほどいろいろのものを備えているこの新しい人間たちが、以前のようにじかに脅威をあたえるものとは思われなくなったのである。「外側のロク」でさえなだめすかされて、音や臭いにそれほど敏感でなくなってきていた。彼は大きなあくびをし、両のてのひらで眼窩をおさえた。真夏に風が草原の茂みから梳《す》きだし、漂うその流れで大気がいっぱいになるときの虫のように、なにやらが頭のなかに群がり漂ってきた。フェイのささやく声が外で聞こえた。

「忘れてはだめだ、暗くなったらあの子や赤ん坊をつれて逃げるのだ」

肥った女が笑いながら乳をのませている絵が浮かんだ。

「どうやって育てる?」

「あたしが半分食べてから、それをやる。それにたぶん乳もでるだろう」

彼は言われたことを考えてみた。フェイはまた念をおして、

「もうすぐ新しい人間たちは眠るだろう」

新しい人間たちはまだ眠っていなかったし、眠りそうにもなかった。彼らはいままでよりも騒がしい音をたてていた。二つの丸木は空地で、厚いまるい大枝を枕にして、横たわっていた。人々は第二の丸木のまわりに集まり老人に向かって金切り声をたてていた。彼は荒々しく森に通ずる道を指さし、鳥の声をばたつかせ、からみつかせた。みんなは頭をふり、革紐から離れて、洞の方に歩み去った。老人は濃い青にそまった空に向かって拳をふり、その拳で自分の頭を打っていた。が、連中は例の夢のような歩きかたで火の方、洞の方に歩いていった。木の幹のそばにたったひとり残されると彼は口をつぐんだ。木々の下には闇の気配が迫っていて陽光は地上から去ろうとしていた。

老人は川の方へゆっくりゆっくり歩いていった。それからたちどまったが、その顔になんの表情も見られなかった。しかし彼は急ぎ足で洞に帰ってゆきその中に姿を消した。肥った女の声がロクに聞こえ、やがて老人が出てきた。彼は前と同じ足どりで、ゆっくりと川の方に歩いていったが、しかし今度は丸木の傍で立ちどまらず、ずんずんやってくる。そして木の下をすぎ、木と川のあいだに立って、子供たちを見おろしていた。

タナキルがリクウに石の受けとめかたを教えているところであった、棒はもう忘れてしまっているらしい。老人を見ると彼女は立ちあがって、両手をうしろにまわし、片足で他

方の足をこすった。リクウもできるかぎりそのとおりに真似をした。老人はしばらく黙っていた。それから頭を空地の方にぐいとしゃくって烈しい口調でしゃべった。タナキルは手に革紐の端をにぎり、リクウをつれて木の下に入った。木の虚《うろ》のなかで注意深く向きをかえ、ロクは二人が洞のひとつに入ってゆくのを見た。川の方をふりかえってみると老人が岸辺に立って小便をしていた。陽光はすでに川面《かわも》を去っていて、向う岸の木々の頂きに捉えられていた。滝や峡は真赤に染まり水音がことさらに高くひびいていた。老人は木のところにもどって来、その下に立って、見張りが立っている茨の林の方を入念にうかがった。それから木の反対の側にゆき、また、あたりを仔細に見まわした。そしてもどってくると、川に向かって木によりかかった。それから手を胸の皮のなかに入れて、なにか塊をひきだした。ロクは鼻で嗅ぎ、眼で見、そして見きわめたのであった。老人は彼がリクウのために投げてやったあの肉を食べているのである。樹上の二人には、老人が木によりかかり、頭をかがめ、肘をはって肉をひっぱって裂き、噛んでいる音が聞こえてくるのであった。腐った木質をむさぼり食っている甲虫のように老人はいそがしく音をたてながら肉に食いついていた。

だれかやってくる者があった。ロクにはその音が聞こえたが、老人は自分の顎がたてる音に気をとられてそれに気がつかなかった。その男は木をまわってきて、老人を見つけて立ちどまり、怒ってどなりだした。「松の木」である。彼は空地に駆けもどって、火のそばに立ち、精一杯の声をあげて叫びだした。暗い洞のなかからつぎつぎに人影が現われた、男も女もいる。闇が地上に集《つど》ってきており、「松の木」が焚火を蹴ると、火花と炎がさっとたちのぼった。すると火明かりが潮《うしお》とあふれて、しずかな光り輝く空のもとに集ってくる闇と張りあうのであった。老人は丸木のかたわらで叫んでいた。「松の木」は大声をあげ老人を指さしていたが、そこに肥った女が肩に赤ん坊をのたくらせて洞から出てきた。と、突然、一同は老人めがけて殺到した。老人は丸木のひとつにとびこみ、木づくりの葉（丸木舟の木製の櫂）をとりあげて振りまわした。肥った女はみんなに向かって金切り声でわめきはじめ、それがひどく大声だったから梢で眠っていた鳥たちがはばたきだしたくらいであった。そのうち老人の声に妥協するようなかげりが添ってきて、一同もいくらかしずまった。いままで口をきかず、肥った女のそばに立っていたチュアミがこのときになって何か口をはさんだ。と、一同は彼の言ったことをとりあげてくりかえした。そして彼らの声がまた高まっていった。老人は火のそばに横たわっている牡鹿の頭を指さしていたが、人々がひとつことを変わらずに叫んでいるのを聞くと、なにか話しあいがつきかけているらしい。肥った女は首をすくめて自分の洞に潜りこみ、ロクが見ていると、人々は眼をその入口に釘づけにしているのであった。彼女は出てきたが、つれてきたのは赤ん坊ではなく、ぶらんぶらんしている例の動物であった。それを見ると人々は叫び声をあげ手をたたいた。彼らが駆けていって虚《うろ》になった木片をとってくると、肥った女の肩に乗った動物はそのなかに小便をした。一同は飲み、彼らの咽喉《のど》の骨が火明かりのうちに動くのがロクには見えた。老人は洞に帰れと彼らに手で合図したが、みんな行こうとしなかった。そして肥った女のところに行って飲みものをまたもらった。肥った女はもう笑ってはいず老人から一同へ、それからチュアミへと眼をうつしていた。チュアミはそのすぐそばに立ち、その顔は微笑していた。肥った女は動物を洞に持ちかえろうとしたが、「松の木」と一人の女が阻止した。それをみて老人が駆けつけ、その一団の人間たちが取っくみあいをはじめた。チュアミはその争いのかたわらに立って眺めていたが、まるでそこにいる連中は自分が杖で空中に描きだしたのさといった様子であった。ほかの人間たちも争いに加わった。群衆はぐるぐるまわり肥った女は悲鳴をあげていた。ぶらんぶらんしている動物がその肩からすべり落ちて見えなくなった。そのうえに誰かが転がって倒れた。水が吹きだすような音がロクに聞こえてきたかと思うと、人々の塊がちょっと低くなった。彼らはよろめきつつ離れ離れになったが、そのあとの地面には例の動物がひらたくなっていた、——先ほどチュアミがつくった牡鹿と同じようにひらたかったが、それよりも一層死んだもののように見えた。

老人はすっくと背をのばして立った。

ロクはあくびをした。眼にするいろいろのものが一緒に結びつこうとしないのである。彼の眼はいったん閉じ、またぴくんと開いた。老人は両腕を空中にさしあげていた。彼は一同の前に立ちはだかり彼の口に出している声が一同を脅かしているのであった。みんなはすでに少し後ろにたじろいでいる。肥った女はこっそり洞に入っていった。チュアミはどこかに行ってしまっていて、姿が見えない。老人の声がたかまって、話がおわり、両手がおろされた。沈黙と、恐怖と、死んだ動物からもれるすっぱい臭いとがあった。

しばらくのあいだはみんな何もいわず、その場にとどまって、ちょっとうずくまったり、そり身になったりしていたが、急にひとりの女がとびだしてきた。そして金切り声で老人に食ってかかり、自分の腹をさすり、これ見よがしに両の乳房をつきだし、相手に唾を吐きかけた。連中はふたたび動きだした。うなずいたり大声をあげたりしはじめた。老人は大声をあげてそれを制して牡鹿の頭を指さした。するとまたしんとしずまりかえった。人人の眼はふりかえって牡鹿にむけられていたが、その牡鹿は小さな眼で見張りの穴ごしに依然としてロクを見つめているのである。

空地のそとの森のなかに音がした。ようやく人々はそれに気がついたようである。誰かが叫んでいるのだ。茨の林が動き、開いた。「栗頭」が、左脚いったいをきらきら光る血で染めて、「茂み」にもたれながら片足で跳びこんできた。火を見たとたんに、倒れてしまい、女のひとりが駆けよった。「茂み」はみんなの方に進んできた。

ロクの目蓋《まぶた》は落ち、またぴくんと開いた。夢うつつの瞬間に、自分がいま眼にしてきた不可解なことをすっかりリクウに話してきかせている。しかしリクウもやはりわけがわからないという絵を見たのである。

肥った女が洞のそばに現われ、赤ん坊を抱いて乳を吸わせていた。「茂み」はなにか訊ねていた。それに答える叫び声がした。先ほどからっぽの乳房をつきだした女が老人を指さし、枯木や人々を指さしていた。「栗頭」は牡鹿の頭に唾を吐きかけ、人々はまた喚きながら、前に進みでた。老人は両手をあげ、先ほどと同じような甲高いおどし言葉を叫びはじめたが、人々は嘲笑し、笑い声をたてるのであった。「栗頭」は牡鹿の頭のかたわらに立った。彼の両眼が焚火の明かりに照らされてふたつの石のように光るのが樹上の二人に見えた。「栗頭」は腰から小枝を一本引きぬき、他の手には曲がった棒を持っていた。彼と老人はたがいに見あった。

老人は横に一歩移り、早口にしゃべった。そして肥った女に近づき、両手をさしのべて赤ん坊を奪いとろうとした。こちらはすばやく身をかがめ、これは女のお手のもの、口でその手に嚙みついたからたまらない、老人は手足をばたばた踊らせ、悲鳴をあげた。「栗頭」は小枝を曲がった棒につがえて赤い羽根をうしろにひっぱった。老人はばたばた踊りをやめて、てのひらを小枝にむけて両手をさしだしながら、相手の方に進みよった。「栗頭」に手がとどくほどのところまでくると、じっと立って、右手の指を、長い指一本残して全部ねじ曲げた。彼はこの長い指を斜めに動かしていって、やがて洞のひとつを指さした。みんなしんと黙りこんでいた。肥った女は高い笑い声をたてたが、また静かになった。チュアミは老人の背を眺めていた。老人は空地のまわりに眼を走らせ、木々の下に闇が群がっている箇所をうかがい、また人々に眼をむけた。誰ひとりとして口をきかなかった。

ロクはあくびをし、木の頂きの虚《うろ》のなかにすさって腰を落とした。そうやっていれば下にいる人間たちの眼から逃れられるし、彼らの一隊は木々の上に反映する明かりのゆらめきにすぎないのである。彼はフェイを見あげ、側にきて眠るように誘ったが、彼女はそれに気づきもしなかった。その顔や眼を見ると、彼女はまたたきもせずに蔦ごしにのぞきこんでいるのである。心を集中しきっているから彼が手でその脚にさわっても、何のこともなくひたすらに眺めいっている。見ているうちに、彼女の口が開きその呼吸がはげしくなった。そして枯れた幹の腐った木質をにぎりしめたので、それはざっくり砕け崩れ、どろどろの塊になった。疲れてはいたもののロクは気もひかれもしたし、少々こわくもあった。あの人間たちの一人が木にのぼってくるという絵が浮かんだので、懸命に身を起こし葉叢に穴をあけはじめた。フェイは横目ですばやくこちらを見たが、その顔はおそろしい夢と戦っている眠っている人間の顔さながらであった。彼女は彼の手首をひっとらえて彼を下に押しやった。そして彼の両肩をつかみ自分の顔を相手の胸に埋めた。ロクが彼女に腕をまわすと、「外側のロク」はその触れあいであたたかい喜びを感じた。だがフェイはふざける気などは毛頭なかった。彼女はまた膝をたて、彼を自分の方へ引きよせ、その頭を自分の胸にあてがい、自分は葉叢ごしに見おろしていたが、その心臓は彼の頬に早鐘のように打ってくるのであった。彼女が何をそんなにこわがっているのか見たいと思っても、彼が身じろぎすると、相手は彼をしっかりと抱きしめてしまうから、彼に見えるものとては彼女の顎の角《かど》とそれからその眼、――たえず見開き、見開いて眺めつづけている眼だけであった。

例の群がりがまたもどってきたし、彼女の身体もあたたかかった。ロクはそれに身をまかせた、――新しい人間たちが眠りこみ二人が子供たちをつれて逃げられるときにはフェイが起こしてくれると知っていたからである。彼はぴったり顔を埋め、すがりつき、しっかと女の腕に抱かれて、高鳴る心臓に枕していると、群がってくるものはいまや闇いっぱいに広がって、困憊《こんぱい》の眠りの全世界と化したのであった。

九

目が覚めてみるとロクは、自分を下に押えつけている腕、自分の肩をつかんでいる腕、自分の顔にあてがわれている手と、戦わねばならなかった。彼はその手の指を相手に文句を言いぶつぶつ呟き、近ごろ覚えた恐怖の習性からすんでのところで指に嚙みつくところであった。フェイの顔は彼の顔の近くにあり、葉叢にのしかかったり、ぼろぼろの木屑をつくったりしている彼を下に押えつけているのであった。

「静かにして！」

その声はこの樹上でまだ聞いたことのないほどの大きさで、もうあたりに新しい人間たちがいないかのように普通よりも大きな声であった。彼がもがくのをやめ、すっかり目が覚めて見ると、光が暗い葉叢のうえに踊っていて、その闇のところどころに斑点をつくり、それがあちらこちらと同時に跳ねまわっているのであった。木のうえにはたくさんの星もあったが、それらは対照的に小さく死にかけているのだった。汗がフェイの顔に流れおちており、その身体の、彼の触れている皮膚は濡れていた。彼が彼女の方に気をとられていても、新しい人間たちの音も耳に入ってきたのは、それが吼えたてている一群の狼のように騒がしかったからである。彼らは叫び声をあげ、笑い声をたて、歌をうたい、例の鳥のような話しかたでしゃべり、焚火の炎は彼らとともに狂ったように跳ねていた。彼は向きなおって指を葉叢につきこみ下の様子を見た。

空地は火の明かりで満ちていた。新しい人間たちは「松の木」のあとからも川を越して、すでにたくさん大きな丸木を陸あげしており、それを火の上に、たがいにもたせかけて立てていた。この火にはあたたかくて気持よさそうなところがまるでなく——まるで滝のようでもあり、虎のようでもあった。マルが渡りそこねて死ぬもとになったあの丸木の一部が丸木の堆積にたてかけられているのが見え、硬い、耳に似た菌のような炎の舌は赤熱しているのであった。炎は、下からしぼりだされるように、丸木の山の頂きから奔り出、その色は赤く黄色くまた白く、小さな火花がまっすぐ上に吹きあがって消え去った。炎のうすれてゆく頂きのところはロクの眼の高さにあり、そのまわりの青い煙はほとんど眼に見えなかった。炎を泉のように噴きだしているこの丸木の山からは、空地のまわりに明かりがたたきつけられていたが、それはあたたかい明かりではなく、荒々しく、白熱した、目のくらむような光であった。この明かりは心臓のように息づいていて、そのためこの空地の周囲の木々でさえ、巻き縮んでいるその葉叢ともども、蔦の葉のあいだの穴のように左右にはね揺れているように見えるのであった。

人間たちも白みがかった黄色の火のようであった。というのはみんな毛皮をぬぎすてており腰や尻のまわりに革の紐をまいているだけだったからである。彼らも木々と調子をあわせて左右に跳ねゆれていて、その髪も乱れゆがんでいたから、ロクは誰が誰だか容易に区別がつかなかった。肥った女は虚《うつ》ろのある丸木のひとつに両手を脇にしめつけてよりかかっていて腰まで何もつけていなかったから、その身体が白みを帯びた黄色に見えた。彼女は頭をうしろにそらせ、咽喉の曲線を見せ、口を開けて笑っていたが、その解けた髪は丸木の虚ろのなかに垂れさがっていた。チュアミがその横にしゃがんで、顔を女の左手首にもたせかけていた。彼も動いていた、が、火の明かりにつれて前後にぐらぐら揺れるばかりではない、上の方に動いてゆくのである。口を這わせ、指で弄《さわ》りながら、女の肉を食べているように上の方に、彼女の裸の肩の方に、のぼってゆくのだ。老人はほかの虚ろの丸木のなかに寝ており、足を両側につきだしていた。彼は手にまるい石のようなものを持っていて、それをときどき口のなかに入れていたが、その合間合間に歌をうたっていた。ほかの男や女たちは空地のまわりにちりぢりになっていた。みんな同じような丸い石を持っていて、いまロクには見えてきたのだが、それから何か飲んでいるのであった。彼の鼻はその飲みものの臭いをとらえた。それはほかの水よりも、あまく強くて、火のようでもあり滝のようでもあった。それは蜜と蠟と腐れの臭いがする蜂の水であり、ひきつけられもするが反撥も感じ、あの新しい人間と同じようにおそろしくもあれば魅力もあった。火のちかくにはてっぺんに穴があるべつの石がいくつかあり、そこから出てくる臭いは特に強いように思われた。ロクが見ていると、人々は自分たちの飲みものを飲みつくしてしまい、この方にやってきて、それを持ちあげて、なおも飲みつづけていた。女の子のタナキルは洞のひとつの前で、背を下にしてまるで死んだようにひらたく横たわっていた。ひとりの男とひとりの女が取っ組みあいをし接吻をし金切り声をたてており、べつの男が羽を焼かれた蛾のように火のまわりをぐるぐる歩きまわっていた。彼はとぼとぼと何回もまわっているのだが、ほかの人々はそれを気にもとめず勝手に喚き叫んでいた。チュアミは肥った女の頸に手をのばした。そして彼女をひっぱったが、彼女は笑って頭をふり、手で男の肩をにぎりしめていた。老人は歌い、二人の男女は取っ組みあい、例の男は火のまわりを歩き、チュアミは肥った女の身体に頭を埋め、そのあいだじゅうも空地は前後左右にはね揺れていた。

明かりはたっぷりあったからロクはフェイの顔を見ることができた。明かりの揺れを追おうとして眼を疲らせてしまったので、彼はふりむいて代りにフェイを見た。彼女もやはり跳ねゆれていたが、それほどひどくはなかった。そして明かりをべつにすれば彼女の頭はこのうえなく静かであった。彼女の眼は、まるで彼が眠りに陥ってから瞬きひとつせず少しも向きを変えなかったように見えた。頭のなかでさまざまな絵が火の明かりのように行ったり来たりした。なんだかわけが分からず、それらの絵がくるくるまわりだし、しまいには頭がはちきれそうな気がしてきた。舌のために言葉をみつけたのだが舌の方がその使いかたがわからないといった具合であった。

「あれは何だろう？」

フェイは動かなかった。形を成さぬからなおさらに恐ろしい一種半《なか》ばの知がロクのなかにしみこんできたが、それはまるでフェイと同じ絵を分け持っているのだが自分は頭のなかに眼を持っていないのでそれを見ることができないといったふうであった。その知は「外側のロク」が前にフェイと共有したあの異常な危機感に似ていた。ただ今度のは「内側のロク」にむけられたものなので、彼としては受けいれる余地を持たぬのである。その知は彼のうちに押し入ってきて、眠りののちの快い感じや、さまざまな絵やその回転にとってかわり、ちっぽけな考えや意見を、飢えの感じや渇きの訴えを、押しつぶしてしまうのであった。彼はこの知に憑かれているのだが、それが何であるかが分からなかった。

フェイがゆっくりと頭を横にむけた。二つの火を持った眼が、水中を動いていったおばあさんの眼のように、こちらにむけられてきた。その口のあたりに或る動きが起こって——べつに顔をしかめるというのでもなく、話をはじめる準備の動きというのでもないのだが——それが彼女の唇を新しい人間たちの唇のようにぱたぱたと動くようにさせた。やがて唇はまた開いたままになり、しずかになった。

「あの人間たちはオアが腹から出したのではない」

はじめはその言葉はそれに伴う絵を何ら持たなかったが、感じのなかに沈んでゆき、その感じを強めてゆくのであった。そこでロクはその言葉の意味を探ろうとまた葉叢を通してのぞきこんだ、と、肥った女の口が正面に見えた。彼女はチュアミにしっかりつかまって、この木の方にやってくるところで、途中でつまずいて金切り声をたてて笑ったから、ロクはその歯を見ることができた。幅が広くない歯で、食べるにも、すりつぶすにも役にたたず、小さくて、二つだけが他のよりも長い。狼を思わせる歯である。

火は唸りをたて火花の潮をいっときあげると崩れおちた。老人はもう飲むのをやめて虚《うろ》の丸木のなかでじっと横になっており、ほかの人々も坐ったり平たく寝たりして、歌う音も火のように死にかけていた。チュアミと肥った女があてどもないように木の下を通りすぎて見えなくなったので、ロクは向きをかえて彼らを追った。肥った女は川の方にむかったがチュアミがその腕をつかんでぐるっと向きかえらせた。二人はそのようにしてたがいに見あって立ち、肥った女は月光を受けて一面が青白く、他の面は火明かりで赤く染まっていた。彼女はチュアミを笑って見あげ舌をつきだしたが、相手は早口に話しかけていた。と、突然彼は両手で女をひっとらえて胸にひきよせた。そして二人は口もきかずに喘ぎながら取っ組みあった。チュアミは握りどころを変え、長い髪の束をつかんで下にひっぱったから、女の顔が上向きになり苦痛でゆがんでいるのが見えた。彼女は右手の爪を相手の肩に突きたてたが、髪がひっぱられるままに、身体がずりおちていった。チュアミは顔を女の顔に押しつけ、よろめくと、片方の膝が女のうしろにまわった。彼は手を上に移してゆき女の頭のうしろをつかんだ。彼の肩の肉に食いこんでいた手が弛み、あたりを手探り、男の身にまわされた、と思うと急に二人は一緒に結びつき、腰と腰をあわせ口と口をあわせ、抱きしめあった。肥った女は身体をすべり落としはじめチュアミはその上にかがみこんでいた。彼は不器用に片膝をつき女の両腕がその頸にまわされていた。彼女は月光のうちに横たわって眼は閉じ、身はしなやかになり、胸は高まり低まるのであった。チュアミはひざまずいて女の腰のあたりの毛皮のうちを手探っていた。そしてなにか唸るような音をたてたかと思うと女の上に身を投げだした。狼の歯がまた見えた。肥った女は顔を左に右に動かしていたが、それは先ほどチュアミと争っていたときのようにひきつれていた。

ロクはふりかえってフェイを見た。彼女は依然として膝をついたまま、空地の赤熱した薪の山を見おろしていて、その皮膚の汗はかすかに光っていた。自分とフェイが子供たちをつれて空地から逃げ去るという輝かしい絵が突然浮かんできた。彼の心が生き生きと働きだした。彼は頭を女の口に寄せてささやいた。

「いま子供たちをつれて逃げようか？」

彼女は身をそらせて相手から離れ、いまはおぼろになった明かりのうちに彼をはっきりと見定められるようにした。そして突然はげしく身ぶるいしたが、それはまるでこの木に落ちている月光が冬のものであるかのようであった。

「お待ち！」

木の下の二人はまるで喧嘩しているような荒々しい音をたてていた。特に肥った女は梟のような声をたてはじめ、チュアミは動物と戦いながらも勝てるとは思っていない男のように、喘いでいた。見おろしていて、ロクがやがて気づいたのだが、チュアミは肥った女と寝ているだけではない、同時に女を食べているのである。女の耳朶から黒い血が流れている。

ロクは興奮した。彼は身をのばしてフェイに手をかけたが、彼女はただ例の石のような眼を彼にむけただけで、すぐにあの同じ不可解な感じ、彼が認めることはできても理解はできぬあの「オアより悪い」感じに包まれてしまった。彼はいそいで女の身体から手を離し葉叢をかきわけて、火と空地を見おろす見張りの穴をつくった。人々はすでにたいてい洞に入りこんでしまっていた。老人はその足だけが見えていて、それが虚《うろ》の丸木の側面に載っている。先刻火のまわりをうろうろ歩きまわっていた男は蜂の水が入っている丸い石の群のなかでうつぶせになっており、見張りをしていた射手《いて》は先程と同じように茨の垣のそばで、棒によりかかって立っていた。ロクが見ているうちに、この男は棒からすべり落ち、とうとう茨の林のちかくに崩れて、裸の皮膚をにぶく月光に光らせながら寝そべって動かなくなった。タナキルの姿は見えず、彼女と一緒にいたくしゃくしゃ顔の女も見えなかったから、空地はにぶい赤色の薪の山を中心としたただの空所にすぎなくなっていた。

彼はむきなおってチュアミと肥った女を見おろした。二人は騒々《そうぞう》しい頂点にすでに達し、いまは静かに横たわっていて、汗で光り、肉の臭い、石からの蜜の臭いがした。彼はフェイをちらとうかがったが、フェイはやはり押し黙ったまま恐ろしい顔をして、ここの蔦の闇のなかには存在しないひとつの絵を見ていた。彼は眼を伏せ、なにか食べるものはないかと腐った木質の上を自働的に手探りはじめた。が、そうしているうちに突然自分の渇きに気がついた、そしていったん気がついてみるとそれは執拗に迫ってきた。落ちつかぬままに彼はチュアミと肥った女を見おろした、――というのは、この空地で起こった不可解な驚くべき事柄が数かぎりなくあるうちで、この二人のことはいちばん理解もできるし同時にいちばん興味のあることだったからである。

彼らの荒々しい狼のような戦いはおわっていた。一緒に寝たというよりも、たがいに戦いあった、たがいに食いあったといったほうがいいくらいで、女の顔にも男の肩にも血が流れていた。いまは、争いがおわり二人のあいだに平和がもたらされた、いや、もたらされたのはどういう状態なのか分からぬが、とにかく二人は一緒に遊びたわむれていた。この二人の遊びは複雑で、しかも当人同士をすっかり夢中にさせていた。山や平野にいるどんな動物だって、茂みや森にいるどんなに気転《きてん》がきき有能な生物だって、こういう遊戯を発明するほどに鋭敏な頭の働きや想像力は持っていないし、またこの遊戯をする心の余裕や不断の注意力を持ってはいない。まるで狼が馬のあとを追い狩りたてるように彼らは愉しみを狩りたてるのである。彼らは眼に見えない餌食の足あとを追い、耳を傾け、頭をかしげ、餌食にそっとちかづく手はじめの足どりにとりかかろうとして青白い光のうちに顔をひきしめ心を集中するように思われる。彼らは愉しみをしっかりとつかまえると、それとたわむれる。ちょうど狐がつかまえた肥った鳥を、いつ殺そうと自分次第だと、食べる愉しみを二倍にするために、その死をひきのばしておもちゃにしているのと同じである。下の二人はいまはほとんど黙ったままで、ただ小声でぶつぶつ言ったり喘いだりし、また肥った女が時折ひそやかな笑いで咽喉を鳴らすだけであった。

白い梟が木の上をかすめてとんでゆき、しばらくすると、いつも実際よりは遠くに聞こえるその鳴き声がロクにひびいてきた。チュアミと肥った女の様子は、二人が争っていた先刻のときのように興奮を誘うものではなかったし、渇きの存在を押えつけるほどの力はなかった。フェイに話しかける気にはなれなかった、というのはフェイが奇妙なよそよそしい存在になってしまっているからばかりではなく、チュアミと肥った女がいまでは音らしい音もたてないので、しゃべるのがまた危険になったからである。彼ははやく子供たちをつれて逃げたいと気が気ではなかった。

焚火は非常に鈍い赤色になり、その光は空地のまわりにある大枝小枝の壁にはほとんどとどかなくなったから、枝の壁はその背後のまだあかるい空を背景にして闇の模様をすでにつくりだしていた。空地の地面は暗闇のうちにすっかり沈みこんでいて、ロクはそれを見るのに夜の視力をつかわねばならなかった。火はぽつんとひとつ、闇に漂い流れているように見えた。チュアミと肥った女がふらふらした足どりで木の下から出てきたが、二人はつれだっては歩かずに、腰まで影につかってめいめいの洞に向かっていった。滝のひびきがたかまり、森のもろもろの声、ぱちぱちいう音や見えない足がちょこちょこと走る音が聞こえた。白い梟がまた一羽空地をよこぎりゆっくりと川をこして去った。

ロクはフェイの方を向いてささやいた。

「やろうか？」

彼女が身をよせてきた。その声には、以前台地で自分の言うとおりにしろといったときと同じ有無《うむ》をいわせぬ命令のひびきがあった。

「あたしが赤ん坊をつれて茨をとびこえる。あたしが行ってしまったら、あとについておいで」

ロクは考えたがなんの絵も浮かんでこなかった。

「リクウは――」

彼女の両手が彼の身体をしめつけた。

「『こうしろ！』とフェイが言うのだ」

彼が急に身を動かしたので蔦の葉がざわざわこすれあった。

「しかしリクウは――」

「あたしは頭のなかにたくさん絵を持っている」

彼女は手を離した。彼が木の頂きに横たわっていると、その日の絵がのこらず、またぐるぐるとまわりはじめるのであった。フェイが息づきながら自分の側を通りすぎて蔦の葉叢に潜りこみ、葉がかさかさこすれる音がまた聞こえてきた、そこでロクはいそいで空地を見おろしたが、誰ひとり動いている気配は見えない。ようやく見きわめがついたのは、老人の足が虚ろの丸木からつきでているのと、枝でつくった洞があるまっ黒な穴だけである。火は大部分にぶい赤になって漂っていたが、その芯《しん》だけはいくらか明るく輝いていて、そこでは青い炎が薪の上に彷《さまよ》っているのであった。チュアミが洞から出てきて、火のそばに立ち、それを見おろしていた。フェイはすでになかば蔦の葉叢から脱《ぬ》けでて、木の、川にむいた側にある太い枝につかまっていた。チュアミが一本の枝を拾いあげ熱い灰をかきまわしだしたので、灰は火花を散らせ、一筋の煙とまたたきする点々とを噴きあげた。くしゃくしゃ顔の女が這いでてきて彼から枝を受けとり、しばらくのあいだ二人は身を揺らせながら立って話をしていた。それからチュアミは洞にかえり、すぐ彼が乾いた葉の床《とこ》に身を投げだす音がロクに聞こえてきた。彼はその女の去ってしまうのを待った。しかし女はまず火のまわりの土を掘ってゆき、しまいにてっぺんに赤く燃える口を持った黒い小山しか残らなくなった。そして女は芝土のかたまりを火に運び、それをその口にどさりと落とした、すると草がぱっと燃えあがり、ぱちぱちと音をたて、光の波が空地一帯に揺らめいた。立っている女の影は長く伸びてその端がゆれ動いていたが、光はよろめき、やがて消え去った。彼は、女が洞の方に手探りで進み、四つん這いになって中に這いこむのを、なかば耳で聞き、なかば感じとった。

彼の夜の視力がもどってきた。空地はふたたびしずまりかえり、木をすべりおりるときにフェイの皮膚が古い樹皮にこすれてたてる音が聞こえてきた。危険が迫っているという感じが襲ってきた。自分たちがいまこの奇妙な人間たちや万事謎のようなそのやりかたの裏をかこうとしているのだという自覚、フェイが彼らの方にそっと近づいているのだという恐ろしい自覚が、彼の咽喉をひっつかんで息もつけなくなり、心臓が彼を揺すぶりはじめた。彼は腐った木質をつかみ、眼を閉じて蔦のうしろに縮こまり、この枯木が割合に安全だった以前の時に帰りたいと我にもあらず求めているのであった。フェイの臭いが木の火の方の側から立ちのぼってきて、彼は入口に大きな熊が立っている洞の絵を、彼女と一緒に分かち持った。臭いはのぼってこなくなり、その絵は消え、彼はフェイが眼と耳と鼻になって火のかたわらを洞にむかってそっと忍びよっているのを知った。

心臓がややおそく打つようになり呼吸も鎮まってきたので、彼はまた空地を眺められるようになった。月は厚い雲のふちから上にのぼって森に灰青色の光をあびせかけていた。見ると、フェイはその光をあびて身を低くし、火の黒ずんだ塚から自分の身の丈《たけ》の二倍以上は離れていないところで、地面にしがみついていた。前の雲のあとにべつの雲が現われて空地は闇で充たされた。向うの方、外へ出る道の出口をふさいでいる茨のそばで見張りの男が息をつまらせ、もがいて起きあがる音が聞こえてきた。吐瀉《としゃ》する音が聞こえ、それから長いうめき声が聞こえてきた。ロクのうちでさまざまな感じがまじりあった。新しい人間たちが急に本来の姿にかえろうとするかもしれない。つまり、立ちあがって、話をし、警戒をし、何事も承知していて、安心して自分の力にたよっている。そうなるかもしれぬという半《なか》ば思想というべきものを感じた。そういう考えにまじって、先頭になって台地のそばの丸木を伝って走る勇気がフェイにはなかったという絵が浮かんできた。そしてこういうあたたかい思い、彼女と一緒にいたいという切なる願いが、その絵の一部をなしていた。彼は蔦の虚《うろ》のなかで身を動かし、川に向かっている方の葉叢を分け、足をかける大枝を手探った。感じが変わってロクをその思いどおりにしてしまわぬうちにと、いそいで彼は下にすべりおり、枯木の足もとの丈《たけ》の高い草のなかに立った。リクウのことがどうしても頭から離れないので、彼は忍び足で木から離れ、どの洞にリクウがいるのか捜そうとした。フェイは火の右手にある洞に向かって動いていた。ロクは左に動き、四つん這いになって、丸木や仕分けのしてない包みの堆積の向うに建てられた洞にむかって這っていった。虚ろの丸木の群はまるで自分たちも蜜の飲みものを飲んだように、人々が置き去りにしたままに横たわっており、老人の足は近い方の丸木から依然としてつきでていた。ロクはその高い丸木の下に身をちぢめ、頭上にある足の臭いを注意ぶかく嗅いだ。その足には指がなかった、というよりも——そのすぐ近くまで行くことができたのでいま分かったのだが——この人間たちの腰と同様に毛皮でおおわれていて牝牛と汗の強い臭いがした。ロクは顔をあげて丸木のふちごしにのぞきこんだ。老人はそのなかで口を開けて長々と寝そべっていて、肉のうすい尖った鼻からいびきをたてていた。身体に毛がちくりとつきささったような感じがし、老人が眼を開けたかのように彼は首をすくめた。そして丸木のそばの傷だらけの地面や草地に身を縮めたが、いま鼻が老人に慣れてくると、その臭いを差しひいた、というのはほかに数多くの情報の断片が鼻に迫ってきたからである。たとえば、この丸木の群は海とつながりがある。両側面の白色は潮の白であって、苦い味がし、浜辺と不断に押しよせてくる波を喚び起こさせる。松の木の樹液の臭いがするし、彼の鼻が普通のとは違うとは知っても何とも見きわめられぬ妙に濃い、きなくさい泥の臭いもする。多くの男や女や子供の臭いがし、最後に、非常に漠とはしているけれどもそれにもかかわらず非常につよい臭いがした、——それはひとつひとつ切りはなして識別しうる識閾から脱けでた多くの臭いが合したもので長いながい時を経てひとつの臭いに化していた。

ロクは自分の肉のおののきをしずめ、ちくちく刺すような毛の痛みをなだめて、丸木のそばを這ってゆき、例の丸い石の群が、明るさはなくなっているがまだ熱い火から少し離れておかれているところまで来た。これらの石はそれ自体の雰囲気をまだ保っていて、その臭いは強烈であったから、彼の心はそれをひとつの光の輝きのように見、その頂きの穴のまわりに雲が浮かんでいるように思うのであった。その臭いは新しい人間たちに似ていて、反撥もさせるが魅《ひ》きつけもする、おどかしもするが誘《いざな》いもする、あの肥った女のようでもあり同時に牡鹿と老人の恐ろしさのようでもあった。ロクはあの牡鹿のことをまざまざと思いだしてまた身をちぢめた。だがどこにあの牡鹿が行ってしまったのか、またどこから来たのか、あの枯木の背後から空地に近づいてきたのをべつにすると、いっこうに思いだせないのである。彼はうしろをふりかえり、眼をあげて枯木を見た、——途方もなく大きく、くしゃくしゃの頭をし、洞穴熊のように雲から垂れさがっている蔦にからまれている枯木を。彼はすばやく左手の小屋に這っていった。茨の林のそばにいる見張りがまたうめき声を発した。

ロクは洞の背後に傾斜してたてかけてある枝々に沿って嗅いでゆき、ひとりの男をみつけ、さらにひとりの男ともうひとりの男を見つけた。リクウの臭いはなくて、ただ彼の鼻孔にかすかな一種一般的ともいうべき臭いがあり、強いていえばその感じをリクウと結びつけられぬものでもない。地面のどこを嗅いでもどこにもその感じはあるから、その源をつきとめるわけにはゆかないのである。彼は大胆になってきた。そして効果のあがらぬ闇雲な捜しかたは切りあげて、洞の入口の方に向かった。この人間たちはまず棒を二つ立ててそのてっぺんに他の長い棒をわたした。それからこの長い棒に無数の大枝をさしかけた、そういうやりかたで彼らはこの空地に葉叢でおおわれた張り出しをつくったのである。こういうのが三つできていて、ひとつは左手に、ひとつは右手に、そしてひとつは焚火と見張りのいる茨の林の中間にある。切断された大枝の端は列をつくり、曲線をえがいて地中に突きこまれている。ロクはその曲線の端に這ってゆき、そのちかくに注意ぶかく頭をおいた。内部にいる人間たちから聞こえてくる呼吸の音、いびきの声は不規則で大きかった。誰やらひとり彼の顔から腕一本ほども離れていないところに眠っているのがいた。その男が唸り声を出し、あくびをし、寝返りをうった、すると腕が落ちてきててのひらがロクの顔を撫でた。彼はおののきながらうしろに跳びすさったが、しばらくすると前にかがみこんでその手の臭いを嗅いだ。それはマルの手のように青白く、かすかに光り、弱々しく無力な手であった。しかしもっと細くて長く、色がちがっていて菌《きのこ》のような白さをしていた。

その腕と大枝の列が斜めに地に食いこんでいる箇所とのあいだには狭い隙間がある。リクウがいるかと思えば、たちまち姿を隠してしまう、そういう気違いじみた絵が彼を前進させるのであった。この感じが何をしろと自分に要求しているのかは知らなかったが、何かしなければならぬと思ったのである。彼は穴に這いこむ蛇のようにゆっくりとその隙間に身をさしこんでいった。顔に息がかかり、身がすくんだ。彼の顔から手の長さもないところに顔があった。奇妙な形をしている髪がさわってくすぐったかったし、眉毛の上で頭を長く伸ばしている骨ばった頭蓋の長い役にもたたぬ斜面も見えた。しっかりと合わさってはいない目蓋の下で眼がにぶく光っているのも見えたし、不揃いの狼のような歯も見え、また彼の頬に蜜のような酸っぱいような息がかかってくるのであった。「内側のロク」はフェイとともに恐怖の絵を分かち持ったが「外側のロク」は冷静で勇敢であり氷のように落ちついていた。

ロクは眠っている男の上に腕をのばし、空間を探り、それから向う側の葉や地面に触れた。てのひらをしかとその地面におき、眠っている男のうえに弓なりになって、四つん這いにまたぎこそうとした。そのとき男が口をきいた。まるで舌がないかのように咽喉の奥にからみついた言葉で、息づかいがそれで邪魔されているという具合である。ロクの胸ははげしく波うった。彼は腕をひっこめて、またうずくまった。男は葉叢のなかを叩きまわった。その握りしめた拳に叩かれてロクの眼から火花が散った。ロクはあとずさりし、男は腹が頭より高くなるほど弓なりに身体を持ちあげた。そしてそのあいだじゅう言葉にならない言葉をふりしぼり、両の腕で斜めになった大枝のなかを叩きまわっていた。と、男の頭がロクの方に向いた、両眼をかっと開いて見つめているが、何を見ているのでもない、水のなかのおばあさんのような眼つきで頭をこちらに向けているのである。まるでこちらを見通しにしているような眼差で、ロクは恐怖で身がちぢまる思いであった。男は身体を一層高く持ちあげ、そのしゃがれ声が刻々と高まっていった。と、ほかの小屋のひとつから音が聞こえてきた、女たちの甲高い声である。それから恐怖の悲鳴が聞こえた。ロクの傍の男は脇腹を下に身を落としたが、よろよろと身をたてなおすと、屋根の大枝を払いのけた、すると束になって枝が落ちてきた。男はよろめきながら進み、しゃがれ声が叫び声に高まり、誰かがそれに答えた。ほかの連中も洞のなかで躍起《やっき》になって大枝を叩きおとし大声をあげているのであった。茨の壁のそばでは見張りの男がとまどい歩いて、在らぬ物の影と戦っていた。ロクのそばの小屋の残骸から男がひとり立ちあがり、おぼろげに人の姿が眼に入ると、彼をめがけて大きな棒をふりおろしてきた。にわかに空地の闇はもみあい叫びあう人間たちでいっぱいになった。誰か火にかぶせてあった土を蹴りのけているものがいたので、うすら明かりがあらわれ、やがてそれが炎と燃えたって、人々のもみあっている土地とそれをとりまく木々の環を照らしだした。例の老人が立っていて、その白毛《しらが》が頭と顔のまわりに渦まいていた。フェイもいて、手ぶらで走っていた。彼女は老人を見て方向を変えた。ロクのそばにいた男が懸命に大きな棒をふりまわしたので、ロクはそれに武者《むしゃ》ぶりついた。それから組んずほぐれつ嚙みあい引っかきあう乱闘にまきこまれて転げまわった。ようやくそこから脱けでたが、吼える撲《なぐ》るの騒ぎは依然としてつづいていた。フェイが身を起こして茨の壁の上におどりこみ、それをとび越して姿を消すのが眼に入り、また白毛をふりみだし眼を光らせて気違いのようになった老人が尖端に瘤のついた棒を、もみあう群にふりおろすのが見えた。ロクが茨の壁を跳びこえたとき、見張りの男が懸命に茨をかきわけてくるのが眼に入った。ロクは四つん這いに跳びおり、駆けだして茂みに身をかくした。見張りの男が曲がった棒に小枝をつがえて駆け抜け、弓なりのぶなの大枝の下に身をかがめて跳びこみ森のなかに消えていくのが見えた。

　空地ではすでにあかあかと火が燃えていた。その火の傍に老人が立ち他の連中はようやく騒ぎを止めて集まってきた。老人が大声で叫び指でさし示すと、それに応じて男たちのひとりが茨の壁によろよろと近より、見張りの男のあとを追って走り去った。女たちは老人のまわりに集まっていたが、例のタナキルという子供もそのなかにまじっていて両手の甲を眼に当てていた。先の二人の男が走ってかえってきて、大声で老人に何か言うと、茨をかきわけて空地にもどってきた。女たちが木の枝を火に投げこんでいるのが眼に入ったが、それは先ほどまで洞が作られていた枝であった。あの肥った女もそこにいて手をふりしぼり、肩に赤ん坊をのせたまま泣き叫んでいた。チュアミが森を指さし、それから牡鹿の頭のおいてある地面を指して、老人に何やら懸命に説いていた。火の勢いが増し、葉のついた枝々がはじけるような音をたてて一斉に燃えあがったので、空地の木々は昼間のようにはっきりと眼に見えるのであった。人々はその火をかこんで群がり、火に背を向けて、外方の森の闇に顔を向けていた。そして急いで洞にゆくと枝々を抱えてもどってき、そして火は薪がくべられるたびに息づくように明かりを吐きだすのであった。それから人々は動物の皮を全部もちだしてきて、それで身体を包みはじめた。肥った女は泣くのをやめて赤ん坊に乳をのませていた。ロクが見ていると、女たちは赤ん坊をこわごわ撫でさすり、それに話しかけ、自分たちの首にかけた貝殻であやしているのであったが、その間じゅうも絶えず外側の、火の明かりを囲む暗い木々の環に眼を向けていた。チュアミと老人はたびたびうなずきあいながらまだ熱心に話しあっていた。この闇なら大丈夫だとロクは感じてはいたものの、光のうちにいるこの人間たちが頑として受けつけぬ力を持っているのが分かるのであった。彼は大声で、

「リクウ、どこにいる？」と呼んだ。

人間たちは動きを止め身をすくませた。ただ子供のタナキルだけが甲高い声で叫びだしたが、あのしわだらけの女がその腕をつかんで揺すぶって黙らせた。

「リクウを返してくれ！」

「栗頭」は焚火の明かりのなかで横に頭をかしげ、声の聞こえてくる方に耳を傾け、曲がった棒を持ちあげていた。

「フェイ、どこにいるんだ？」

棒が縮まったかと思うと急に真っすぐに伸びた。一瞬ののち何かが鳥の翼のように空《くう》をかすめ過ぎた。ぱしっと乾いた音がし、それから木が躍り鳴る音が聞こえた。女のひとりが先ほどロクが這いこんでいた洞小屋に駆けこみ枝をいっぱい抱えてきて火の上にかぶせた。人々は暗いシルエットとなり、それが見透かせぬ森をのぞきこんでいるのであった。

ロクは向きをかえ鼻を働かせた。あたりを嗅ぎまわり、フェイの臭いとフェイを追っていった二人の男の臭いを嗅ぎあてた。彼は鼻を地につけ、この臭いを追ってゆけばフェイ

のところに戻れるのだと小走りに進んでいった。もう一度フェイの言葉を聞きたい、この身体でフェイに触れたいというはげしい欲望を感じた。そして暁に先だつ闇のうちに足をはやめるのであったが、彼の鼻はひと足ごとに何が起こったかを残りなく告げてくれた。フェイの足跡が残っていて、逃げていったので歩幅が広がっており、足指でつかんで地面の土を小さな半月形に掘りおこしている。焚火の明かりから遠ざかってきても、木々の背後に暁が射しそめてきたから、あたりは今までよりもはっきりと見える。ふたたびリクウのことが思いうかんだ。彼はふりかえって、ぶなの木の裂けた幹に走りこみ、木々の枝を通して空地の方を眺めやった。先ほどフェイを追いかけた見張りの男が新しい人間たちの前で踊っている。蛇のように這いずって洞小屋の残骸のところまで行き、立ちあがる。それから狼のように身を躍らせて焚火に駆けもどる、その勢いにみんな身をあとずらせた。彼は指でさし示し、走ったり、うずくまったりしてみせ、両腕を鳥の翼のようにぱたつかせた。それから茨の茂みのそばで立ちどまり、茂みの上の宙に一つの線を描いて見せ、その線を上の方に、森の方に伸ばしていって、と行方《ゆくえ》が分からぬという身振りで終わった。チュアミが口早に老人に話しかけていた。彼は焚火のそばにひざまずき、地面を掃《はら》って棒で何か描きはじめた。リクウがいる徴《しるし》は何も見当たらない、そして肥った女は虚《うつ》ろになった丸木のひとつに腰をおろし肩に赤ん坊をのせていた。

ロクは地に身を伏せ、ふたたびフェイの臭跡を嗅ぎあて、それを追って走った。フェイの足跡は恐怖に充ちているのでそれに共感して彼自身の毛も逆立ってくるのだった。追手《おって》たちが先刻立ちどまったところにくると、その一人が横向きに立ったと見えて、指のない足が地面に深い印《しるし》をつけている。フェイはここで宙をとんだと見えて足跡と足跡のあいだに開きがある、それから彼女の血がしとどに滴り落ち、不揃いな曲線を描きながら森から戻ってきて、あの木の幹が立っていた沼地を目ざしていた。彼は彼女のあとを追って、先ほど追手たちが叩きまわった茨のもつれた茂みのなかに入りこんだ。茨が皮膚を引っかくのを気にせず、追手たちよりも奥深く進んでいった。と、自分の足と同様、彼女の足が泥のなかにひどくめりこんで、穴がぽっかり開き、そこに淀んだ水がたまっているのを見いだした。眼前には沼の面《おもて》が磨かれたようで恐ろしいほどである。水泡ももう水底からあがってこず、はげしく叩かれて水の表面に渦を巻いた茶色の泥もいまは何事もなかったかのようにまた底に沈んでしまっていた。浮き泡や雑草や群がった蛙の卵さえも元のままに漂い去って、汚ならしい木々の大枝のもと、淀み腐れた水のなかに静まりかえっていた。足跡と血はここまで来ていた。フェイと彼女の恐怖の臭いがした。そしてその後には――何もなかった。

一〇

くすんだ光が増して銀色に変わり、沼の黒い水が輝きはじめた。葦と茨の島々のあいだで一羽の鳥が鳴き声をたてた。はるか遠くで牡鹿が一匹だけひと声吼え、しばらくしてまた吼えたてた。ロクの踵のまわりの泥が緊《し》まってきたので彼は両腕をひろげて身体の均衡をとらねばならなかった。彼の頭のうちには一種の驚愕がある、そしてその驚愕の下に何か鈍い重たい飢えがあって、それは奇妙に心まで包んでいるのであった。我にもあらず彼の鼻は食物を求めて空気を調べ、彼の眼は泥と茨のもつれのなかに、あちこちに向けられるのであった。ぐいと身がかしぎ、彼は足指を曲げて足を泥から引き抜き、よろめきながら固い地面の方に歩いていった。大気はあたたかだったが、頭を打たれたあとで耳のなかでする音のように、ごく小さい飛びから物音が淡く歌っていた。ロクは身をゆすってみたが、その高く淡い音は消えず、おもくるしい感じが心を圧《おさ》えるのであった。

林のとっつきに、いま地面に緑の芽を出したばかりの球根がいくつかあった。それを足で掘りだして、手まで持ちあげ口に入れた。「内側のロク」はそれを歯で噛みくだき、咽喉がふくらみ呑みくだすのであったが、「外側のロク」はあまり食べたがらぬようであった。咽喉がかわいているのだなと思いあたって沼に駆けもどってみたが泥は様子を一変していた。フェイの臭いを追ってきたときとうって変わって今は脅すようであった。足がすくんで入れなかった。

ロクは身をかがめた。膝を地に触れ、両手をおろしてゆっくりと身体を支えてから、力いっぱい地に身体を押しつけた。枯れた小枝や葉に身を打ちつけてのたうちまわり、頭をもちあげてまわした。ひんまがって開いた口の上で眼が、驚愕した眼が、左右を見まわした。悲しみ悼《いた》む声が口からほとばしりでた、——長い、鋭い、苦痛の声、男の声であった。飛びかう物の高い響きが続き、山の麓で滝がうなった。はるか遠くで、例の牡鹿がまた吼えたてた。

空が桃色に染まり木々の頂きに新たな緑が見えはじめた。つい先頃まではほんの生命の先端にすぎなかった木の芽がもう手の指の形にひろがっていてその群がりが光を阻むほど厚くなっているので、ただ比較的大きな枝々が眼にうつるだけである。大地自体、まるで精一杯樹液を幹に吸いあげているもののように、身をふるわせているかに思われた。自分の嘆き悼む声が消えてゆくにつれて、おもむろにこの振動に心を向けると、ロクの気持は隅々まで和《なご》んでくるのであった。彼は腹這いになり、球根を指で取りあげて嚙み、咽喉がふくらんで呑みこんだ。また咽喉のかわきが思いだされて、うずくまったまま水ぎわの固い地面を捜した。彼は傾斜した枝から身を乗りだし、片方の手でつかまって縞瑪瑙《しまめのう》色の水面に口をつけて水を吸いこんだ。

森に足音がした。固い地面に這いもどって、見ると、新しい人間たちが二人、曲がった棒を手に持って木立のなかを駆け去っていった。空地に残っている人間たちがたてる物音が聞こえてきた。丸木が重なりあって移動する音、木々を切る音などである。彼はリクウを思いだし、空地の方に駆けもどり、人間たちのやっていることが茂みごしにのぞけるところまで来た。

「エイ・ホー！　エイ・ホー！　エイ・ホー！」

急に、虚《うつ》ろの丸木が岸にのぼり空地まで来て止まるという絵が心に浮かんだ。彼は這って進み、うずくまった。川には丸木はひとつもなくなっているから、川からあがってくるのもなくなっていた。この丸木たちがまた川に移動してもどってゆく別の絵が心に浮かんだ。そしてこの絵は最初の絵や空地から聞こえてくる物音と何かしらはっきりと結びついていたので、何故ひとつが他のものから出てきたのか、彼にも理解されたのであった。頭脳に何やら激変が起こった感じで、彼は誇らしく思うとともに悲しくもなり、マルになった気がした。彼は新たな芽をつらねている茨の茂みにむかってそっと言葉をかけた。

「いまはおれはマルだ」

急に自分の頭が新しくなったように思われた、まるで頭のなかに一束の絵があって思いどおりに分類できるといった具合である。くっきりとした灰色ひと色の絵である。自分をリクウと赤ん坊に結びつけるただ一本の命の紐、そういう絵が見える。できたらこの自分を殺しかねないのに、その新しい人間たちにたいして「外側のロク」も「内側のロク」も脅えながらも愛にあこがれている、そういう絵も見える。

　だからこそリクウは柔らかなあこがれの眼差でタナキルを見上げていたのではないか、――それだからこそヘイは恐ろしさにおののきながらもやむにやまれぬといった気持で出かけてゆき、あの突如とした死に出会ったのではあるまいか。さまざまな思いの潮《うしお》が身うちに渦まき、ロクは茂みの枝をつかみ声をかぎりに呼ばわった。

「リクウ！　リクウ！」

　木を切る音も止みその代りに何かを切るような長びく音がした。彼の眼前でチュアミの頭と両肩が横にとびのくと、一本の木がそっくりどうとばかりに打ち倒れて、その枝々が折れ曲がり緑のかたまりに砕け去った。こうして眼をさえぎる大木の緑が払いのけられたので、茨の茂みが折りとられたあとの空地がふたたび眼に入ったが、いまそこを虚ろの丸木の群が動いてきていた。人間たちは丸木を持ちあげ、少しずつ前に進めていた。チュアミが大声で叫び「茂み」がいそいで曲がった棒を肩からおろそうとしていた。ロクは走りだし、丸木の目ざす道筋の末端の、人々が小さく見えるところまで逃げのびた。

　丸木の群は川に帰っていくのではなくて山の方に向かって進んでくる。彼はここから別の絵が出てくるような気がして、やってみたがそれは見えなかった。そして彼の頭はふたたびロクの頭にもどりからっぽになった。

チュアミは木を叩いて切っていたが、幹そのものを切っているのではなく枝が突きでている細い端のところを切っているのであって、それは響きの違いでわかった。老人の声もまた聞こえてきた。

「エイ・ホー！　エイ・ホー！　エイ・ホー！」

丸木はその道筋に沿って徐々に前進してきた。ひとつが他のいくつかの丸木の上に乗っていくのだが、このローラーがやわらかな地面に食いこんでしまうので、人間たちは精魂をこめ困惑して、息をきらし、叫んでいるのであった。例の老人は自分で丸木に手をだしてはいなかったが、誰よりもはげしく働いていた。走りまわり、命令し、戒め、みんなの働きに身振りをあわせ、一緒に喘いでいて、彼の甲高い鳥のような声はそのあいだじゅう震えひびいていた。女たちとタナキルは虚ろの丸木の両側に列をつくって力を貸し、あの肥った女も丸木の後尾を持ちあげているのであった。丸木のなかにはたったひとり人間がいた。それは赤ん坊で虚ろの底に立ち、縁《ふち》に手をかけて、このがやがや騒ぎに眼をこらしていた。

チュアミが、先ほどの木の幹から枝を削《そ》ぎ落とした胴体をひきずって戻ってきた。そしてそれを平らな地面におろすと虚ろの丸木の方に転がしはじめた。女たちが持ちあがった舳先《へさき》のまわりに集まり、そこを揚げて前に進めると、木の幹がその下に転げこんで丸木はやわらかな地面の上をやすやすと転がっていくようになった。舳先が下にかしぐと「茂み」やチュアミがローラーの小さいのを抱えてうしろから駆けつける、だから丸木が地面にのめりこんでしまうことはなかった。不断の動きがあり、あの岩の裂け目のまわりにとびかう蜂のような渦巻きがあった——死にものぐるいの秩序である。丸木はロクの方に近づいてき、そのなかの赤ん坊は身体をゆらゆらさせたり上下に跳ねたりさせながら、時折舟底に姿を隠すことはあったが、たいがい近くにいる人々や、懸命に働いている人々に眼をこらしているのであった。リクウはというと、彼女はどこにも見えなかった。しかし一瞬マルの思考がひらめいて、ロクは丸木がまだ別にあること、木の束がたくさんあることを思い浮かべた。

ちょうど赤ん坊が見ているだけで何もしていないように、ロクも潮がやってくるのを眺めている男が飛沫《しぶき》が足を洗うまで動くことに思いいたらぬと同様、人間たちが近づいてくるのにただ気をとられているだけであった。彼らがごく近くにやってき、ローラーの進みに草が平たく押しつぶされるのが見えるようになって、はじめて彼はこの人間たちの危険さに思いいたり森に駆けこんだ。彼らの姿の見えなくなったところで彼は立ちどまったが連中の声はまだ聞こえてきた。女たちは丸木を押し進める努力に大声をあげており老人の声はしゃがれてきていた。ロクは身うちに数知れぬ感じを覚えて困惑した。この新しい人間たちは恐ろしいけれどもまた気の毒でもあって病気の女に覚えるような気持がするのである。彼は木々の下をあちこち歩きまわって、見当たりしだい食べ物を摘みはじめたが、見つからなくてもべつに気にはしなかった。絵が彼の頭からまた脱けだしていって彼はただ巨大な感情の井戸となり、それは探りもできなかったが否定することもできぬのであった。はじめは腹がへったと思って見つかったものは何でも口につめこんだ。と、急に気がついてみると、口につめこんでいるのは若枝で、すべっこい皮の下はただ酸《す》っぱいだけで何にもならない。いままでやたらに詰めこみ飲みこんでいたのだが、やがて四つん這いになり枝をすっかりまた吐きだした。

人間たちの物音がやや低くなって、老人が命令し怒鳴って高まる声が聞こえるのみとなった。ここのあたりで森が沼地にかわっていて、あちこちに茂みがあり柳と水が散在してその上に空が開けているのだが、あの人間たちの通った形跡はない。野鳩たちはただ番《つが》いたい一念で語りあっていた。なにひとつ変わっていはしない、赤毛の子供がその上でブランコをして笑い声をたてたあの大枝までそのままである。一切のものが暖かい無風のうちに富み栄えている。ロクは起きあがって沼地のへりをゆっくりとフェイが姿を消した池に向かった。マルとなることは誇らかなことであったが、また心重いことでもあった。新しい頭脳は、海の波のように何かが去り片づけられてしまっていることを悟っていた。それは、茨を胸に抱きしめるように、苦痛ではあるがこの不幸を抱きとめねばならぬと悟っていたし、一切の変化の源であるあの新しい人間たちを理解することを求めてもいた。

ロクは「ようだ」ということを発見した。「似ている」、「ようだ」ということはいままでもずっと使ってはいたのだが、それと気がつかなかったのである。木にはえる菌は耳である、言葉は同じだが頭の側面にある敏感なものには当てはまらぬ差異を状況に応じて身につけるのだ。いま理解力が急に痙攣《けいれん》をおこして、ロクが気がついてみると、棒や肉を切るのに石をつかったのと同様、確実な道具として「ようだ」ということを使っているのだった。「ようだ」を使えば白い顔をした追手たちを片手でつかむことができ、でたらめな無関連な侵入者としてでなく、考えられる世界に彼らを投げいれることができるのだ。

彼は曲がった棒を悪意をもって巧みに操る追手たちが出かけてゆく姿を絵に思い浮かべていた。

「あの人間たちは木の洞《うろ》のなかの飢えた狼のようだ」

彼は肥った女が老人から赤ん坊を守ったことを考え、彼女の笑い声を考え、たったひとつの荷物にかかりきりに働き、お互いに歯をむきだしている男たちのことを考えた。

「あの人間たちは岩の割れ目から滴り落ちてくる蜜のようだ」

彼はタナキルの遊んでいる姿を、彼女の器用な指やその笑い声や彼女が持っていた棒のことを考えた。

「あの人間たちは丸い石にある蜜のようだ、死んだものや火の臭いのする新しい蜜のようだ」

彼らはてのひらをかえすほど無造作に峡《かい》から自分の仲間を一掃してしまったのだ。

「あの連中は川と滝のようだ。滝の人間たちだ。どんなものもあの連中に対抗できない」

彼は彼らの辛抱づよさを思い、肩幅のひろいあのチュアミが色のついた土から牡鹿を作りだしたことを思った。

「あいつらはオアのようだ」

彼の頭のなかに混乱がおしよせ、闇が起こった。そして彼はふたたびロクにもどって、沼地のふちをあてどもなく彷《さまよ》い、食べ物ではみたすことのできぬ飢えにまた捕われるのであった。あの人間たちが丸木を転がしてきた道筋をたどって第二の丸木のある空地に走ってゆくのが聞こえた。彼らはしゃべってはいなかったが、足音やざわめきでそれと分かるのである。まともに見る前に姿を消してしまう冬の陽光のかがやきのような絵が心に浮かんだ。と、彼は立ちどまり、頭がもちあがり鼻の孔がひろがった。それから耳が生活のつとめに従うようになった、つまりあの人間たちのことなどは無視して、なめらかな胸で勢いよく水を掻きわけてくる鷭《ばん》に集中しだしたのである。鷭の群は広い角度をなしてこちらに向かってきたが、彼の姿が眼にはいると立ち切られたように急にいっせいに右に向きをかえた。そのあとに一匹の水生ねずみがつづき、これは鼻をもちあげ、みずからたてる波のなかで身を躍らせていた。この沼地に点在する茨の茂みのあいだから、水が打ちつけるざぶんという音が聞こえた。ロクはいったん駆け去ったがまた戻ってきた。そして泥のなかにうずくまって視界をさえぎる茨をかきわけはじめた。水が打ちつける音はもうやんでいてそこから出てきたさざなみが茂みを洗い、彼の足跡の穴に跳ねこんでいた。彼はあたりを嗅ぎ求め、茂みをかきわけて通りぬけた。それから水のなかに三歩進み腰をまげて泥のなかにかがみこんだ。水が打ちつける音がまた始まり、ロクは、笑い声をたて語りかけながら、酔いどれのような足どりでその方に進んでいった。股《もも》のまわりに冷たいものが触れ、見えない泥が足にまとわり吸いついて「外側のロク」の毛は逆立った。心の重くるしさ、心の渇《かつ》えが浮かびあがり、身うちをみたす雲のようなものとなって、その雲を太陽が火でみたしてゆくような気持であった。重苦しさはもうなくなって軽やかな思いに変わり、それにともなって彼はあの「蜜の人々」のようにしゃべったり笑ったりしはじめ、笑いながら眼をしばたたいて涙を落とした。すでに二人はひとつの絵を共有していたのである。

「ほら！　迎えにきたぞ！」

「ロク！　ロク！」

フェイは両腕をさしあげ、拳を握りしめ、歯をくいしばりながら、前かがみになって水をかきのけてきた。股まで水につかったまま二人はひしと抱きあい、岸によろめいて行った。びしゃびしゃ音をたてる泥のなかから足がまた見えるようになるのを待たずロクは笑いだし話しださずにはいられなかった。

「ひとりぼっちはつらいよ。ひとりぼっちはとてもつらいよ」

フェイは彼につかまり、びっこをひいていた。

「あたしちょっと怪我《けが》をしている。あの男が棒の先についた石でやったのだ」

ロクは彼女の股の前の方に手をあててみた。傷からはもう血は出てはいなかったが黒ずんだ血が舌のようにへばりついていた。

「ひとりぼっちはつらいよ——」

「あの男に射《う》たれて、あたし水にとびこんだの」

「水は恐ろしい」

「水の方があの新しい人間たちよりましだ」

フェイは傷ついた脚をまっすぐ前に突きだした。

「あたし、卵や葦や蛙のジェリー（卵のこと）を食べた」

気がついてみると、ロクの手は伸びて彼女を抱いたままである。彼女は彼を見て不気味《ぶきみ》な微笑《ほほえみ》をうかべた。と、彼はばらばらの絵が瞬間的につながってはっきりした意味になったときのことを思いだした。

「いまはおれがマルだ。マルになるのはつらいことだ」

「女なのもつらいことだ」

「新しい人間たちは狼や蜜のようだ、腐った蜜や川のようだ」

「あの人間たちは森を焼く火のようだ」

突然にわかにロクの頭の奥底の、そんなものがあるとも思えなかったところから、ひとつの絵がおどりだしてきた。一瞬その絵が身体の外にとびだし世界が一変したような感じだった。彼自身はいままでと変わりのない大きさであるのに他のものがすべて突然大きくなってしまったのである。木々は山のようになった。彼は地面に立ってはおらず何かの上にのっていて両手両足で赤茶色の毛にかじりついていた。前の方に頭があって、その顔は見えないけれどもマルの顔にちがいなく、大きくなったフェイも彼の前を疾走していた。頭上の木々が炎を吹きだしていてその息吹《いぶ》きが打ちつけてきた。猶予のできぬ場合であり、先刻感じたような皮膚がちぢみあがるような思いがした——恐怖の思いである。

「火が走りだして森を食べてしまったときのようだ」

人間たちと丸木の音ははるか遠くに聞こえていた。丸木の通った道筋を追って空地に走って帰ってゆく足音がした。それから鳥のような声がちょっとしたが、やがて黙ってしまった。道筋を音をたてて戻っていった足音も消えていった。フェイとロクはその道筋の方へ進んでいった。二人は口にこそ出さなかったが、用心ぶかくぐるぐるまわりながら近づいてゆき、それはつまりはあの人間たちを無視できぬことを黙認することにほかならなかった。あの人間たちは火のように恐ろしいかもしれぬが、また蜜のように肉のように魅《ひ》きつけるのである。道筋はあの人間たちが手をつけたものの例にもれず一変していた。土はえぐられ散らばっていて、道はローラーで圧《お》されてひらたくなり、ロクとフェイともう一人がならんで歩けるほど幅がひろくなっていた。

「あいつらは虚ろになっている丸木を転《ころ》がる木の上にのせて押していったのだ。赤ん坊がひとつの丸木のなかにいた。だからリクウはべつの丸木のなかにいるだろう」

フェイは相手の顔を悲しそうに見やった。そして平らな地面になめくじが這ったようについている跡を指さした。

「あいつらは虚ろの丸木のようにあたしたちの上を過ぎていった。あいつらは冬のようだ」

あの何ともいえぬ感じがロクの身にもどってきた。がフェイが眼の前に立っているのだから、それは辛いといえ堪えることのできるものであった。

「いまではフェイとロクと赤ん坊とリクウがいるだけだ」

しばらくのあいだフェイは黙ったまま彼を見つめていた。それから手をさしのばしてき、その手を彼は握った。彼女は何かしゃべるように口を開いたが何の音も出てこなかった。彼女は全身をこきざみにふるわせていたが、やがてがたがた震えだした。雪の朝にいごこちのよい洞から出てきたときのように、やがて彼女は身の震えをとめて落ちついた。そして手をはなして言った。

「行こう！」

火はまだ灰の大きな環のなかでくすぶっていた。支柱は立ってはいたものの小屋は壊されていた。空地の地面はというと、これは牛馬の一群が踏みつけでもしたように引っかきまわされていた。ロクは空地の縁ににじりよりフェイはそのあとにしたがった。彼は環を描いて歩きはじめた。空地の中心にいろいろの絵と贈り物があるのである。

それが眼につくとフェイはロクのうしろから空地の内部に進み、二人は新しい人間たちが帰ってきはせぬかと耳をぴんとたてながら、らせん形を描いて近づいていった。絵は火に乱されており、例の牡鹿の頭が依然として謎のような眼差でロクを見すえていた。新しい牡鹿がもう一匹いて、これは春の色をして太っていたが、その上に何かおいかぶさっているものがある。赤い色をして巨大な手足をのばし、両の眼は白い小石で、その顔がロクをにらみつけているのだ。頭のまわりに毛がさかだっていて、まるで何か気違いじみた兇暴なことを行なっている最中のように見える。この怪物をつき通して杭《くい》が一本深く打ちこまれて牡鹿を鋲止《びょうど》めにしてあり、その先端は裂けて毛皮でおおわれていた。二人は畏怖のあまりたじろいだ。まだこんなものは見たことがなかったからである。しばらくしてから二人はおずおずと贈り物の方にまた近づいていった。

牡鹿の臀《しり》がそっくり、まだなまなましいが血はもうあんまり出ていないのが、杭の頂きから垂れさがっており、にらんでいる眼のそばには蜜の飲みものの入ったくぼんだ石が立っていた。そこから蜜の香が火からのぼる煙や炎のようにたちのぼっている。フェイが手をのばし肉にさわってみると、ぶらりと揺れたのであわてて手をひっこめた。ロクは怪物のまわりをまたひとまわりし、怪物の伸びた手足に足が触れぬように気をつけながらそっと手をさしだした。一瞬ののち二人は贈り物に手をかけ、その筋肉をひきちぎり生《なま》の肉を口につめこんでいた。そして食べ物で身うちがいっぱいにふくれ白々《しらしら》と光る骨が革の紐で杭から垂れさがるまで口を動かすのをやめなかった。

とどのつまりロクは身を起こして両手を股《もも》で拭った。依然として無言のまま二人は向きあって鍋のそばにうずくまった。遠くの、張り出した高地につづく斜面で老人が叫ぶ声が聞こえてきた。

「エイ・ホー！　エイ・ホー！　エイ・ホー！」

くぼんだ鍋の口からたちのぼる湯気《ゆげ》は濃かった。蝿が一匹鍋のふちにじっと止まっていたが、ロクの息が近づくと、羽をすりあわせて一瞬とびたち、また止まった。

フェイはロクの手首を手で押えた。

「さわってはいけない」

が、ロクの口は鍋の間近にきており、鼻孔はひろがり、息づかいがせわしくなっていた。

彼は甲高いかすれ声で言った。

「蜜だ」

突然彼はひょいと頭をさげ、鍋のなかに口をつっこんで吸った。と、腐った蜜で口と舌が焦げ、彼は後ろにひっくりかえった、フェイのほうは鍋から逃げだして灰の環のところまでとびのいた。そしてこわごわ彼を見やると、その彼は唾を吐き、湯気をたてて自分を待っている鍋にまたそっと近よってゆくのであった。彼は用心ぶかく身をかがめてすすった。そして唇を鳴らしまた吸った。それから腰をおろし彼女の顔をのぞきこんで笑った。

「飲んでごらん」

信じきれぬ気はしたが彼女は鍋の口にかがみこんで、その甘いがぴりっとした味の飲みものに舌をつけてみた。と、ロクが何やら言いながら急に前に膝をつくと彼女をおしのけた、彼女のほうはびっくりしてしゃがみこみ唇をなめて唾を吐いた。ロクは鍋に顔をつっこんで三回吸いこんだ。しかし三度目に吸ったときには蜜の表面が唇のとどかぬ下に退《ひ》いてしまったので彼は空気を吸いこんで噎《む》せかえった。彼は地に転げまわって息を継ごうとした。フェイはまた蜜を飲もうとしたが舌がそこにとどかず、はげしい言葉で男を罵った。彼女はしばらく黙って立っていたが、やがて鍋をとりあげて新しい人間がやるようにそれを口にあてがった。彼女が大きな石を顔にあてているのを見るとロクは笑わずにはいられず、おまえのやっていることは滑稽だと言ってきかせようとしたが、とたんに蜜のことを思いだしてとびあがり、女の顔から石をもぎとろうとした。ところがぴったりくっついているのでその鍋を彼がひきずりおとすと女の顔もいっしょについてくるのであった。引っぱりあい罵りあいがはじまった。ロクは自分の声が、高く大きく荒々しく出てくるのを耳にした。この新しい声を確かめようと彼は手を放し、フェイは鍋を持ったままわきによろめいた。木々が横に上に静かに穏やかに揺れているのがロクの眼に入った。万事それでうまくいくというすばらしい絵が思い浮かんだのでフェイに話してきかせようとしたが、フェイは耳を傾けようともしなかった。するとひとつの絵が思い浮かんだという絵だけしか残らなくなったので彼は憤怒に駆られた。彼は自分の声で絵に追いすがろうとし、その声が「内側のロク」からちぎれちぎれに、笑い声をたて鴫のような鳴き声をたてて聞こえてくるのであった。そして当の絵自体は視界から消えてしまったけれどもその絵の端緒となったひとつの言葉は消えずに残っていた。彼はその言葉にしがみついた。そして笑うのをやめ、まだ石を顔にあてているフェイに重々しく話しかけた。

「丸木!」と彼は言った。「丸木だ!」

それから蜜を思いだして憤然として石を彼女からひきはなした。彼女の赤い顔が鍋から出てくると彼女はすぐ笑ったり話したりしはじめた。ロクは新しい人間たちの真似をして鍋を傾けたが蜜は彼の胸を流れ落ちてしまった。彼は身体をひねって鍋の下に顔がゆくようにし、蜜の滴《しずく》をなんとか口に落とすことができた。フェイは甲高い笑い声をたてていた。

彼女は寝そべり、転がり、あおむけになって宙に脚を蹴あげた。この動作の勧誘にロクも蜜の火も不器用ながら応えて真似をした。と、二人とも鍋のことを思いだして、また引っぱりあい罵りあいをはじめるのであった。フェイはほんの少し飲むことができたが、蜜は気むずかしくなってそれ以上出てこようとはしなかった。ロクが鍋をひったくり、ひねくりまわし、拳でたたいて、大声をあげたが、もはや蜜はなくなっていた。怒りにまかせて地面にほうり投げると鍋はふたつに割れてしまった。ロクとフェイはその破片にとびつき、うずくまって、めいめい一片を嘗め、ひっくりかえして蜜がどこかにありはしないかと探した。ロクの頭の内部で、空地に滝が吼えていた。彼が跳んで立ちあがってみると地面が丸木と同様ぐらぐらしていた。一本の木が傍を通りすぎようとしたので彼は止まらせるためにそれを叩いてやった。それからあおむけに寝そべったが、上で空がぐるぐるまわっていた（鍋に入っていた蜜というのは酒であってロクは酔っぱらったのである）。彼は寝がえりをうち、赤ん坊のようにふらふらしながら臀《しり》から起きあがった。フェイは羽を焦がした蛾のように火灰の環のまわりを這いまわっていた。そしてハイエナについて独り言をいっていた。突然ロクは身うちに新しい人間たちの力を見いだした。自分は彼らのひとりであり、自分ができぬものは何ひとつないのだ。空地には大枝や焼かれぬ丸木がたくさんあった。ロクは横にある丸木のひとつに駆けよって動けと命じた。彼は叫んだ。

「エイ・ホー！　エイ・ホー！　エイ・ホー！」

丸木は木々と同じようにすべって動きはするけれども思ったようにはやくは進まない。彼は叫びつづけたが丸木の動きははやくはならなかった。彼は枝を一本つかんでタナキルがリクウを叩いたようにくりかえしくりかえし丸木を叩いた。この丸木の両側に人間たちがいて、口を開き、緊張して働いている絵が思い浮かんだ。彼は老人のように彼らにどなりつけた。

フェイが腹ばいになってそばを過ぎていった。彼女は丸木や木々のようにわざわざゆっくりと動いてゆくのだった。ロクは大声をあげながらその臀に棒をふりおろし、その枝の先が裂けて飛び林のあいだに転げこんだ。フェイは悲鳴をあげふらふらと立ちあがった、そこをロクはまたひっぱたこうとしたが今度は見当がくるった。彼女はくるりと向きなおり、二人は顔をつきあわせることになったが、そうして二人が大声をだしていると木々はよろけてゆくのである。ロクの眼に、彼女の右の乳房が動き、腕がさっとあがり、てのひらが開いて宙にさしあげられるのが見えた。なにか肝心なもので、即刻にも自分が気をくばってやらねばならぬものになる、そんな気のするてのひらである。と、世界をめくるめかせるような稲妻で頬を打たれ、地面がすっくとたちあがって彼の右の脇腹に電撃のような一撃を加えた。彼はこの垂直の地面にもたれかかったが、頬が開いたり閉じたりしてそこから炎が奔りでてくるのだった。フェイは身を伏せ、あとずさりして近くにやってきた。そして彼をもちあげてくれたのか押えこんでくれたのか、ともかく彼の足もとにはまた固い地面があるようになり、そして彼は彼女にしがみついていた。二人は顔を見あわせて泣いたり笑ったりし、空地で滝は吼え、枯木のくしゃくしゃになった頂きが空に伸びあがっていたが、おかしなことには上に伸びるに従って小さくなるのではなく大きくなってゆくのであった。ロクはべつに直接《じか》にではないが何か怖《こわ》いという感じがし、彼女にぴたりとくっついているほうがいいと思った。彼は頭のなかの妙な眠たい感じをおしのけて、彼女をじっと見つめ、穴のあくほど見すえたが、その顔はくしゃくしゃの頂きの木のように後退してゆくのだった。木々はやはりよろけていたが、そうするのがいつもその本性であるかのように絶えず着実によろけているといった案配であった。

彼は霧のなかを彼女に呼びかけた。

「おれは新しい人間たちのひとりだ」

そう言うと跳びあがらずにはいられなかった。それから新しい人間たちはこうやると考えてゆっくりと身体をゆする身ごなしで空地内を歩きはじめた。フェイに指を切り落としてもらわねばならぬという絵が思い浮かんだ。彼女を見つけてそう話そうと思い彼は空地をどさりどさりと歩きまわった。彼女は川のふちに近い木の背後に見つかったが気持がわるいようであった。そして水のなかで見たおばあさんのことを話してきかせても彼女は耳をかさなかったので、彼は割れた鍋のところにもどって腐った蜜のあとをなめとった。地面に描かれた形が老人になり、それに向かってロクは新しい人間の仲間がひとりふえたと語ってきかせた。そのうちへとへとに疲れてしまい地面が気持のよい寝場所に思われてき、頭のなかで絵がぐるぐるまわりはじめた。彼は老人にむかって、ロクが高台の張り出しにもどらねばならぬことを説明しはじめたが、それでぐらぐらする彼の頭にも張り出しなどはもうないのだということが思いだされたのだった。彼は大声をあげて手放しに嘆きはじめたが嘆き悲しむということは気持がよくてたまらない感じであった。木々を見ると、みんなよろめいて分かれ分かれになってしまい、よほどの努力をしなければ元のように一緒にまとまりそうもなかったが、そんな努力をする気にもなれなかった。と、突然、日光と滝のどよみごしに聞こえる野鳩の声のほか、何もなくなった。彼は眼をあけたまま、あおむけに寝そべって、重なった木の枝々が空をバックにつくっている奇妙な模様を眺めていた。彼の眼はおのずと閉じ、彼は眠りの崖を落ちるように落ちこんでいった。

二

フェイが彼をゆすぶっていた。

「あいつらは出ていこうとしている」

フェイの手でない手が彼の頭のまわりに締めつけられていて、熱い痛みがした。彼は呻き声をたて頭をひねってその手から脱けだそうとしたが、手はつかんだまま締めつけをやめず、しまいに痛みが頭のなかに入りこんだ。

「新しい人間たちは出ていこうとしている。虚《うつ》ろの丸木を坂から高台に運んでいる」

ロクは眼を開けたとたん苦痛で大声をだした、まともに太陽の光に射すくめられた感じである。両眼から水が流れ出、目蓋の間できらめいた。フェイがまた彼をゆすった。彼は手と足で地面を探り身体を少しもちあげた。お腹《なか》が縮んで急に彼は吐き気を感じた。彼の腹は独立の生を持ち、かたい節《ふし》にもりあがり、この悪性の、蜜の臭いのするものとつきあうのはご免とばかり、吐きだすのであった。フェイが彼の肩を押えていた。

「あたしのお腹も気持がわるかった」

彼はまた寝がえりをうち、両眼を閉じたままやっとの思いで膝をたてた。日の光が片方の頬にあたってひりひりした。

「あいつらは出ていこうとしている。あたしたちは赤ん坊をとりかえさなければならない」

ロクは大事をとりながら眼をあけ、世界に何が起こったのか、ぴったりくっついた目蓋をおしあけて用心ぶかくのぞいてみた。明るさがましている。地面も木々もただ色彩だけでつくられ、それが揺れうごいている。彼はまた眼を閉じた。

「おれは病気だ」

しばらくのあいだ彼女は口をきかなかった。気がついてみると彼の頭をつかんでいる手は頭のなかに入りこみ、ぎゅっと締めつけているので、頭のなかで血が脈うつのが感じられるのであった。彼は眼をあけ、まばたきをした、世界が多少落ちついてきたようである。燃えるような色彩はまだあったが、もう揺れてはいない。眼の前の地面は豊かな茶と赤であり、木々は銀色と緑であり、枝々は緑の火の芽のほとばしりでおおわれていた。彼はうずくまり、まばたきをし、顔がひりひりするのを感じていたが、フェイはなおも話しつづけていた。

「あたしは気持がわるくなっていた、おまえは目を覚まそうとしなかった。あたしは新しい人間たちを見にいった。虚ろの丸木たちは坂をすっかりのぼっていた。新しい人間たちは怖《こわ》がっている。あいつらは怖がっている人間のような身体の動かしかたをする。みんな息をきらし汗を流して森をふりかえって見ている。だけど森には怖いものは何もないのだ。あいつらは何にもない空気をこわがっている。いまあたしたちは赤ん坊をとりかえさなければならない」

ロクは両側の地面に手をついた。空は輝き世界は色彩に燃えたっているが、依然として自分の知っている世界であった。

「あたしたちはあいつらから赤ん坊をとりかえさなければならない」

フェイは立ちあがって空地のまわりを走った。そしてもどってくると彼を見おろした。彼は気をつけながら起きあがった。

「フェイが言っている『こうするのだ！』」

彼はさからわずに待った。すでに頭のなかからマルは去っていた。

「これが絵だ。ロクはあの人間たちに見つからないように崖の道をのぼってゆく。フェイはまわっていってあの人間たちの真上の山にのぼる。あいつらはついてやってくるだろう。あの男たちはついてやってくるだろう。それからロクが肥った女から赤ん坊をとって走る」

彼女は彼の腕をにぎり懇願するようにその顔をのぞきこんだ。

「また火をおこせるだろう。そしてあたしはまた子供たちを持てるだろう」

ひとつの絵がロクの頭に浮かんだ。

「そうしよう」彼は断乎としていった、「リクウが見つかったらリクウもつれてこよう」

フェイの顔には、これが初めてではないが、彼が理解しえぬものが浮かんでいた。

坂の麓のところで二人は別れたが、そこではまだ茂みが新しい人間たちからこちらの姿を隠してくれた。ロクは右へ進みフェイは森のへりを身軽に駆けてゆき、坂をめぐって大きな円を描こうとしていた。ロクがちょっとふりかえってみると、彼女は栗鼠のように赤く、木々のおおいの下をほとんど四つん這いになって走ってゆくのであった。彼は人間たちの声を求めて耳をすませながら崖をのぼりはじめた。そして川の真上の小道に出た。前方に滝が轟々《ごうごう》と落ちていて、いままでよりも水の量が多くなっている。足もとの滝壺からはもっと深々とした轟音がひびいてき、水煙が遠くの島の上にもひろがっていた。落ちる水の布は、ゆすぶられて乳色の糸かせに分かれ、クリーム状のものにほどけさって、下から跳ね立ちあがってそれを迎える飛沫《しぶき》や霧とほとんど見わけがつかなかった。島の彼方で大きな木々が春の葉叢をいっぱいまとったまま川岸にすべり落ちてくるのが見えた。木は飛沫のなかにいったん消え、やがてその向うにまた姿を現わすが、すでに打ち砕かれ、川の水のなかでのめり、巨大な手で下からひっぱられるようにぐいと水にひきこまれたりするのであった。しかし島のこちら側では落ちてくる木もなく、ただきらきら光る水とクリーム色の乳が豊かに不断に流れ落ちて轟音と白く漂う煙に化しているのみであった。

と、やかましい水音を通して新しい人間たちの声が聞こえてきた。彼らは右手にいるのだが、その姿は氷女がかかっていた岩のもりあがりに隠れて見えない。ロクは立ちどまって彼らが甲高い声で叫びあうのを聞いていた。

このあたりでは景色は見慣れてはいるし、岩々のまわりに仲間の歴史がまだまとわりついていたから、みじめな思いが新たな力でもどってきた。あの蜜はみじめな思いを殺し去ったのではなく、しばらくのあいだ眠りこませただけなのであって、いまそれが新たにされたのである。彼は空《むな》しさに呻き斜面の他の側にいるフェイに強い慕《した》わしさを覚えた。あの人間たちのなかにはどこかにリクウもいると思うと、どちらかに会いたい、二人に会いたいという思いに駆られた。彼は氷女がかかっていた岩の裂け目をのぼりだした、すると新しい人間たちのたてる音は一層大きくなってきた。やがて彼は崖の端《はな》に身を横たえ、ほんの手の幅ほどの地面や所々にある草や丈《たけ》の短い茂みを見おろしていた。

先ほどもそうであったが新しい人間たちのやっていることは今度も見物《みもの》であった。この連中は丸木で無意味なことをやり終えていた。岩のあいだに押しこまれている丸木もあれば、その上に載せられているのもある。斜面の土には傷あとがついていていてそれはまっすぐ高台に向かっているから、他の丸木がすでに張り出しに運ばれているとわかった。いま人間たちが押している丸木は岩に押しこまれた丸木のあいだの斜面をのぼっていた。厚いよじれた革の紐が何本か丸木から外に伸びていた。この虚ろの丸木の後ろに一本の丸木が斜めに打ちこまれており、まんなかへんで地面から突き出ている岩に支えられて均衡がとれている。そしてその近い方の端は、坂をいつでも転がってゆこうとしている丸石の重みでしなっていた。それがロクの眼に入ったとき、老人がよじれた革紐をひくと、丸い玉が解き放たれた。玉はくさびの丸木につきあたって、それを斜面をずり落とし、虚ろの丸木のほうは逆の方向に高台に向かってずりあがった。丸玉は役目をはたしてごろごろ転がって森に落ちていった。チュアミが虚ろの丸木のうしろに石をひとつ詰めおわると、一同は大声で叫んだ。丸木と高台のあいだにはもう丸玉はなくなっていたので、今度は人間たちが丸玉の役目をした。彼らは丸木に手をかけてかつぎあげた。老人は彼らのそばに立っていたがその右手から死んだ蛇が垂れさがっていた。彼は叫びはじめた――えい、ほう！　すると人々は顔がくしゃくしゃになるほど精魂こめるのであった。老人は蛇を宙にふりあげ、震えおののいている人々の背に打ちすえた。丸木は前方に進んでいった。

しばらくしてロクはべつの人間たちに気がついた。肥った女は丸木を押してはいなかった。彼女はわきのロクと虚ろの丸木のあいだに立って赤ん坊を抱いていた。先ほどフェイが新しい人間たちは怖がっていると言ったが、いまそれが眼で見てとれるのであった。というのは肥った女はしじゅうあたりに眼をやっているばかりでなく彼女の顔は空地にいたときより青ざめているからである。タナキルはそのすぐ傍に立っていて半ばその姿が隠れていた。眼がいま開いたかのようにロクには、人間たちがこうも夢中になって丸木をもちあげているのはこの怖ろしさのためにほかならぬと見てとれたのであった。瘦せはてたその身体から自分たちではどうにもできない力を喚びだしてくれやしないかと、人間たちは死んだ蛇のいいなりになっているのだった。チュアミのあれこれの働きにも老人のつんざくような声にも、ヒステリックなあわただしさがうかがわれた。まるで虎が恐ろしい歯をむきだしてあとを追ってくるかのように、川自体が氾濫して水が丘にあがってくるかのように、彼らは斜面を退却してゆくのであった。ところが川は川床におさまっているし、斜面にはこの新しい人間たちのほかには何ひとついないのである。

「あいつらは空気を怖がっている」

「松の木」が大声をだして足をすべらし、時を移さずチュアミが丸木のうしろに岩をあてがった。人々は「松の木」のまわりに集まって、がやがやしゃべりだし、老人は蛇の鞭をふるった。チュアミは山腹の方を指さしていた。彼がすばやく首をすくめる間もなく、石がひとつ虚ろの丸木に音たててぶつかった。がやがや声が悲鳴にかわった。チュアミは精一杯の力をこめて身体をそらせ、革の紐で丸木をひっぱって横に向きをかえた。そして彼は革紐を岩にゆわえつけ、人間たちは一列に展開して山に対した。フェイが見え、小さな赤いその姿が彼らの頭上の岩の上で踊っていた。彼女が腕をふりまわすのが見え、たちまち石がもうひとつ唸りをたてて人間の列のなかにとんできた。人々は持っている棒を曲げ、やにわにそれをまっすぐにした。見ると小枝が岩の上をとんでゆき、フェイのところにとどく前にためらいを示し、向きをかえてまた戻ってきた。また石がとんできて丸木のそばの岩にあたって砕け、肥った女はロクがいる崖の方へ走ってきた。彼女は立ちどまって後ろをふりむいたがタナキルは崖の端《はな》まで走りつづけてきて、ロクが眼に入ると金切り声をたてた。彼は立ちあがり、肥った女がまたこちらに顔を向ける前にタナキルをつかまえた。彼はその腕をつかんで性急に訊ねた。

「リクウはどこにいる！　聞かせてくれ、リクウはどこにいる？」

リクウの名前を聞くと、タナキルは深い水に落ちこんだかのように身をもがき悲鳴をあげはじめた。肥った女も金切り声をあげ、赤ん坊はその肩に這いあがっていた。老人は崖の端に沿って走ってきた。「栗頭」が丸木のところから駆けつけてきた。彼はロクをめがけてまっしぐらに走ってき、その歯をむきだしにしていた。悲鳴と歯がロクを脅えさせた。彼がタナキルを手放すと、彼女は後ろによろめいた。そしてちょうど「栗頭」がロクにとびかかろうとしたときにタナキルの足が彼の膝を蹴っとばした。彼はロクの傍の空《くう》をよぎって、かすかな唸り声をたてながら崖をこえて落ちていった。その落ちかたは崖の傾斜の微妙な曲線と符節をあわせたもので、腹をすれすれにして、崖の岩から手の幅ひとつ以上は離れないが、けっして岩に触れないで落ちてゆくのであった。彼は消えてゆきそのあとに悲鳴ひとつ残さなかった。老人はロクに棒をふりおろしてき、ロクはその先に尖った石がついているのを見て身をかわした。それから口をあんぐり開けている肥った女とあおむけに横になっているタナキルのあいだを駆け抜けていった。先ほどフェイに小枝を投げた男たちはすでにこちらにふりかえってロクを見つめていた。彼は斜面をすばやく走りすぎて丸木をつないである革紐に達した。それにつきあたって通りぬけ、革紐も切れたが、彼の向うずねの皮も大部分剝《そ》がれてしまった。丸木は後ろにずり落ちはじめた。人間たちはロクを眼で追うのをやめてその代りに丸木を見守りはじめたので彼は彼らが何を見ているのか走りながらもふりかえってみたほどであった。丸木は二本のローラーに乗って速度をはやめたが、それからあとはローラーなぞ必要ではなかった。そして傾斜が急になっているところで斜面から離れ空《くう》をとんでいった。後部の端《はし》が岩の尖った端にひっかかって丸木は縦に真二《まっぷた》つに割れた。その二つの破片はくるくるまわりながら落ちてゆき、森につきあたって砕けた。ロクは峡間にとびこみ人間たちの姿は見えなくなった。

フェイはこの峡間の上《かみ》の方で跳ねまわっていた、その彼女をめざして彼はできるかぎり足をはやめた。男たちは曲がった棒を持ち岩群《いわむら》をこえて近よってきたがそれよりもはやく彼はフェイのところに達した。二人が山の上の方へのぼってゆこうとしたとき男たちの足がとまった、老人が大声で制したからである。その言葉は分からなくてもロクは彼の身振りを理解することができた。男たちは岩を駆けおりていって姿を消した。

フェイも歯をむきだしていた。

彼女は腕をふりまわしながらロクに近づいてきたがその片手にはまだ尖った石が握られていた。

「どうしておまえは赤ん坊をとってこなかったのだ?」

ロクは弁解するように両手をつきだして、

「リクウのことを聞いたのだ。タナキルに聞いたのだ」

フェイの両腕がゆっくり下に落ちてきた。

「行こう!」

陽《ひ》は峡《かい》の方に沈んでゆき黄金と赤の渦をなしていた。フェイが先にたって二人が張り出しの上の崖に向かっているとき新しい人間たちが高台でいそがしく動きまわっているのが見えた。新しい人間たちは虚《うつ》ろの丸木を高台の、川の上流の方の端に移してしまっていて、先ほどロクとフェイが島に渡ったところに、いま木の幹がいっぱいたまって押しあいへしあいしているが、そこを人間たちは丸木で渡ろうとしているのであった。彼らは丸木を高台からずりおろし水に浮かべた、するとそのまわりには丸木が群がった。男たちはその幹の群をもちあげてそれを岩の向う側にかたよらせ滝におとしこもうとしていた。フェイは山腹で駆けまわっていた。

「あいつらは赤ん坊をつれてゆこうとしている」

太陽が峡に沈みかけフェイは嶮《けわ》しい岩を駆けおりはじめた。山々の上は赤く染まり氷女たちは火と燃えていた。突然ロクが大声で叫び、フェイは立ちどまって下の水面を見おろした。丸木の群に向かって一本の木が近づいてくる。小さな幹や裂けた破片などではなくて地平線をおおうどこかの森からのまるごと一本の大木である。それは峡のこちら側に流れてきたが、芽ぶいている小枝大枝の群体《コロニィ》であり、巨大な幹はなかば隠れ、水の上にひろがった大小の根は土をたっぷり抱えていて世界じゅうの人間がつかう炉をつくるのに十分なほどであった。この大木が眼につくと老人は叫び声をあげて踊りはじめた。虚《うつ》ろの丸木のなかに束ねたものをおろしていた女たちは眼をあげ男たちは丸木の群をかきわけてやっと逃げかえってきた。大木の根は丸木の群につきあたって、砕けた丸木の宙にはねあがるのもあれば、ゆっくりと直立するのもあった。それらが根にからみついた。大木は動きを止め、横に向きをかえて高台の先の崖に沿って横たわった。虚《うつ》ろの丸木と開けた水路のあいだにはいま丸木の群がもつれあって巨大な茨の垣のようである。そのもつれからまりあいは越えることのできない障壁となってしまっていた。

老人が叫ぶのをやめた。彼は束ねた包みのひとつに駆けよってそれを開けはじめた。彼がチュアミを大声で呼ぶと、チュアミはタナキルの手をひいて走ってきた。二人は高台に沿って駆けてきた。

「さあ、はやく！」

フェイは山腹を駆けおり高台と張り出しの入口にむかった。そして走りながらロクに叫んだ。

「あたしたちはタナキルをつかまえよう。そうすればあいつらは赤ん坊をかえしてくれるだろう」

岩の様子が変わっていた。ロクが蜜の眠りから目覚めたときに世界を浸していた色あいがいまは豊かに深くなっている。彼は赤い空気の潮《うしお》のうちを駆けすぎているような気がした、そして岩群《いわむら》の彼方の影は藤色であった。彼は斜面を転がるようにくだっていった。

高台の入口のところで二人は一緒に立ちどまり、うずくまった。川は真紅に流れその水面が黄金色に閃いていた。川の向うの山々はすでに暗くなっていて、ロクは眼をこらしてはじめてその色が暗青色だとわかったくらいであった。木の幹の群と大木とその上で働いている人々の姿は黒々と見えた。しかし高台と張り出しはまだ赤い光に照らされていた。例の牡鹿がまた踊っていたが、そこは張り出しに上ってくる斜面の上で、牡鹿はマルが死んだ右手の窪みの前に顔を向けていた。沈む太陽の火炎を後ろにして牡鹿は黒々と見え、その身の動きで長々と射しこんでくる眼がくらむほどの陽光を自在にあやつっていた。チュアミが張り出しの上で働いており、二つの窪みのあいだに柱を背にして立っている像に色を塗っていた。タナキルもそこにいて、小さな痩せた黒い姿が以前火があった場所にうずくまっていた。

高台の他の端から、ぽかっ、ぽかっというリズミカルな音が聞こえてきた。二人の男がロクが以前詰めこんでおいた丸木を切っていた。太陽は雲に没し、赤色が空の頂きに射しのぼり山々は黒くなった。

牡鹿が鳴いた。チュアミが張り出しから走り出てきて男たちが働いている丸木群の方へ駆けてゆき、タナキルが金切り声をたてはじめた。雲が太陽の上方にのぼってしまったので、赤さを抑える力は消えうせ、赤い光はいまは峡のなかに淡く水のように漂っているように見えた。牡鹿は跳ねながら丸木の群の方に近づいてゆき男たちは死んだ鳥にたかる甲虫のように虚ろの丸木を相手に立ちはたらいていた。

ロクは走っていった。タナキルの悲鳴が水を渡ってゆくリクウの悲鳴の反響のように聞こえ、心がちぢむ思いである。彼は張り出しの入口に立って、早口に問いかけた。

「リクウはどこにいる？　おまえはリクウをどうしたのだ？」

タナキルは身をのばし、それからそらし、眼をあちこちとまわした。彼女は金切り声をたてるのをやめ、あおむけに横たわったが、むきだしたその歯のあいだから血が流れでていた。フェイとロクはその前にうずくまった。

この張り出しもほかのところと同様一変していた。チュアミが老人のためにつくった像は仕上がっており、柱を背にして立って二人をにらみつけていた。いかにも早急に乱暴に作られたと一見して分かった、というのはこの像はただ色をなすりつけられているだけで、あの空地にあった像のように丹念に塗りこまれてはいなかったからである。それは何か人間の一種であった。両腕と両脚をちぢめて前に跳んでいるような恰好をしており、全身が先ほどまでの水のように赤かった。頭からは一面に毛がさかだっていて、あの老人が怒ったり怖がったりするときにその毛がさかだつのと似ていた。顔は粘土を塗りつけてあったが小石がはめこまれていて盲のままににらみつけているのであった。老人は自分の首の飾りの歯をはずしてこの顔にとりつけ、耳からはずした二つの虎の歯でその仕上げをしていた。この像の胸の割れ目に一本棒がさしこまれ、その棒には革の紐が結びつけられていた。そして革紐のさきにタナキルがつながれていた。

フェイが音をたてはじめた。言葉でもなければ悲鳴でもない音である。彼女は棒をつかんで持ちあげようとしたが棒は出てこない、チュアミがさしこんだ端に当て木がしてあったからである。ロクは彼女を押しのけて引っぱったがやはり棒は動かなかった。水の上から赤い光が失《う》せはじめ張り出しは影に充ちその暗闇に像は眼と歯を光らせてにらみつけていた。

「ひっぱれ!」

彼が全身の重みを棒にかけた、するとどうやらそれはたわむようである。彼は足をあげ、像の赤い腹に足を踏んばって、筋肉が痛くなるほど押しまくった。山が動くと思われ、像がずり動いてその腕が彼をつかみにかかった。と、そのとき棒が割れ目からぽんと抜けだし、それを持ったまま彼は地にころがっていた。

「はやくつれてきて、この娘を」

ロクはよろめきながら立ちあがり、タナキルをつかまえて高台をフェイのあとを追った。虚《うつ》ろの丸木のそばにいる人々から金切り声があがり、丸木の群からばあんという大きな音がした。あの大木が前進しはじめ、丸木の群は巨人の脚のようにそのまわりにうずたかく集まった。くしゃくしゃの顔をした女は虚ろの丸木のそばの岩の上でチュアミともみあっていたが、身をふりほどくとロクの方へ駆けよってきた。どこもかしこも大騒ぎとなり、金切り声があがり、狂乱の動きが起こった。老人は転がる丸木の群をこえて近づいてきた。彼は何かをフェイに投げつけた。射手たちは虚ろの丸木を高台の岸に押しつけていたが、そのそばに大枝をのばし湿った葉をしげらせたあの大木が全重量をあげてその頭を近づけてきていた。肥った女は丸木のなかに横たわり、くしゃくしゃ顔の女もタナキルと一緒にそのなかに入りこみ、老人もその後尾に転げこんだ。大木の枝は岩にぶつかり、苦しみもだえるきしみ声をたてながら岩をこすって流れていくのだった。フェイは頭を抱えながら水ぎわに坐っていた。と、枝が彼女にからまった。フェイは水にひきずりこまれ、虚ろの丸木は岩から離れて去っていった。大木は枝のあいだに疲れはてたフェイを坐らせたまま、ぐるりと向きをかえて潮に乗った。ロクはまたしゃべりはじめた。彼は高台の上をあちこちと走りまわった。しかし木はだまされもしなければ説得もされなかった。それは滝のふちに動いてゆき、くるりと向きを変え、水の落ち口に沿って横になった。幹の上に水がもりあがって、押しつけ、根の方が流された。木はしばらくのあいだ頭を上流にむけてひっかかっていた。おもむろに根のほうの端が沈み頭がもちあがった。それから音もなく木はすべってゆき滝の上を落ちていった。

赤い生物は何もせずに高台の上に立っていた。虚ろの丸木は水上の黒い点に見え、それは陽《ひ》が沈んでいった場所に向かっていた。峡の大気は透明で青く静かであった。いまは滝の音のほかは何の音もしなかった、風がなく緑の空が澄んでいたからである。赤い生物は右に曲がり高台の末端に向かってゆっくりと走りはじめた。山々の氷がとけ水が高台の彼方で岩の上を滝になって落ちていた。川は平たく高まって高台のふちを浸していた。木の枝々が水にひきずられていったあとには土にも岩にもその痕跡がながく尾をひいていた。赤い生物は崖の側面にある暗い洞に駆けもどってきたが、そこにも占拠されたしるしがあった。彼はそこにある像を眺めた、いまは闇に黒ずんでいるがそれは洞の奥からこちらをにらみつけていた。やがて生物はあとにひっかえし、高台を斜面に結びつけている小さな通路を駆けていった。それは立ちどまって、地面の傷痕やうち棄てられてあるローラーや断たれた綱などを見おろした。それからまた向きをかえ、身体を横にして岩の肩をまわり、岩ばかりのところを走っているほとんど眼に見えぬ小道の上に立った。その小道を身体を斜めにして進んでいったが、やがてうずくまり、長い両腕をふりおろし、その腕で脚と同じくらいしっかりと地に身を支えた。こうやって下方の轟々と落ちる滝水をのぞきこんでいたが、水で岩がえぐられているところにきらめく靄《もや》の柱が立っているだけでほかには何も見えなかった。生物は歩みをはやめ、やがて頭を上下にふり動かして跳ねてゆくような奇妙な走りかたをし、前腕が馬の脚のようにたがい違いになった。小道の端までゆくと止まり、水の下で前後にゆれ動いている水草の長い穂茎を見おろした。それから手をあげて顎のない口の下を掻いた。はるか彼方の川水がきらめいているところに一本の木が見えた。それは葉でいっぱいにおおわれ潮で海の方に流されながらぐるぐると回転していた。赤い生物は黄昏《たそがれ》の光のなかでいまは青灰色に見えるのだが、斜面を跳ねくだり森のなかにとびこんだ。そして車の通り道のように幅広く痕のついている道をたどって、枯木の下にある川ぞいの空地までやってきた。そして川のふちをあちこちと這い歩いた末、木によじのぼって、蔦ごしに川に浮かんでいる木を眺めた。それから木をおりてきて、川のふちの茂みのなかに通じている小道を駆けてゆき、大枝で小道が断ちきられているところまできた。ここで立ちどまり、水ぎわをあちこちと走りまわった。ぶなの大枝が垂れているのをひっつかんで前後にはげしく揺すぶりはじめ、しまいに自分の息が荒々しく喘ぐようになった。何もそして空地に駆けもどり、そこに山と積まれてある茨の束のあいだを走りまわった。白い梟声はあげない。点々と星が出ており空はもはや緑ではなく、暗青色となっていた。

が一羽空地の上を川向うの島の林のなかの巣をめざしてとんでいった。生物は立ちどまって火を焚いた跡を見おろした。

陽光はすでにまったく去っていて、地平の下から空に射しのぼる光さえ見られず、月がそれに代わっていた。ものの影がくっきりと見えだし、それは木々のひとつひとつから伸び、茂みのうしろでもつれあっているのであった。赤い生物は火のまわりを嗅ぎはじめた。膝小僧に身体の重みをかけ地面すれすれまで鼻を下げて嗅いだ。水生ねずみが一匹川にもどろうとしてこの四つ足のけものをちらと眼に入れると横の茂みに逃げこんでそこで様子をうかがっていた。生物は火を焚いたあとの灰と森の中途で立ちどまった。そして眼を閉じ、せわしい息づかいをしていた。それから地面を這いまわり、休みなく鼻で嗅ぎまわった。ひっかき掘りおこした土のなかから、その右手が小さな白い骨を拾いあげた。

生物はちょっと身をおこして立ちあがったが、その眼で見いっているのは骨ではなく前方の少し離れた地点であった。この生物は小柄で、背のかがんだ奇妙な形をしている。脚と股は曲がっており、脚と腕の表面は一面にふさふさした捲毛でおおわれている。背はもりあがり、両肩には渦まく毛がかぶさっている。足と手は幅がひろくて平たく、大きな指が内側に突きでて物をつかみやすくなっていた。四角な両手がぶらさがって膝に達していた。頭は力強い顎の少し前よりにすわっていたが、その顎は唇の下で列をつくっている捲毛にじかにつながっているように見える。口はひろくて柔らかく上唇の捲毛の上には大きな鼻孔が翼のように張って開いていた。鼻には鼻梁《びりよう》というものがなく、鼻の先のすぐ上に、突き出た額に月が射してできた影が宿っていた。この影は頰の真上の窪みのところがいちばん暗く、そのなかにある眼は見えなかった。その上の額はまた毛で一面におおわれている直線であり、その上には何もなかった。

生物は立ち、月光がその身にちらちらと降り注いでいた。眼窩《がんか》は骨を見ているのではなくて川の方の見えない一点を見つめていた。と、右脚が動きはじめた。生物の注意はその脚に集中しているようであり、足が手のように土のなかを探りはじめた。足の親指で土を掘りのけてゆき、やがて足指が掘りかえされた土にほとんど完全に埋もれていた或るものを包んでつかんだ。足がもちあがり、脚がまがって、下に伸びた手にその物をさしだした。頭がちょっと下にむき、視線が遠くの見えない地点から内側にふりむけられて手のなかのものを見た。それは老い腐った木の根で、その両端は磨滅していたが、女の身体を誇張して示しているその輪廓はまだ残っていた。

生物はまた水の方を眺めた。両手にものを持ち、眼の隠れている大きな洞の上で額の線が月の光にきらめいた。頰骨と広い両唇の上には光が注ぎおち、縮れ毛のひとつひとつにねじれ曲がって宿っている光は白毛《しらが》のようであった。しかし眼の洞は頭全体がすでにまったく髑髏《どくろ》と化しているかのように黒々としていた。

水生ねずみはこの生物が静かにしているので危険なものではないと判断したらしく、茂みの下からすばやく走り出てきて空地を横切りはじめ、この押しだまったもののことは忘れて何か食べるものをせわしそうに探していた。

　どの眼窩にもいま光が現われてきた。御影石の崖の結晶に反射している星明かりのように淡い光である。その光は強さを増し、定かになり、輝きだし、眼窩の下辺《うろ》にきらきらひらめくものが見えた。と、突然、音もなく、その光はうすい三日月形になり、外にこぼれ出、両の頬に流れるものが輝いた。光がまた現われ、白銀《しろがね》のひげの捲毛のあいだに落ちた。それは長く尾をひいて垂れさがり、捲毛から捲毛へと落ちてゆき、いちばん下の捲毛の先に集まった。頬の流れはしずくが一滴一滴と落ちてゆくにつれて息づき、髯《ひげ》の一本の毛の先で大きなしずくがふくらんで銀色に輝いた。そしてそこから離れて銀の閃光となって落ち、ぽつんと鋭い音をたてて枯葉をたたいた。水生ねずみはあわてて逃げだし、ぱちゃんと川にとびこんだ。

　そっと静かに月光は青い影の群を追いやっていた。生物は泥土から右足をひきぬき、よろめきながら一歩前に踏みだした。そして半円を描いてよろよろと進み、ひろい道の出発点にあたる茨の茂みのあいだの峡のところまで来た。それからその道を駆けだしたが、月光をあびてその姿は青白く見えた。頭を大きく上下にゆすりながら、一生懸命走っていたがその歩みは遅々としていた。びっこをひいているのである。滝の頂きにのぼる斜面につくころには四つん這いになっていた。

高台にあがると生物の走りかたははやくなった。彼は氷が溶けた水が小滝となって落ちてくる高台の遠い方の端まで走っていった。それから後ろに向きをかえてもどって来、あの別の像がある洞のなかに四つん這いになってもぐりこんだ。土がうずたかくなっているところに岩がのっていて、生物はそれに組みついたが、動かすだけの力がなかった。とうとう断念して洞穴のまわりを、火を焚いた場所近くに這っていった。そして灰のすぐそばまで近よると脇を下に寝そべった。そして脚をあげて、両膝を胸にくっつけた。両手を頬の下で組みあわせ、じっと横たわっていた。いままで手に持ってきた人形がたの木の根が顔の前にころがっていた。生物は声をたてず、土のなかに根をのばしているように見え、その身体のやわらかな肉を寸分のすきもなく地におしあてているので、脈搏も呼吸もその動きが禁じられているように見えた。

洞穴の上に緑の火のような眼が光り、月光のつくる影のうちを灰色の犬の群が斜めにずりよってきた。彼らは高台におり張り出しに近づいた。そして洞の外側の地面を珍しげに用心ぶかく嗅いでいたが、それより近くへやってこようとはしなかった。山の背後で星の行列がゆっくりと沈んでゆき夜があけかかった。高台に灰色の光が射しこみ暁の微風が山々のあいだの峡を吹きぬけていった。灰がそよめき、たちのぼり、ひるがえって、動きを見せぬ身体の上に撒き散らされた。ハイエナの群はうずくまり、だらりと舌を垂らし、せわしく喘いでいた。

海の上の空がピンクになり、やがて黄金色になった。光と色がもどってきた。それに照らされて二つの赤い形が見えた。そのひとつ（洞のなかの像）は土のなかに埋まった、砂色と栗色と赤のもうひとつのものを岩の上からにらみすえていた。氷からとけてくる水はかさが増し、長い曲線を描く滝となって、きらきら光りながら峡に落ちていった。ハイエナたちは尻を地からもちあげ、分散して洞の内部に左右から近づいていった。山々の氷の冠はきらめき太陽を喜び迎えていた。と、突然、ものすごい音がひびき、ハイエナたちはふるえおののいて崖に逃げかえった。その音は水音を吸いこみ、山々を縫ってひびいてゆき、崖から崖へと鳴りわたり、反響のもつれをともなって陽に照らされた森をこしてはるか海の方へひろがっていった。

二

チュアミは左腕に舵櫂《かい》をかかえて丸木舟の船尾《とも》に坐っていた。あたりはもう明るくなっていて、先ほどまで皮の帆のところどころに穴のように見えたつぎはぎもいまははっきりと見えるようになっていた。彼は山を出発した間ぎわの気違いじみた騒ぎにまぎれて束ねたままおいてきたあの大きな四角な帆を思いだして口惜《くや》しかった。あの帆さえあったら、峡には微風が吹いているのだから、こうして何時間も苦労することはなかったのである。仲間が、行動をともにした仲間たちが、いぎたなく眠っているあいだ、自分ひとり、潮が風に勝ってまた滝まで押し流されるのではないかと一晩じゅう心配して坐っていることもいらなかったのである。だが、それでも舟は予期どおりに進んできて、両側の岩の壁が折りたたまれて退《ひ》き、いままわりにあるこの湖がどちらに進んでいいのかわからぬくらいに広々とひらけたのであった。そして平らな水の上に朦朧《もうろう》と姿の見える山々にかこまれ、彼は血走った眼を見はって、あれこれと臆測しながら、坐りつづけてきた。彼はちょっと身じろぎをした。まるい舟底はかたく、気持よく坐れるようにと舵取りたちが作った皮の下敷きは森からつづくあの斜面でなくなってしまっていたからである。舵櫂の柄から前腕に軽い圧力が伝わるのが感じられ、もしこのまま手を流しておいたら水がてのひらにはねるようになり、手首の上までもりあがってくるだろうと思われた。舳先《へさき》がかきわけてひろがる二筋の黒い水の流れはボートの舷側と鋭角でなしに、ほぼ直角になっている。もし風が変わったり衰えてきたりしたら、この水の流れはのろくなり、やがて消えうせ、舵櫂にいまかかっている圧力は弛み、自分たちは後退して山の方に押し流されてゆくだろう。

彼は眼を閉じ、疲れたように手を額にあてた。この風は凪《な》いでしまうかもしれない、そうなれば自分たちはこの旅でもうほとんど使いはたしてしまった力をふりしぼってでも櫂をこいで潮に流しもどされぬうちに岸につかねばならない。彼は額から手をはらいのけて帆に眼をやった。帆は風をはらんではいるけれども、しかし静かに揺れ動いていて、こちらの、船尾の索止め栓《つなぎせん》につながっている二重の帆脚索《ほあしづな》は一緒に動いたり、べつべつに動いたり、上下に動いたりしていた。彼はもうはっきり見えるようになった灰色の水上を見わたした。と、右舷から五十尋《ひろ》も離れていないところを妙な生物がすべるように通ってゆくのが見えた。尻尾をマンモスの牙のように水面から突きだしている。この怪物は滝の方、あの森の悪魔たちの方を目ざしてすべっていった。丸木舟はじっと動かず、いたずらに風の凪ぐのを待っている形であった。彼は痛む頭のなかで計算を試み、潮の流れと風と丸木舟のバランスをとろうと試みたが、結論に達することができなかった。

彼はいらいらして身体をゆすった。と、ボートの両側に平行線をなして水が流れてゆくようになった。風が舵航《だこう》速力ほどの追風《おいて》になり、あたりは満々たる水で――これ以上よい条件はない。ボートの両側に雲のように見えていたものがはっきり固まってくると、それは木々におおわれた丘であった。船首の、帆の下に、低まった土地のようなものが見えるが、あれはおそらく野原であり、あそこではあけっぴろげのところで狩ができ、暗い林のなかや、ごつごつした岩群《いわむら》の上でつまずいて歩くような苦労はせずにすむだろう。これ以上何を望めるというのか。

しかし事はまだめちゃくちゃである。彼は左手の甲に眼をあてて考えようと努めた。朝がくればみんな正気になる、失った人間らしさをとりもどす、彼はそう願って、そしていまは暁になって――いや暁をすぎて――いるのに、仲間のものたちは峡にいたときのままに、悪魔に憑かれ魅入《みい》られ、この自分と同様に奇妙な理屈にあわぬ嘆きでなすところをしらぬか、あるいはむなしく、いぎたなく、なすところもなく眠っているのみである。まるであの森から滝の頂きのところまでボートの群を――いや、いまはひとつしかないのだから、一隻のボートをといったほうがよいが――運んでいったために、みんなのいる場所が低くなったばかりではない、経験や情緒の水準も低みに落ちこんだようである。その中心でゆっくりとボートが動いている世界は光のなかの闇であり、不潔であり、希望なく、汚ならしいものであった。

彼が舵櫂《かい》を水中でゆすると帆脚索が上下に揺れた。帆は眠たげにひと声うなって、やがてまた注意ぶかくふくらんだ。帆桁を舷に筋かいにし、積荷をうまい具合におきかえたら、どうだろう？　なかばその仕事を値ぶみするため、またなかば自分の心から眼を外にそらすために、チュアミは眼前の虚ろな船腹を点検してみた。

いくつかの包みが女たちの投げこんだ場所にそのままになっている。船首と船尾の中ほどの左舷にある二つの包みはヴィヴェイニ用のテントのはずなのに彼女は例の天邪鬼《あまのじゃく》で木の葉と枝の下にもぐりこんでいる。その木の枝の下にはひと包みの槍があるのだが、ベイタがその上にうつぶせに眠っているので役に立たなくなりそうである。おそらく柄が曲がったり割れたり、りっぱな燧石《すいせき》の穂先が折れてしまったりしていることだろう。右舷には毛皮がごちゃごちゃ寄り集まっているがこれは誰にもあまり役にたちそうにない。女たちはこんなものを投げこむよりもその代りにあの帆を収《しま》ったほうがよかったのだ。からの壺がひとつ割れており、もうひとつは粘土の栓をしたまま転がっていた。もう水以外にほとんど飲みものは残っていまい。ヴィヴェイニは役にもたたぬ毛皮の上で身をまるめて寝ていた。――彼女はあの貴重な帆のことなんぞ気にもとめず、身の安楽のために連中にあの毛皮を敷かせたのであろうか。あの女のやりそうなことである。彼女は立派な毛皮を上にかけていたが、あの洞穴熊の毛皮は手に入れるのに二人が命を落としたのであり、彼女の最初の男が彼女に支払った代価である。ヴィヴェイニが安楽にしたいと望むときには帆などは物の数でもなくなるのだと、チュアミは苦々しく考えた。マーランが、あんな年なのに、あの女の心、気転に迷わされ、その笑い声と白い不思議な身体に魅せられて、一緒に逃げだしたとはなんという愚か者なのだろう！　そしておれたちも彼の魔術にあやつられ、少なくとも何と言っていいか分からぬ強制力にあやつられて、彼と一緒にやってくるとはなんという愚か者なのだろう！　彼は憎しみの眼でマーランを眺め、自分がゆっくりと磨《と》いで切先《きっさき》を鋭くしておいた象牙の短刀のことを思った。マーランは両脚を舟底に伸ばし、頭をマストにもたせて、船尾に向かって坐っていた。その口をぽかんと開け、髪と髯は灰色の茂みのようであった。あたりが明るくなってきたのでチュアミにはマーランの力がすっかり衰えているのが見てとれた。以前には口のまわりに皺があり、鼻孔から下に深い溝が走っていただけだったのに、いまでは毛の背後の顔は皺だらけになっているばかりでなく痩せほそってしまっている。横にかしげた頭に、斜めに垂れさがった顎に、極度の困憊《こんぱい》が現われていた。間もなく、とチュアミは考えた、この悪魔の国から無事に抜けだしたときには、おれは思いきってあの象牙の切先をつかうことになるだろう。

こうしてマーランの顔を眺めて彼を殺そうと考えているのはそれだけで心が怯《おび》えるようなことであった。彼は眼をそらせてマストの向うの船首に群がり横たわっている者たちをちらと眺め、それから足もとを見おろした。そこにはタナキルがあおむけに平たく寝そべっていた。彼女はマーランのように生命力を枯渇させてなく、逆に溢れる生命力、新しい生命力、自分自身のものでない生命力を持っていた。あまり身を動かさないが、そのせわしい息づかいで下唇にひっかかっている乾いた血の小片がひらひら震えていた。両眼は眠ってもいなければ目覚めてもいない。あたりが明るくなっているので、この眼のなかで夜が更《ふ》けてゆこうとしているのが見てとれる。というのはこの二つの眼は落ちくぼんで暗く、知を持たぬ暗黒だからである。彼はかがみこみ、それが彼女に見えぬはずはないのに、彼女の眼は彼の顔に焦点をあわせず内なる方、夜に向かってひたすらに注がれていた。その傍に寝ているトゥァールは保護するように彼女の身体の上に腕をのばしていた。トゥァールの身体は老婆の身体のようだった、しかし実のところは彼女は彼よりも若く、タナキルの母親なのである。

チュアミはふたたび額を手で撫でた。この擢から手を放して短刀を握ることができたら、あるいはここに木炭と平たい石があったら——彼はボートのまわりを見まわし自分の注意を向けるものが何かないかと必死になって探した——おれは池のようだ、と彼は思った、何か潮がいっぱいおれのなかに流れこんでいて、砂は渦をまき、水は濁り、おれの心の割れ目すき間から奇妙なものどもが這いでてきている。

ヴィヴェイニの脚をおおっている毛皮が動き、もちあがった、——目が覚めて起きあがるのだな、と彼は思った。と、それから、赤い捲毛でおおわれた、彼の手よりも長くない小さな脚が宙にさしのばされた。それはあたりを探り、壺の表面にさわってみてそれを蹴っとばし、毛皮に触れ、また動いて親指と他の指のあいだに一束の毛をはさんだ。これで満足し、ひと筋ふた筋の毛を足指でしっかりと握りしめ、こうして脚は熊の皮をつかんだまま、じっと動かなくなった。チュアミは発作を起こした人間のように身体をぴくりと動かして、舵櫂をぐいと引いた、平行線の水の流れはボートの両側にひろがっていた。あの赤い脚は割れ目から這いでてきている六本の脚のひとつなのだ。

彼は大声をあげた、

「こうするより仕方なかったじゃないか」

マストと帆が眼の焦点にすべりこんできた。マーランが眼を開けているのが見えたが、いつごろから自分を眺めていたのかは分からなかった。

マーランは身うちから深くしぼりだすような声で言った。

「悪魔たちは水が嫌いなのだ」

それは真実であり、気が楽になることでもあった。水は何マイルにもわたって広く輝いている。チュアミは自分の池から懇願するようにマーランを見た。切先をほとんど針のように磨り尖らせてある短刀のことは忘れていた。

「水がなかったらおれたちは死んでいたろう」

マーランは落ちつかなそうに身を動かして、硬い木にあたっている腰骨を浮かせた。それからチュアミを見て重々しげにうなずいた。

帆が赤茶に燃えたった。チュアミがふりかえって山の峡を見ると、そこは黄金の光にみち、そこに太陽が座を占めていた。なにかの合図に応ずるかのように人々は身じろぎしはじめ、半身を起こし、水をこえて緑の丘を眺めた。トゥアールはタナキルの上に身をかがめ、キスし、その耳にささやいた。タナキルの唇が開いた。彼女の声はあらあらしくはるか彼方の夜のうちから聞こえてくるのであった。

「リクウ！」

マーランがマストのそばから自分にささやくのをチュアミは聞いた。

「あれが悪魔の名だ。タナキルが言う分にはさしつかえないがね」

いまヴィヴェイニがやっと目を覚ましていた。大きな豪華なあくびをするのが聞こえ熊の皮がはねのけられた。彼女は半身を起こし、束ねてない髪を後ろにゆすり、まずマーランを見、それからチュアミを見た。たちまち彼はまた肉欲と憎悪で胸がいっぱいになった。この女がこういうふうでなかったら、もしマーランが、もしこの女の夫が、もしこの女が海の上の嵐のとき自分の赤ん坊を助けていたら――

「おっぱいが痛い」

もしこの女があの子をおもちゃとして欲しがらなかったならば、もし自分が笑い草にとあの子を助けなかったならば――

彼は甲高く早口にしゃべりはじめた。

「あそこの丘の向うは、マーラン、平野だ、だんだん低くなっているからね。あそこにゆけば狩の獲物がいるだろう。あの岸にボートをつけようじゃないか。水はあるかな——いや、むろん水はあるはずだ！　女たちは食べるものを持ってきたかね？　トゥァール、食べるものを持ってきたか？」

トゥァールは顔を彼の方に向けたが、それは悲しみと憎しみで歪んでいた。

「あたしが何で食べ物のことを心配しなければならないの？　あなたとあの人があたしの子供を悪魔たちにやった、すると悪魔が返してくれたのは眼も見えないし口もきけない取りかえっ児《こ》じゃないか」

チュアミの頭のなかで砂が渦まいた。彼はあわてて考えた、おれに返ってきたのは違ったチュアミだ、おれはどうしたらいいのだ？　ただマーランだけが変わっていない——小さく弱くはなったが変わってはいない。彼は船首に眼をむけその変わらぬ人間を見いだして、それにすがりつきたい思いであった。太陽は赤い帆の上にきらめきマーランも赤く染まっていた。彼は腕と脚をちぢめ、その髪は逆立ちその髯もひろがり、歯は狼の歯のよう、眼は盲いた石のようであった。その口が開いたり閉じたりしていた。

「あいつらは追ってくることはできない、なあ。水を渡れないんだから」

おもむろに赤い霧がうすらぎ、帆は陽《ひ》をあび真赤にかがやくようになった。ヴァキティはマストをまわってそっと歩いてきたが、自慢にしている髪が帆脚索にからまって乱されやしないかと始終入念に気をくばっていた。彼はマーランのそばを、相手に対する敬意とこんなに近くに来て申しわけないという遺憾の念を狭いボート内でできるかぎり伝えながら、まわってくるのだった。そしてヴィヴェイニのわきを通り船尾のチュアミの方にやってきたが、うしろめたそうに歯をむきだして笑っていた。

「すみませんでした。さあお眠《やす》みなさって」

彼は左腕の下に舵櫂をかかえてチュアミのいたところに腰をおろした。役目を解放されて、チュアミはタナキルの上をまたいで中身の入っている壺のそばにひざまずき、それを飲もうとした。ヴィヴェイニが腕をあげ、櫛を横に、下に、外に動かしながら髪をととのえていた。彼女は変わっていない、少なくとも彼女を所有している小さな悪魔がいるという点が変わっただけである。チュアミはタナキルの眼のなかの夜を思いだし、眠りたいという思いをはらいのけた。やらねばならぬのはおそらく今だ、が壺の助けを借りなければならぬ。彼はおちつかぬ手でベルトを探り、不恰好な柄《つか》のついた尖った象牙をひきぬいた。そして腰袋から石をとりだし磨《と》ぎはじめた。あたりはまったき静けさであった。風が少しよみがえってきて舵櫂は舟の後ろで奔るような音をたてた。この丸木舟は非常に重いから、木の皮でつくったボートがよくやるように波に乗ったり風とともに走ったりはしない。だから風はボートのまわりにあたたかく吹き、彼の心のうちの混乱をいくぶんか吹きはらってくれた。彼は気落ちして短刀の刃を磨いでいた、磨ぎおわるかどうかは問うところではない、何かしていなければならないからである。

ヴィヴェイニは髪の手当を終わって仲間をずっと見まわした。そして小さな笑い声をたてたが、それはヴィヴェイニでなかったら苛々したものに聞こえたであろう。彼女は乳房をのせた革の蔽いをしばってある紐をひっぱり乳房に陽《ひ》をあてた。彼女の背後には低い丘と緑の木々とその下の闇が見えていた。闇は細い線のように水の上まで伸びていて、その上に木々が緑に潑剌としていた。

ヴィヴェイニは前にかがんで熊の皮の囲いをつまんで取りのけた。そこには小さな悪魔が手足をぎゅっとちぢめて生皮《なまがわ》の上に載っていた。光が上から注がれると彼は頭を皮からもちあげ、まばたきして眼をあけた。それから前肢でたちあがり、首と胴体をすばやく動かしながら、悧巧そうに、重々しげに、あたりを見まわした。そしてあくびをしたので歯が生えてきているのが見えたが、つぎには両の唇のあいだをピンクの舌がすばやく嘗めた。彼は鼻でくんくん嗅ぎ、ふりかえってヴィヴェイニの脚にかけより、その胸にはいあがっていった。女のほうはこの愉悦と愛がまた一種の恐怖であり呵責《かしやく》であるかのように身をおののかせ笑い声をたてるのであった。悪魔の手と足が彼女をつかんだ。おずおずと、なかば恥じいり、同じ脅えた笑い声をたてながら、彼女は頭をかしげ、彼を抱いてあやし、眼を閉じた。みんなも彼女を見て歯をむきだして笑った。まるで自分たちもあの奇妙な吸いこむ口を自分の身に感じているかのようであり、我にもあらず感情の泉が愛と恐れのうちに噴きだしたかのようであった。一同は祟《たた》えるような服従するような声をたて、手をさしのばしたが、同時にあまりにも動きのはやい足と赤い捲毛に嫌悪をおぼえて身をふるわせるのであった。チュアミは、頭は渦まく砂でいっぱいであったが、それでもこの悪魔が一人前に生長したときのことを考えようと試みた。この高地は悪魔の住む山々にかこまれているから部族の追求からはまぬかれているが人間からも切りはなされている、こういう高地で自分たちは混乱した世界にどんな犠牲をはらわねばならぬのであろうか。自分たちは川を滝の方へ舟でのぼっていった大胆な狩り手や魔術師のグループとはまるで違っていて、それは水を吸った羽根が乾いた羽根とちがっているようなものである。彼は気ぜわしく象牙を手のうちで転がした。一人の人間に向けてこれを磨いだって何の役にたとう。世界の闇に向けて切先を磨ぐものがあろうか。

マーランは何か冥想にふけっていたが、そこからしゃがれた声で言った。

「あいつらは山や林の下の暗闇に住んでいる。おれたちは水と野原に住むことにしよう。そうすれば木の闇から身を護れるのだ」

何をしているか意識せずに、チュアミは岸が退《ひ》くにつれて木々の下に曲がりこんでゆく闇の線にまた眼をやった。悪魔の餓鬼はもう十分に乳を吸いおわった。彼はヴィヴェイニのたじろぐ胴体を這いおりて乾いた舟底に落ちた。それからもの珍しそうに這いはじめ、前肢をたてて身を支え陽光にあふれた眼であたりを見まわした。一同は身をちぢめ、祟め、くすくす笑い、拳をかためるのであった。マーランさえのばした脚を動かしてそれを身体の下にたたみこんだ。

朝はたけなわになっていて太陽は山々の上から彼らに光を注ぎかけた。チュアミは石で骨をこするのをあきらめた。手の下には、完成したらナイフの柄《つか》になったはずの不恰好な塊があった。彼の手には何の力もなく彼の頭には何の絵もなかった。こういう湖にやってくれば刃も柄《つか》も重要ではなくなるのだ。一瞬彼は手のなかのものを水のなかに投げこみたい思いに駆られた。

タナキルが口を開いてただ無心に綴りを発音した。

「リクウ！」

トウァールは泣きながら娘の上に身を投げだし、そうすればそこから去っていったこの子の知力をとりもどせるような気がして、娘の身体を抱きしめた。

チュアミの頭に砂がもどってきた。彼はうずくまって、左右に身体を揺すり、あてもなく象牙を手のなかで転ばせた。悪魔はじっとヴィヴェイニの足に見いっていた。

山々の方から音が聞こえてきた、山に沿ってひびきわたり、光る水上を十重《とえ》二十重《はたえ》の反響をなしてひろがってくるすさまじい音である。マーランは身をちぢめ、山々に向かって刺すように指をつきだした、そして眼を石のようにねめつけた。ヴァキティがやにわにかがみこんだので舵櫂がくるっと動いてボートは風からそれ、帆がぱたぱた鳴った。悪魔がこの騒ぎに加わった。彼はすばやくヴィヴェイニの胴によじのぼり、避けようと本能的にひろげたその両手のあいだをかいくぐって、女の頭のうしろの毛皮の頭巾にもぐりこんだ。彼はそのなかに落ちこんで閉めこまれた。頭巾はむくむく動いた。

山々からひびいてきた音は消えていった。一同は、ふりあげられた武器がおろされたようにほっとして、安堵の思いと笑いを悪魔に向けるのであった。むくむく動いている塊にみんなは金切り声をたてた。ヴィヴェイニの背は弓なりになり、彼女は蜘蛛が自分の毛皮のなかに入りこんだかのように身もだえするのであった。と、悪魔は尻を上にして現われ、その小さな臀部を女の頸筋におしつけていた。陰鬱なマーランでさえ疲れた顔を歪めて笑った。ヴァキティはあんまりはげしく笑ったので針路をまっすぐとることができず、チュアミは象牙を手から落としてしまった。太陽はみんなの見つめている頭と臀に輝いている、そして突如として万事うまくいくようになり、砂は池の底に沈んでしまったのだ。臀と頭はうまくからまりあっていて、手で触れてみたいような形をつくっていた。ナイフの柄《つか》の粗い象牙に刻みこまれるのを待っているようであり、こうなれば柄のほうが大切で刃などどうでもよくなった。女の脅えた怒った愛と、その頭に揺れ動いている威嚇するおかしな臀と、これらこそ答えであり、合言葉なのだ。彼の手は舟底に落ちている象牙を探り求めた。彼はヴィヴェイニと彼女の悪魔がこの象牙にあつらえむきだとその指で感ずることができた。

そのうちに悪魔は向きなおって落ちついた。彼は女の肩の上に頭をつきだし、それからひたと肩に頭をすりよせた。すると女は頰をかしげてその捲毛にすりつけ、くすくす笑いながら挑むように人々に眼をやるのだった。マーランがその沈黙のうちに口をきいた。

「あいつらは木の下の闇に住んでいる」

象牙を手にかたく握りしめ、眠りが襲ってくるのを感じながら、チュアミは闇の線を眺めた。そこまでは遠く、あいだに多くの水が介在していた。彼は帆をよぎって前方をのぞき湖の他の端に何があるのか見ようとした。だが湖は非常に長く、水面はきらきらときらめきわたっているので闇の線に終りがあるのかどうか見分けることはできなかった。

解　説

ウィリアム・ゴールディング *William Golding* がその幼年時を回想した文章に『梯子と樹木』という小品がある。作者が八つか九つ、それとも十一歳になっていたか、記憶がさだかでないが、とにかく幼いころのある夕方、自分の家の庭をかこむ塀のうえに坐っていた。すぐ隣は墓地でそれが見おろせるのだが、彼がそうやって墓石の群を眺めているうち突然気がついたのは、塀のすぐそばにある墓石がいくつか横倒しになって塀にもたれかかっていることであった。かねて寺男から聞いていたところによると、墓石というものは死者の頭のまうえに建てるものだという。そうすると——幼いゴールディングは推論してゆく——死者たちは地中でちょうどこの塀の下あたりに頭をおいて、下肢は自分の家の庭土のなかに伸ばしているにちがいない。夕暮が忍びよってくる。彼は身の毛がよだつような恐怖に襲われる。それでなくても日頃夜を恐れているのだ。それはありとあらゆるラベルを貼られた不安にみたされているのであるが、その中核には把捉すべからざる暗闇があるのである。

そのとき自分を呼ぶ声がして、彼は塀を降りて家にもどった。ラジオ放送のはじまった時代で聞こえるか聞こえないかのヴァイオリンのひびきを両親がイヤフォンでとらえようと夢中になっていた。父親は無線狂といってよいほどの打ちこみかたであった。「こういう人々にどうして闇と非合理的な恐れを語ることができたろう」とゴールディングは述べている。彼は子供なりに袋小路に入りこんだようなものだった。一方に闇とその恐怖がある。他方にラジオによって代表される近代科学合理主義がある。幼い彼はそのあいだに挟みこまれているのである。そしてこの袋小路から逃れでるために庭の隅にある栗の木にのぼることを思いつく。その高い木のてっぺんの茂みに座を占めると、そこまでは墓地の暗闇も科学的合理主義も追いかけてこないのである。幼いウィリアムは葉叢に身をひそめて、樹下の塀の外を通りすぎる人々をうかがうのであった。若い男女のきわどい行動を眼にしたこともある（この経験はのちに『後継者たち』で、ネアンデルタール人のロクとフェイが樹上に隠れて「新しい人間」の男女の兇暴な抱擁を眺める箇所に利用されている）。

彼が木の上に隠れ場所を持っていることはやがて人々に知られて、彼は見せ物のようなぐあいになる。人々は庭に導かれ、珍しい鳥でもあるかのように彼を指さして眺めるようになったのだ。父親は親切な人であったから、短い梯子をつくってくれて、彼だけでなく誰でも容易にその木にのぼれるように計らってくれた。この梯子をこわすのは骨が折れたが、その骨折りがいが十分あった。というのは、彼の聖所は侵されずにすんだのであった。

まだ回想はつづくのだが、これだけでもウィリアム・ゴールディングという作家の資質の中核的な部分をうかがうことができるように思われる。そのひとつは、自分の幼いころの回想を彼が単なる出来事の思い出にとどめていないということである。彼は自己の回想をアレゴリイにしたてている。言葉をかえて言うと、彼は自分の過去の複雑な出来事をアレゴリイという形式によって整理しようとしている。これは彼の作品を理解するキイとなるだろう。

つぎにゴールディングは、幼いころにすでに暗闇と科学的合理主義との対立相剋《そうこく》を経験している。この対立は彼の作品を通じてうかがわれるものである。『梯子と樹木』から少しく詳しく引用すれば、「科学は宇宙を解明するのに大童《おおわらわ》であった。この精緻きわまる論理的宇宙には闇の恐怖の占める場所はなかった。むろん、闇があることはあった、だがそれは単なる闇であり、光の欠如にすぎず、ぼくが身にしみて夜もすがら感じていたあの不気味な恐怖をいささかも伴っていなかった。『神』があったら助けとなったであろうが、われわれは帝国主義や保守主義や女性搾取や戦争やイギリス教会とともに『神』を追放してしまったのである」

この回想記で、梯子ははじめ樹のうえにのぼる手段、つまり闇や科学的合理主義から逃避する手段として思いだされているのだが、同じ文章の結末の部分では、同じ梯子が両親が彼を科学者にするために強制的に彼にのぼらせるもの、大学に入るためにぜひとも必要なラテン語の習得の比喩に移されている。「それは一段また一段とのぼってゆかねばならぬ梯子のようなもので、その頂きでサー・ジェイムズ・ジーンズとアインシュタイン教授が待ちうけてぼくを雇ってくれるという寸法であった。ぼくは遠々しい気持で科学を受けいれていた。もし何かにならねばならぬとしたら、科学者になるのが至当だと思ったのである。しかし梯子はどうにも長かった。自分の知識のおよぶかぎり将来を思いみるかぎり心進まなくともその梯子はのぼらねばならぬと知ってはいた。しかしまたまわりにたちこめた闇は不可解なものであり、追い払いえぬものであり、魑魅魍魎《ちみもうりよう》にみちたものであり、梯子をわたしてもついに光明には達しえぬ深淵であることも知っていた」――このように回想記で梯子というひとつのものをたがいに矛盾する二つのものの比喩としてつかっていることは、ゴールディングのもうひとつの作家的資質を示唆するだろう。それは彼が闇と合理主義との対立ということを認め、かつその対立が核心的なものであることを承知しながらも、その奥にそれによって割りきれぬ複雑なものがなお存在していることを意識していることを示唆してはいないか。しかし問題が少々面倒な点まで踏みこんだようであるから、このあたりで彼の生いたちを調べてみることにしよう。

ウィリアム・ゴールディングは、一九一一年九月十九日、イングランドの西南端コーンウォール州のサント・コラム・マイナーで生まれた。父祖代々学校教師の家柄で、父親のアレック・ゴールディングもグラマー・スクールの教師であった。この父親の性格や考えかたは作家ゴールディングに大きな影響をあたえたが、それは彼の作品においてはネガティヴな面においてあらわれてくる。

ゴールディング自身が書いているところによると、彼の家はもともと富裕ではなかったが、父親が教師であったため体面を保つ必要もあり家計はなおさら苦しくなったという。イギリスの階級身分制度というものは今日においても日本では想像もつかぬほどきびしいのであるが、ゴールディングの子供時代には、というと第一次世界大戦の少し前のころであるが、今日よりもはるかに拘束力の強いものであった。彼の家庭は収入からいえばゴールディングやその兄をパブリック・スクールに入れるだけの余裕はない。といって身分の上から、一般同様にセコンダリー・スクール（公立中学校）に通わせるわけにはゆかず、グラマー・スクール（将来大学に入学する生徒のみが入る中学である。このあたりの事情は第二次大戦後多少変わってきているが、これは第一次大戦前の話である）に入れることになる。その前の小学教育でも同じことであって、ゴールディング兄弟は普通のエレメンタリー・スクール（公立小学校）に行かずにデイム・スクール（婦人の経営する私立小学校）に通った。教育設備などは公立の小学校のほうがはるかによいのであるけれども、教師の息子という身分上、市井の子供たちと一緒に学ぶわけにはゆかぬという体裁があった。

ゴールディングの父は全知全能の化身みたいな人であった（とゴールディング自身が言

っている）。何でもでき、何にでも興味を持ち、何でも知っている人であった。マントルピースや宝石箱に彫刻もすれば、腎臓結石の説明もやってのけるしラテン語の奪格独立句の講釈もした。地理、物理、化学、動植物学の教科書を書き、天体航海術の課程を組み、ヴァイオリン、チェロ、ヴィオラ、ピアノ、フルートを奏することができた。そのうえ絵を描くのも達者だし、花のことにも詳しかったから、自分で何かを調べてみようという単純な喜びを少年ゴールディングから奪ってしまう結果になった（以上は『梯子と樹木』からのほとんど逐語訳である）。当時はラジオ放送の端緒期であったから、父はたちまちそれに没頭して戦艦にあるようなアンテナを家に建てたりした（作者ゴールディングが塀のうえの夢想から喚び起こされてイヤフォンを耳にあてがわれたという、先ほど述べた挿話はこのころのことである）。

この父親は政治的には熱心な労働党員であり党のために各地を遊説して歩いたりもした。母親のミルドレッドは婦人参政権運動家で、父親もこれを支持し、夫婦そろって市公会堂の石階《ステップス》にたって熱弁をふるい、熟したトマトをぶつけられたこともあったという。

要するに作家ゴールディングの父親は、科学に全幅の信頼を持ち、その土台に立って人間の進歩を信じて疑わなかったのである。彼はH・G・ウェルズ的な楽観的合理主義者であり、事実ウェルズの『世界史概観』は父親の愛読書であった。ゴールディングの長篇第二作である『後継者たち』はウェルズ的楽観論にたいする真向《まっこう》からの反駁である。

少年ゴールディングは「闇黒」を意識からまったくは追いはらいえぬままに、父親の楽天的合理主義の影響にしだいに包まれてゆく。いつごろコーンウォールからウィルトシャーに移ったのかはっきりしないけれども、彼が入学したグラマー・スクールはウィルトシャー・グラマー・スクールで、当時父はその学校の首席副校長であった。彼がラテン語の勉強を梯子をのぼることにたとえているのはこのグラマー・スクール時代の経験に関してである。一九三〇年、十九歳の年にオクスフォード大学のブレイズノウズ・カレッジに入学し、当初は父親の意向にしたがって科学を学んだが、自分の真の関心は文学にあることを悟って二年後英文学研究に転じた。一九三五年卒業、ソールズベリのビショップ・ウァーズウァス学校の教師となった。一九三九年に結婚し、第二次大戦によって教職を中断したけれども、戦後ふたたび学校にもどり、六一年まで在職して英語と哲学を教えた。

大戦中の一九四〇年、彼は海軍に志願し、五年間軍籍にあった。この間にドイツの戦艦ビスマルク号の撃沈やDデイ作戦（一九四四年六月九日に行なわれた連合軍のフランス上陸作戦）などの戦闘に参加したのであった。

この戦争は彼の思想の大きな転機となった。父親の影響、つまりウェルズ的な思想から、ゴールディングは決定的に訣別することとなったのである。彼は『寓話』というエッセイのなかで告白している――「第二次世界大戦以前にはぼくは社会的人間が、完全さに達しうることを信じていた。社会の構造が正しくなれば善意を生みだすということ、したがって社会の再組織によってあらゆる社会悪を除去できるということを信じていた。今日でもそうした考えをふたたび信ずることも不可能とはいえぬのである。しかし戦後ぼくは信ずることをやめた、信ずることができなくなったからである。ぼくは人間が他の人間に何をなしうるかを発見してしまったのである。ぼくが述べているのは、ひとりの人間が他の人間を銃で射ち殺したり、爆弾を落としたり、地雷で吹きとばしたり、あるいは魚雷で撃沈したりすることではない。ぼくは全体主義国家で年を加えるごとに進行していったあの言葉に絶する悪のことを考えているのである。多くのユダヤ人があれこれの手段で根絶やしにされた、じつに多くの人々が消された——愛すべき優雅な言葉だ——というだけでももうたくさんだが、あの時期には気をそらさぬといまだに吐気をもよおさずにはおかぬような事が行なわれたのである。それはニューギニアの首狩り族やアマゾン流域の原始種族がやったのではない。教育のある人々、医師や弁護士たち、背後に文明の伝統を負っている人々が、同じ種類の人々にたいして、巧妙に、冷静に、行なったのである。……蜂が蜜を生みだすように人間は悪を生みだすということを理解せずにあの歳月をすごした人がいるとすれば、そういう人間は盲目なのか頭がおかしくなっていたのだと言わざるをえない。社会面から比較できるものをとりあげてみよう。われわれはみんな一様に着物を身につけ、一様に生殖器など持っていないかのように振舞っている。人間器官のうちのあの必要欠くべからざる部分をめぐってタブウや禁制が生成したのである。だが病気になれば人間の身体のどこでも医師に見せねばならぬ。事が重大になると、われわれは自分の持っているものを自認するのである。西ヨーロッパの十九世紀と二十世紀の初期の社会に、人間性をめぐって同種のタブウが生長したように思われる。惨忍さとか抗《あらが》えぬ欲望などという悲しむべき事実は、人間の身うちに存在しないという建て前になっていた」彼はこう述べて、真の人間性を無視して、社会制度や政治制度がつくられたと主張する。その結果として理想主義的な原始社会主義という観念がスターリン主義に変わり、またヒトラーのナチスのごときものが生まれた。社会制度のかげにかくれている人間の貪欲、生得の残忍さ、利己性というものこそ核心的なものなのであって、人間——例外的な人間でなく普通の人間が、倫理的に病気なのである。これは要するに人間は「原罪」を背負っているという昔ながらの陳腐な考えかもしれぬ。しかし真実は真実なのであり、切実に信ずるとき自明の理も自明の理でなくなるのだとゴールディングは説いている。

このようなウェルズ的楽観論から一転したペシミズムに立って、処女作の長篇『蠅の王』が書かれた。一九五四年のことである。それにつづいて『後継者たち』『ピンチャー・マーティン』の二長篇、唯一の劇 *The Brass Butterfly*、長篇『自由な顚落』がつぎつぎと発表された。これまでは教職に従事しながらの著作であったが、一九六二年に教壇から退き、以後、講演や著作に専心している。年譜を見ればおわかりになるように、長篇では『尖塔　ザ・スパイア』『我が町、ぼくを呼ぶ声』『可視の闇』『通過儀礼』、短篇小説集の『蠍の神様』、エッセイ集として *The Hot Gates*、*A Moving Target* の二冊を出している。けっして多作とはいえないが、同じようなものは二度と書かぬと自ら言っているように、その長篇はいずれも趣向を変えながら練りに練った構成と文体で仕立てあげられている。そして趣向を変えているといっても、一貫して一途に追求されている問題は、人間の原罪であり、人間の心の奥底にある暗闇にほかならない。この原罪と暗闇についてはこの解説ですでに触れてはおいたが、作者の考えを十分に納得するには作品自体に就いていただくより仕方がなく（つまり一言《ひとこと》ふたことで説明しうるほど簡単なものではないということだが）、ここでは訳出した長篇第二作の『後継者たち』について若干付け足して述べておくにとどめよう。

処女作の『蠅の王』は子供の世界のうちに大人の世界をしきうつしにした人間悪の寓話なのであるが、第二作の『後継者たち』は人類、ホモ・サピエンスが地上を支配する前に存在していた猿人ネアンデルタール人たちと新たに登場してきたわれわれの祖先である人類とを対置し、前者の滅亡に終わる物語であって、悪というものはネアンデルタール人には存在していず、人類とともにこの世に出現したことを物語の中心主題としている。と、簡単にいえばそうなるのであるが、そうと割りきれぬところもあって、これは先に述べたようにゴールディングが一筋縄ではいかぬ複雑な考えかたを持っているからなのであり、そのために読者が作者の思想を追っていってある点に達すると、作者は百八十度の転回をして物事をそれまでとまったく違った視点から裏返しして見せるようなことを平気で（むしろ彼自身の独自の技法として）やってみせることにもなる。だからある批評家が手品《ギミック》と評したのもあながち不当といえない面もないではないのだが、全般的に見るときにはこの技法は性急に問題の解決を求めずに不確かな疑わしい状態にとどまっていられるある種の能力、つまりかつて詩人キーツがシェイクスピアが持っていると言った「消極的能力」に似たものを、ゴールディングが持っていることを示しているといってよいだろう。普通ゴールディングはアレゴリイ作家ないしは寓話作家《ファブリユリスト》と呼ばれがちなのであり、それは彼が自然主義作家のように現実を混沌のままに受け入れることを欲せず、それをひとつの価値判断によって秩序づけようとするからなのであるが、同時にその結果が単純な意匠を持つ寓話に終わっていないということは彼が秩序をあたえようとしている現実の複雑さが十分に彼の眼に映り、――ということは現実の表面にはかならず裏面があることをどうしても彼は考えずにいられぬからだが――その複雑さをさまざまな方法で作品のなかに盛りこもうとするからである。こういう事情から彼の「寓話」には寓話という形式からはみだす神話的な豊かさと、しばしば読者を困惑させる曖昧《あいまい》さが含まれてくるのである。

『後継者たち』の冒頭にはウェルズの『世界史概観』からの引用文がかかげられている。ウェルズにとって、現在の人類がその「後継者」となったネアンデルタール人はただ嫌悪すべきものであり、民間伝承の人食い鬼の起源とされたのも無理のないものであった。そしてウェルズは短篇『気味のわるい奴ら（みにくい原始人）』でじっさいこの猿人たちの「気味のわるさ」を描こうとしたのであった。ウェルズはホモ・サピエンスの側に立ち、人類がこの「気味のわるい奴ら」にとって代ったことは良いことであると考え、さらに新しく登場したわれわれの祖先の未来にむかっての進歩を祝福したのである。『後継著たち』はウェルズのこの短篇を下敷きにして書かれている。じっさいこの二つの作品では同じような事件、子供がべつの類族にさらわれるという事件が起こる。ただ立場が逆になっているのであって、『気味のわるい奴ら』ではネアンデルタール人が人類の子供をさらうのであり、『後継者たち』では奪われるのがネアンデルタール人の女の子と赤ん坊なのである。そして同様にウェルズの小説とはすべて逆に、人類がネアンデルタール人の平和な生活に侵入し、人類の登場とともにこの地上に悪が発生する。この長篇は「原罪」をこのように時間をさかのぼって、猿人と現在人類の交代の時期において見きわめようとするのである。

物語は、春になってネアンデルタール人の「仲間たち」が、冬のあいだ過ごした海辺から山間に移動してくるところからはじまる。この仲間は首長であるマルという老人、原始的な祭祀を司り、またマルとともに猿人なりに知性の萌芽も持っている「おばあさん」、二組の男女と幼い娘と、「新しいもの」と表象されている赤ん坊とで構成されている。彼らは菜食を主として、動物はすでに殺されて命をなくしているものの肉しか口にしない。

動物の肉は彼らの好物にちがいないのだが、彼らの信仰にしたがって殺してまで生きものの肉を食うことを欲しないのである。彼らはオアという、いわば大地の神を信仰している。オアは彼らに生命をあたえ、またその生命を奪うものである。首長であるマルは川を丸木をつたわって横ぎるときに流れに落ちそのため病気になって死ぬのだが、それはマルが「オアの腹のなかに引きとられた」のである。このネアンデルタール人の仲間のあいだには、何の緊張も確執もない。食物も平等に分けられるし、指導と責任の分担ははっきりしているし、性行為も自然でおおらかなものであり、むろん羞恥感や罪悪感などとは無縁のものである。要するに、この猿人たちは罪を知らず、無垢《むく》（イノセンス）そのものなのであり、「原罪」以前の生活をしているのである。彼らは悪意というものを知らぬから、冬期に彼らが留守にしていたあいだにこの渓流のある山間に侵入してきた「新しい人間」たちを疑う気もおこさない。この新来者が彼らをめがけて射てきた矢も贈り物と考えるほどであった。

この無邪気なネアンデルタール人と対蹠的に新しい人類の邪悪さが描かれている。彼らはむろん猿人にくらべて格段にすぐれた知能を持っている。しかし知恵の木の実は、知恵とともに「罪」をもたらしたのである。彼らは丸木舟を発明しているが、同時に生物を殺す弓矢という武器もつくりだしているのである。彼らもまた群をなしているのだが、それは猿人たちの仲間のように平和で調和のあるものではない。嫉妬があり怨恨があり、首長を倒して自分が取って代わろうとする野望がある（つまり現代の人間そのままなのである)。そして罪を持たぬ猿人たちは、原罪の知恵を持った人類によって、つぎつぎに襲われ、さらわれ、最後に残ったフェイとロクという雌雄の二人も、あるいは滝壺に落ち、崩壊した氷壁に押し潰されて、ネアンデルタール人は滅亡してしまうのである。

すべてこれらの出来事は、最後に残ったロクの死とそれ以後はべつだが、主としてネアンデルタール人のロクの眼と意識を通して描かれる。つまり作品の視点が、論理的な思考能力をほとんど持たぬ猿人(そのなかでもロクというのはもっとも知能が低いのだが)に固定されている。作家ゴールディングは処女作の『蠅の王』では少年を視点にして作品の世界を構成している(もっとも最後にはこの視点の百八十度の転換が行なわれて、大人が少年の世界を眺めることになるのだが)。しかしこのことはそれほど困難なことではなかったろう。しかし第二作のこの『後継者たち』で彼はいまだかつて作家というものが手をつけたためしのない作業を試みたのであった。それは言葉のほとんどない生活を言葉を手段とする作品に写しとることであり、論理的推論のともなわぬ事件の観察を作品のなかにすくいとってくることであった。いわばゴールディングははじめからほとんど不可能とわかっているような困難な試みにあえて挑んだといってよいのであるが、驚くべきことにはそれに十分に成功しているのである。むろん読者の側にも並の小説を読むときよりも何倍かの意識の働きが要請されるわけであって、原人の意識を人間の言語にそのままに移したような文章を、読者はたえず想像と推理を働かせながら読んでゆかねばならぬ。冒頭の数ページで読者は五里霧中の感を抱かれるかもしれぬが、それはかならずしも翻訳のためばかりではないのであって、作者の方法に慣れるにしたがって、われわれはこの小説以外では得られぬ独自の体験――猿人の意識を追尋《ついじん》するという体験、ないしはそのような体験をしているという十分満足しうる程度の幻覚を、自分のものとすることができよう。むろん、きわめて曖昧で捕捉しがたい箇所もあるし、猿人の意識にしてはあまりに精緻に論理化されていると感ぜられる部分も稀ではないけれども、そのような欠陥をまったく伴わずにこのような試みを一貫して仕上げることは所詮は不可能であったろう。

物語は終結部にいたって視点が転回し、それまでネアンデルタール人の眼に映りなかば動物的な頭脳に意識された世界が、一般の小説と変わらぬ客観的描写によって写され、さらに三転して新しい人間の視点から眺められる。そしてこの新しい、原罪を背負った人間が暗い未来にむかって水上に舟を進めてゆくところで物語が終わっているが、作者は「無垢の消失」や「楽園の喪失」を感傷的に嘆いているのではなくて、「原罪を背負った人間」の、つまりはわれわれ現代の人間の、生きるべき道の探求を課題として提出しているように見える。ゴールディングは容易な解決を欲しない。そして同じ問題、「無垢の消失」や「楽園の喪失」の問題を、一人の人間の生涯においてあらためて考えてみようとする。世界史において、猿人がホモ・サピエンスにとって変わられたときに「原罪」が生まれたとすれば、一人の人間においていつ無垢が消失するのであるか。長篇第四作『自由な顚落』の主題がそこに形成される。

ストックホルムのスウェーデン王立科学アカデミーの発表によって、本年度（一九八三年）のノーベル文学賞がゴールディングに与えられることになった。まさに与えらるべき人に与えられたというべきであり、『後継者たち』と『自由な顚落』を訳出した者として私にとっても大きな喜びである。これを機会に必ずしも気軽な読み物とはいえぬこの本が多くの方々に読まれることを願っている。

一九八三年　小川和夫

ウィリアム・ゴールディング　一九一一年、イギリスのコーンウォール州生まれ。オックスフォード大学卒業後、一九三四年に詩集*Poems*を発表。演劇関係の職を経て教師となる。一九五四年には長篇デビュー作の『蠅の王』を発表。一九六一年に教職を退き、以後は専業作家となった。一九七九年に『可視の闇』でジェイムズ・テイト・ブラック記念賞を、一九八〇年に『通過儀礼』でブッカー賞を受賞。一九八三年にはノーベル文学賞を受賞した。一九九三年死去。

小川和夫　一九〇九年、東京の浅草生まれ。一九三五年東京帝国大学英文科卒業。一九三六年ＮＨＫにアナウンサーとして入局。戦後は報道記者となり、一九六一年ロンドン支局長、一九六二年ヨーロッパ総局長、一九六五年報道局長、一九六七年解説委員室主幹。勤務と並行して英国ロマン派文学を研究、翻訳した。定年退職後は、一九六八年に成蹊大学教授、一九七六年からは東洋大学教授を歴任した。一九九四年に読売文学賞受賞。同年死去。

本書は一九八三年十一月に中央公論社より刊行された『後継者たち』を文庫化したものです。また巻末「解説」も同書に掲載されたものを収録しました。

ハヤカワ epi 文庫は、すぐれた文芸の発信源（epicentre）です。

後継者《こうけいしゃ》たち

〈epi 92〉

二〇一七年十一月十日　印刷
二〇一七年十一月十五日　発行
（定価はカバーに表示してあります）

著者　ウィリアム・ゴールディング
訳者　小《お》川《がわ》和《かず》夫《お》
発行者　早川浩
発行所　株式会社　早川書房

郵便番号　一〇一‐〇〇四六
東京都千代田区神田多町二ノ二
電話　〇三‐三二五二‐三一一一（大代表）
振替　〇〇一六〇‐三‐四七七九九
http://www.hayakawa-online.co.jp

印刷・中央精版印刷株式会社　製本・株式会社明光社
Printed and bound in Japan
ISBN978-4-15-120092-2 C0197

本書は活字が大きく読みやすい〈トールサイズ〉です。